Alain Boskow

Turangalîla

Roman

Alain Boskow

Turangalîla

Roman

Bibliografische Informationen der Deutschen Bibliothek:
Die Deutsche Bibliothek verzeichnet diese Publikation in der
Deutschen Nationalbibliografie; detaillierte bibliografische
Daten sind im Internet über *http://dnb.ddb.de* abrufbar.

Impressum

© 2006 Alain Boskow

Satz, Layout und Umschlaggestaltung:

      Keysselitz Deutschland GmbH, München

Herstellung und Verlag:

      Books on Demand GmbH, Norderstedt

ISBN-10: 3-8334-6560-3

ISBN-13: 978-3-8334-6560-4

Denn aller Geist steigt aus dem Blut,
alles Denken aus Leidenschaft,
alle Leidenschaft aus Begeisterung.

Stefan Zweig

Ein paar einleitende Worte

Jeder junge Mensch hat seine Träume. Ich träumte immer schon davon, Komponist zu werden, einmal eine Symphonie zu schreiben. Doch wenn man dann älter wird, verflüchtigen sich diese Träume immer mehr, und schließlich kommt alles ganz anders, als man es sich einmal vorgestellt hatte. Man erlernt einen Brotberuf, weil man irgendwie zurechtkommen muss in dieser leistungsorientierten Welt. Und wenn man sich erst einmal im Berufsleben verfangen hat, dann ist es oft schon zu spät, um seine jugendlichen Träume noch zu verwirklichen.

Mit mir geschah es nicht viel anders. Ich ging den pragmatischen Weg, den die meisten von uns gehen. Doch es gab da einen kleinen Unterschied: Ich hatte meine Träume niemals vergessen. Sie schlummerten nur eine Zeit lang irgendwo in einer dunklen Ecke meines Bewusstseins, bis ich dann durch einen glücklichen Zufall wachgerüttelt wurde. Bei einem Konzert wurde Olivier Messiaens *Turangalîla* Symphonie gespielt. Ich war überwältigt von dieser wunderbaren Musik, von der Tiefe des Empfindens, die sie in sich trägt. Und da kamen mir meine jugendlichen Träume plötzlich wieder in Erinnerung. Selbst eine Symphonie zu komponieren, war mir technisch unmöglich. Doch es gab noch eine andere Möglichkeit, um wenigstens einen Teil von dem zu verwirklichen, wovon ich immer schon geträumt hatte: Ich konnte keine Symphonie schreiben, also schrieb ich den Roman einer Symphonie.

Inspiriert von Olivier Messiaens 1948 entstandenen *Turangalîla* Symphonie, entschied ich mich, dazu eine fiktive Entstehungsgeschichte zu schreiben und das Werk einem imaginären jungen Komponisten der Gegenwart namens Viktor in die Wiege zu legen. Das rein musikalische Gedankengut sowie musiktechnische Details zum Aufbau der Symphonie, die ich in diesem Zusammenhang eingeflochten habe, lehnen sich zwar größtenteils an das Original und an Messiaens eigene Betrachtungen zu seinem Werk an, doch die Liebesgeschichte, die in diesem Roman als Grundlage für die Entstehung der Turangalîla Symphonie dient, ist pure Fiktion und steht in keinem Bezug zur Biographie des Komponisten Messiaen.

Musik bedarf keiner Worte, keiner ergänzenden Erklärung. Sie spricht für sich selbst. Deshalb ist dieser Roman auch nicht vornehmlich für Musikliebhaber geschrieben. Die Musik ist nur der Rahmen für eine Geschichte, die hoffentlich jede empfindsame Seele berühren kann. Sie erzählt von einem Künstler, der, von Schönheit geblendet, zum Spielball seiner Gefühle wird, die er schließlich nicht mehr beherrschen kann. Eine Geschichte, die zum Nachdenken anregt über die erschreckende Macht der Liebe, die jeden heimsuchen und der man schutzlos ausgeliefert sein kann. Aber auch eine Geschichte über Schuld und Sühne und die Idee der Erlösung durch die Kunst.

Künstler sind auch nur Menschen, aber sie haben die besondere Fähigkeit, das Schöne dort zu entdecken, wo andere nur den grauen Alltag erblicken. Und im nachhaltigen Eindruck dieses Schönen – in welcher Form auch immer es ihm erscheinen mag – findet der Künstler dann die Quelle der Inspiration für sein zukünftiges Werk.

Abschließend möchte ich noch ein Wort an alle jungen Leute richten, denen dieses Buch vielleicht einmal in die Hände geraten sollte: Vergesst bloß eure Träume nicht!

August 2006   *Alain Boskow*

Erster Teil

Let not my love be called idolatry,
Nor my belovéd as an idol show,
Since all alike my songs and praises be
To one, of one, still such, and ever so.

William Shakespeare

Erstes Kapitel

»Und zum Abschluss kommen mir keine Worte treffender vor als die von Helmut Degen in seinem Handbuch der Formenlehre:

Alle Kunstbereiche, als mikrokosmische Abbilder göttlicher Ordnung, unterliegen der gleichen großen Aufgabe und Sinndeutung: Verwirklichung einer göttlichen Ordnung zu sein, von Gott in den Menschen gelegt, vom Menschen für den Menschen geschaffen, um wieder innerlich eins zu werden mit der natürlichen und geistigen Umwelt, mit Gott selbst! – Das ist Sinn aller Künste! Das ist Aufgabe jedes Künstlers! Das ist Anliegen jedes tiefer denkenden und künstlerisch interessierten Menschen!«

Mit diesem betont langsam vorgetragenen Zitat, so als würde er jedes einzelne Wort zuerst einmal sorgfältig auf der Zunge zurechtlegen, bevor er es aussprach, beendete Prof. Dr. Cornetti eine seiner wöchentlichen Vorlesungen über Formenlehre und Werkanalyse im großen Hörsaal der Musikhochschule.

Ich fühlte einen ziemlichen Verdruss, als ich mich mit meinen Kommilitonen zum Ausgang drängte. Ich hatte ganze zwei Stunden damit verbracht, einen langweiligen, stereotypen, klischeehaften Vortrag anzuhören, hatte mich vergeblich angestrengt, den verwickelten und häufig sich widersprechenden Gedankengängen eines mittelmäßigen Dozenten zu folgen, um am Ende auch noch dieses emphatische Zitat über ein künstlerisches Credo, welches seiner Ansicht nach jeder ernst zu nehmende Musiker in sich tragen müsste, wie auf dem Präsentierteller serviert zu bekommen.

»Recht interessant, was unser alter Professor da sagte. Also mir ist plötzlich die spirituelle Bedeutung unseres zukünftigen Berufes bewusst geworden«, plapperte einer meiner Kollegen los, als wir gemeinsam das Universitätsgelände durchquerten.

»Ach so, na dann passen Sie mal auf, dass Sie vor dem Essen nicht ihr Gebet vergessen«, antwortete ich schneidig und drehte ihm verächtlich den Rücken zu, nicht bevor ich seinen eher traurigen als beleidigten Blick auffing.

Eigentlich tat er mir leid, dieser Serge. Wir hatten dieselbe Fachrichtung, nämlich Klavier und Komposition, und sahen uns folglich öfter, als es mir lieb war. Schon zu Beginn unserer Studienzeit versuchte dieser immer sehr ernst und ein wenig unbeholfen wirkende Mensch, sich mir zu nähern. Immer freundlich und korrekt, erledigte er all seine studentischen Verpflichtungen mit peinlicher Genauigkeit. Deshalb war er auch einer der bestbewerteten Studenten unseres Jahrganges, sehr geschätzt von den meisten Professoren, denen die richtige Ausführung einer Kadenz tausendmal lieber war als ein Funken Genie. Ich konnte mir nicht vorstellen, wieso er ausgerechnet mich als Freund gewinnen wollte, da meine extreme Distanziertheit meinen Altersgenossen gegenüber nicht gerade ermutigend wirkte. Ich hatte bereits den zweifelhaften Ruhm der Unnahbarkeit erlangt, nachdem ich schon einige meiner Kollegen auf die gleiche Weise abblitzen ließ, sodass man mir mittlerweile nur noch mehr aus respektvoller Entfernung gegenübertrat. Serge brachte jedoch diesbezüglich eine unglaubliche Hartnäckigkeit an den Tag. Jedenfalls verlor er nicht die geringste Gelegenheit, mit mir ins Gespräch zu kommen. Er gab sich die größte Mühe, mir zu gefallen, versuchte auf Umwegen herauszufinden, welches meine musikalischen Vorlieben sind, um sie dann als die seinigen auszugeben. Eines Tages erzählte er mir mit vollem Ernst, wie er beim Studium des Präludiums in cis-Moll von Rachmaninow, von dem er gehört hatte, dass ich es gerne am Klavier spielte, regelrecht in Ekstase gefallen sei.

»Ich vermute eher, dass Sie Rachmaninow mit Skrjabin verwechseln«, antwortete ich daraufhin mit zynischem Lächeln.

Trotz meiner unschmeichelhaften Bemerkungen gab er nicht auf, ja seine Beharrlichkeit nahm eher noch zu. Er folgte mir auf Schritt und Tritt, leistete mir kleine Gefälligkeiten, wie zum Beispiel eine Konzertkarte für einen ausverkauften Klavierabend, die er weiß Gott wie erhascht hatte – alles umsonst, ich schenkte ihm keinerlei Beachtung. Er war für mich allzu durchschnittlich, allzu anständig in seiner biederen Mittelmäßigkeit, um mich irgendwie zu interessieren. Auch sprach mich sein unästhetisches Äußeres überhaupt nicht an. Das von der großen, runden und schwarzumrahmten Brille stigmatisiertes Gesicht, der Kopf, der fast halslos auf dem Rumpf pendelte, die langen, ungeschickten und überflüssig wirkenden Hände und seine gedrungene, wie von einem Dilettanten in Eile zusammengebastelte Körpergestalt widerten mich regelrecht an. So ging es schon seit fast drei Jahren, und keiner von uns gab nur ein klein bisschen nach.

Als ich mich schnellen Schrittes entfernte, überkam mich plötzlich ein quälendes Mitleidgefühl. Ich drehte mich kurz zu ihm um. Er stand noch immer dort, wo ich ihn verlassen hatte, als würde er hoffen, dass ich es mir vielleicht doch noch anders überlege, umkehre, und ihn wenigstens einmal in seinem trostlosen Leben freundlich anspreche. Einen Moment lang hätte ich es vielleicht getan, jedoch verflüchtigte sich das Gefühl so schnell, wie es gekommen war. Ich wandte mich ärgerlich ab und verließ das Universitätsgelände durch das große Portal.

Dieser Vortrag von Professor Cornetti verödete mir den sowieso mit schlechter Laune begonnenen Tag noch mehr. Auf dem Heimweg überkamen mich düstere Gedanken. Ich war Musikstudent im zweiten Studienabschnitt, war mir meines überdurchschnittlichen Talents bewusst, das schon unzählige Male gepriesen wurde. Alle sagten mir eine glänzende Laufbahn als Konzertpianist voraus, nichts konnte eigentlich meiner rosigen Zukunft im Wege stehen. Ich war trotz meiner aristokratischen Zurückhaltung meiner Mitmenschen gegenüber von allen geschätzt, und meine recht häufig auftretende üble Laune, die sich durch ziemlich heftige Ironien und Sarkasmen äußerte, wurde auf Grund meiner musikalischen Qualitäten wohl wollend übersehen. Und trotzdem befand ich mich mitten in einer schon seit Monaten andauernden existenziellen Krise, aus der ich mich vergeblich zu befreien versuchte.

Schon als Kind war ich von der Welt der Töne fasziniert. Meinen ersten Opernbesuch werde ich nie vergessen. Ich war etwa sechs oder sieben Jahre alt, als sich mir zum ersten Mal die Welt des lyrischen Theaters offenbarte. Ziemlich vage schweben mir die Erinnerungen vor das geistige Auge. Ich sehe einen von einem schweren Kandelaber hell beleuchteten Raum mit luxuriösem, üppigem Mobiliar. Eine elegante, sehr schlanke Frau von gebrechlich wirkender Schönheit in einer weißen Krinoline, die einem vor sich knienden jungen Mann eine Blume schenkt (man sagte mir, es sei eine Kamelie). Dann aber kommt ein alter Mann mit Spazierstock und Monokel, der die schöne Frau wahrscheinlich kränkte, denn sie beginnt zu weinen und schien sehr bestürzt zu sein. Später sehe ich, wie die Frau, einsam auf ihrem Krankenbett liegend, mit wirrem Haar und fiebrig glänzenden Augen den fernen Liebhaber verzweifelt herbeisehnt, der dann doch noch in allerletzter Minute erscheint. Und schließlich sehe ich den schweren, samtenen Vorhang über ihre leblose Gestalt fallen. Da brach das Publikum in begeistertem Beifall aus – absolut unverständlich für mich, der sein krampfhaftes Schluchzen kaum unterdrücken konnte.

Eigentlich war ich schon von meinen ersten Lebensjahren an sehr empfänglich für das Schöne, in welcher Form auch immer es sich zeigte. Ich begeisterte mich an der schönen Stimme der Lerche im Morgengrauen und konnte es kaum erwarten, dass der Sommer kam und ich meine Ferien bei den Großeltern am Land verbringen durfte. Dann stand ich schon mitten in der Nacht auf und lief durch die Felder in den nahe gelegenen Wald, um mit pochendem Herzen den herannahenden Tag zu erwarten, der in so entzückender Weise durch den Gesang der Lerchen angekündigt wurde. Ich begeisterte mich an der Schönheit der Blumen, an ihrer unglaublichen Formen- und Farbenvielfalt und an ihrem herrlichen Duft, den ich mit weit geöffneten Nüstern gierig einatmete.

Später, als ich schon größer war und mit meinen Eltern die berühmten Museen Europas besuchte, begeisterte ich mich für die herrlichen Kunstwerke der großen Meister. Ich erinnere mich an einen Besuch der Uffizien in Florenz – das erste Mal, dass ich eine richtige Gemäldegalerie betrat – und an die unterschiedlichsten Gemütsregungen, die mich dabei heimsuchten. Die panische Angst, die mich erfasste, als mich der schauerliche Blick der Medusa traf und ich jeden Moment erwartete, in Stein verwandelt zu werden. Meine Abneigung gegen Schlangen hat wahrscheinlich dort ihren Ursprung gefunden.

Danach aber sah ich die Geburt der Venus, und alle Schrecken waren im Handumdrehen vergessen. Ich stand wie gelähmt, mit halbgeöffnetem Mund und großen Augen vor dem riesigen Gemälde und konnte mich nicht mehr von dem zauberhaften Anblick der Liebesgöttin mit ihrem wallenden Haar trennen, die, auf einer Jakobsmuschel stehend, aus dem Schaum des Meeres geboren wurde.

Aber erst die Skulpturen in Rom, im kapitolinischen Museum und in der Galleria Borghese, ließen mich zum ersten Mal den Schönheitskult der Antike erkennen; die Herrlichkeit des menschlichen Körpers in seiner idealisierten Form. Der kapitolinische Antinous hatte es mir am meisten angetan. Zuerst empfand ich nur grenzenloses Staunen, dann eine tiefe Ehrfurcht vor so viel Anmut und Schönheit. Schließlich spürte ich eine unwiderstehliche, magische Anziehungskraft, die die graziöse Gestalt des antiken Jünglings, in feinstem Marmor gemeißelt, auf mich ausübte. Und ich hätte wahrscheinlich stundenlang in stummer Kontemplation vor der Statue verharrt, wenn nicht meine Eltern mich aus dem Zauber entrissen hätten mit der Behauptung, es sei ja noch so viel anderes zu sehen. Zum ersten Mal spürte ich eine leise Melancholie in meinem Herzen aufsteigen, verbunden mit einer unerklärlichen, tiefen Sehnsucht nach irgendetwas nicht Definierbarem. Und in den nächsten Tagen war ich sichtlich schwermütig und traurig geworden. Am letzten Tag unseres Aufenthalts in Rom hielt ich es nicht mehr länger aus und bat, ja flehte meine Eltern regelrecht an, nochmals ins Museum gehen zu dürfen, um mich von Antinous zu verabschieden. Meine Eltern lachten nur über meine kindliche Schwärmerei. Allerdings erkannten sie wahrscheinlich die ungewöhnliche Empfindsamkeit meines Geistes schon damals, denn sie waren in Zukunft darauf bedacht, mir neben den Museumsbesuchen und sonstigen kulturellen Ereignissen auch genügend Abwechslung zu verschaffen, um mein fragiles Nervensystem nicht zu überfordern. Für mich aber ging immer ein wunderbarer Traum in Erfüllung, wenn wir Urlaub in Italien machten, denn ich fühlte mich dem Land, den Leuten und vor allem der Kunst innerlich verbunden. Und heimlich beschloss ich, wenn ich mal groß und ein berühmter Musiker sein werde, mir eine Villa auf Capri zu kaufen, die ich mit den schönsten antiken Kunstwerken ausstatten wollte, genauso wie jener schwedische Arzt, dessen unvergessliches Buch ich damals gerade las.

Zu Hause erteilte man mir schon seit längerem Klavierunterricht. Ich erarbeitete mir das ganze Repertoire aus den Pflichtstückkatalogen, spielte *Für Elise* und andere nette Sachen. Allmählich wuchs ich zu einem kleinen Virtuosen heran, nahm an Schulwettbewerben teil, spielte zu verschiedenen Anlässen. Ein Wunderkind war ich allerdings nicht. Aber man bewunderte meinen Fleiß, meine Wissbegier, man lobte meinen rapiden Fortschritt und war sich meines späteren Erfolges nahezu gewiss. So kam ich in die Pubertät mit der festen Überzeugung, etwas Besonderes zu sein und einmal ganz nach oben zu gelangen.

Ich war fasziniert von den schönen Klängen, lernte eine Partitur nach der anderen, spielte, was immer mir in die Hand fiel, und war rundum glücklich. Allerdings spürte ich schon damals, dass sich unter der Schale wohl geordneter Noten noch viel mehr verbarg als nur schöner Klang. Ich erkannte in Chopins herrlichen Ornamenten eine mir noch unbegreifliche Sehnsucht, und das süße Dahinfließen der Melodien gewährte mir den Einblick in eine geheimnisvolle Welt, die mir bisher verschlossen blieb, deren Nähe ich aber immer deutlicher empfand. Ich fühlte mich innerlich aufgewühlt, wusste aber noch nicht, was die Ursache dazu war. Trotzdem durchlebte ich meine Adoleszenz anders als die meisten anderen.

Ich war sehr scheu und zurückhaltend, und überhaupt nicht mitteilsam. Ich beteiligte mich nicht an den kollektiven Späßen meiner Altersgenossen, deren Gedanken, wie mir schien, nur um ein einziges Thema kreisten. Ich hielt mich immer im Hintergrund, wenn die Gefahr bestand, in die üblichen erotischen Blödeleien der Knabenzeit verwickelt zu werden. Dafür wurde ich als prüde abgestempelt. Aber langsam versuchte auch niemand mehr, mich für solche Sachen zu gewinnen. Daher hatte ich praktisch auch keine Freunde, hatte aber auch kein Bedürfnis danach, denn kraft meiner Fantasie schwebte ich glücklich und zufrieden in meinem selbst erschaffenen, künstlichen Universum.

Die gewaltigen Veränderungen, die sich in meinem Körper vollzogen, schienen meinen Geist nicht zu beeinflussen. Ich widmete mich nach wie vor mit Herz und Seele dem Studium. Ich war so voll von den musikalischen Entdeckungen jener Zeit, dass es für mich keine andere Welt mehr gab als die wunderbare Welt der Klänge. Der Tag bestand für mich aus Klavier spielen, Partituren einstudieren, »meinen geistigen Horizont mit extramusikalischen Studien erweitern« – wie ich es mit gehobenen Worten formulierte, wenn man mich fragte, was ich gerade so tat. Und letztendlich wollte ich mein musikalisches Verständnis stetig durch weitere, unbekannte Kompositionen vertiefen.

Ich hatte das Glück, nur unweit einer größeren Stadt zu wohnen, die mir sämtliche Möglichkeiten bot, in die Welt der Musik einzutauchen. Ich fehlte bei keinem Konzert der städtischen Philharmonie, bei keiner Opernaufführung, so mittelmäßig sie auch war, bei keinem künstlerischen Ereignis, an denen es in der damaligen Zeit nicht mangelte. Wenn ich abends, noch halb betäubt von den Eindrücken des Tages, einen interessanten Akkord einer Sonate durch mein geistiges Ohr erneut zum Leben erweckte oder die Koloraturen einer Sopranistin noch schöner erklingen ließ, als sie in Wirklichkeit waren – wenn ich mich dann ins warme Bett verkroch, um mit Zufriedenheit die gesammelten Erfahrungen des Tages in meinem Gedächtnis zu kristallisieren, so passierte es nicht selten, dass meine Hand behutsam über den Körper streifte, um eine neue, noch gänzlich unbekannte Welt zu erforschen. Den Kopf voll von klingenden Harmonien tauchte ich für kurze Zeit ein in den Zauber meiner eigenen Sinnlichkeit. Ich hatte eine undeutliche Ahnung, dass sich hier völlig neue, faszinierende, aber zugleich auch erschreckende Möglichkeiten des Erlebens anboten, die nur darauf warteten, genutzt zu werden. Ich ließ sie jedoch auch weiterhin ungenutzt und empfand einfach nur die perfekte Harmonie zwischen Körper und Seele, die in solchen Augenblicken ungetrübt und vollkommen zu sein schien.

So vergingen die Jahre, ich absolvierte mein Abitur als Primus und kam – wie es alle erwarteten – ans Konservatorium. Die Hochschule war für mich eine normale Fortsetzung meiner Studienzeit am Gymnasium, und da ich mich an die harte Arbeit durch stundenlanges Üben, Partiturenlernen und öffentliches Konzertieren schon lange gewöhnt hatte, war es für mich keine große Umstellung. Ich war derselbe geblieben, höflich zurückhaltend Kollegen und Professoren gegenüber und fern von all den jugendlichen Eskapaden meiner Studienkollegen, die ich wie schon zu meiner Zeit im Gymnasium für Albernheiten hielt.

Zunächst schien alles noch seinen gewohnten Weg zu gehen. Allmählich drängte sich mir aber eine Art Unlust, Unrast und Ungeduld auf, die meiner Natur bisher völlig unbekannt war. Dieses Gefühl kam schleichend. Heimtückisch bemächtigte es sich meiner Seele, sodass ich sein Kommen praktisch nicht bemerkte. Und als ich das erste Mal bewusst darüber nachdachte, war es schon so stark in mir verwurzelt, dass es nicht wieder wegzukriegen war.

Immer öfter fühlte ich mich irgendwie gehetzt und unausgeglichen, nervöse Krisen meldeten sich an, Tage von Melancholie und grüblerischer Untätigkeit folgten. Die eiserne Beharrlichkeit, die bisher meine große Stärke war, die beneidenswerte mentale Disziplin, der künstlerische Enthusiasmus, wenn ich am Flügel saß, der kindische Eifer, mit dem ich eine neue Partitur bemusterte, der stetige Drang nach Arbeit, nach Perfektion, der mich bis dahin charakterisierte – all das war wie weggeblasen. Wenn ich früher keine einzige Sekunde meines Lebens durch Untätigkeit verschwendete, so passierte es jetzt nicht selten, dass ich stundenlang in meinem Zimmer saß, einen unbestimmten Punkt auf der Wand fixierend, abwesend, lustlos, traurig. Auch wenn ich am Anfang noch den äußeren Schein bewahren konnte, als würde ich noch in der perfekten Welt meiner Adoleszenz leben, so geschah dies nur dank meiner mühsam erhaltenen Undurchschaubarkeit, mit der ich mich vor allzu neugierigen Blicken zu schützen wusste. Doch irgendwann konnte sogar ein nicht allzu versiertes Auge bemerken, dass meine Leistungen langsam nachließen.

Ich begann an mangelnder Konzentrationsfähigkeit zu leiden. Häufig konnte ich während einer Vorlesung dem Gedankengang eines Dozenten nicht mehr für längere Zeit folgen, und meine eigenen Gedanken flogen dann in weit entfernte Sphären. Allmählich wurden auch meine Noten schlechter. Meine Zurückhaltung den Menschen gegenüber aber wurde umso größer, da ich langsam mein Selbstbewusstsein verlor. Aus Angst, dass meine Schwäche vielleicht doch noch erkannt werden könnte, begann ich mit spöttischen, oft sogar beleidigenden Bemerkungen ein selbstsicheres Auftreten vorzutäuschen, was meine sowieso nicht sehr hohe Beliebtheitsquote drastisch reduzierte.

Die bösartigen Sarkasmen, mit denen ich meine Mitmenschen bedachte, trieben mich also immer mehr in die Einsamkeit. Da ich aber mit mir selber nicht mehr zufrieden war, da ich allmählich die Selbstachtung verlor, da mir mein eigenes Ich unausstehlich wurde, war mir die Einsamkeit umso verhasster. Unausweichlich stand ich mir alleine gegenüber, und vor meinen Augen entblößte sich meine Schwäche vollkommen. Die natürliche Reaktion war die, dass ich versuchte, vor mir selbst zu fliehen. Da ich aber praktisch keine Freunde hatte, bei denen ich Ablenkung finden konnte, irrte ich oftmals bis spät in der Nacht durch die verwinkelten Gassen der Stadt, verfolgt von einer unsichtbaren Macht, der zu entkommen unmöglich war. Ich nahm kaum noch an öffentlichen Aufführungen teil, und die alljährlichen Wettbewerbe junger Musiker fanden ohne mich statt.

Es war die Zeit, da ich mich immer mehr mit der Komposition zu beschäftigten begann. Das war eine Möglichkeit, meine eigene Person zu ignorieren, ohne dazu die Gegenwart anderer zu benötigen. Schon als Kind hatte ich gelegentlich am Klavier improvisiert, und später, am Gymnasium, sogar ein paar kleinere Klavierstücke geschrieben. Mein großer Traum war es allerdings, einen Zyklus von vierundzwanzig Präludien für Klavier zu komponieren. Ich verfolgte dabei die Linie Bach-Chopin-Rachmaninow.

So wie das wohl temperierte Klavier für mich ein unerreichtes Beispiel musikalischer Vergeistigung war, so stellten Chopins Präludien den unmittelbaren Gefühlsausdruck dar. War es nicht das Regentropfenpräludium, in dem der Schwindsüchtige seine bis am Rande des Wahnsinns gesteigerte Unruhe preisgab, als er in dem verlassenen Kloster Valdemosa auf Mallorca, während eines stürmischen Abends vergeblich auf die Heimkehr seiner geliebten George Sand wartete? Und diese obsessive, mit der linken Hand gespielte, immer wiederkehrende Note, die wie die Regentropfen auf das Dach und direkt ins Gehirn des Zuhörers einhämmert! Trotz ihres improvisatorischen Charakters sind diese wie im Affekt entstandenen Kompositionen in sich vollendete, bis ins kleinste Detail technisch ausgefeilte musikalische Meisterwerke.

Den ultimative Höhepunkt des seelischen Ausdrucksvermögens erreichen in der Musik aber die vierundzwanzig Stücke von Rachmaninow. Hier wird die Bipolarität des menschlichen Wesens, seine zwischen Göttlichem und Teuflischem hin und her gerissene Seele deutlicher denn je. Passagen zärtlichster Weichheit und Sanftmut wechseln mit solchen wilder, ungestümer Leidenschaft. Leben und Tod, Helle und Finsternis, Gut und Böse – sie sind in gleichem Maße präsent. Und weil sich in meiner eigenen Persönlichkeit eine solche Spaltung immer mehr fühlbar machte, war ich von Rachmaninows Präludien wie besessen. Mein Ideal war es, in der Musik die denkbar gegensätzlichsten Prinzipien zu vereinen. So wie Rachmaninow wollte ich einen Spannungsbogen kreieren, zwischen dessen Extreme die Seele unabwegig pendelte.

Allein an technischen Mitteln fehlte es nicht, um das auszudrücken, was in mir nach Ausdruck verlangte. Ich war an einem Punkt meines Lebens angelangt, da ich massive Veränderungen erahnte, von denen ich aber nicht wusste, welcher Natur sie sein würden. Ich fühlte mich von undefinierten, seltsamen Gefühlen überwuchert, die ich nicht konkretisieren konnte. Es brodelte aber schon gewaltig in meiner Seele, und ich spürte, dass es nur einen Funken brauchte, um den Vulkan zum Ausbruch zu bringen.

Gleichzeitig fühlte ich aber auch deutlich, dass ich noch nicht die emotionale Reife und Erfahrung besaß, um die verwickelten Vorgänge in meiner Seele ins Musikalische zu übersetzen. Ich verharrte also in der Erwartung einer unsicheren Offenbarung, die mir wie ein Schlüssel ins Königreich der absoluten Komposition verhelfen würde. Denn wenn ich etwas verabscheute, dann war es die Mittelmäßigkeit. Eines war ich mir hundertprozentig bewusst: Nie könnte ich den Salieri im Schatten eines Mozarts abgeben.

So wie Adrian Leverkühn (eine meiner Lieblingsgestalten in der deutschen Literatur) spielte ich mit dem größenwahnsinnigen Gedanken, einmal das ultimative Werk zu schaffen. Ich wollte den Punkt setzen, wonach nichts mehr folgen konnte. Ich konnte mein Leben nicht in einer halb wachen, biederen, mediokren, schlechthin normalen Art konzipieren. Meine Natur suchte das Extreme, das Absonderliche, das nicht Allgegenwärtige.

Diese Neigung war mir schon lange klar. Ich ließ sie aber in meiner intellektuellen Sphäre gelten, weil ich außer dieser geistigen Welt ja gar keine andere kannte. Ich war extrem in meinem Hang zur Perfektion, in meinen musikalischen und literarischen Genüssen. Mein Geist hatte sich während dieser Jahre zu einer extremen Schärfe und Raffinesse entwickelt, das war mir vollkommen bewusst. Und ich setzte diesen Geist ausschließlich in den Dienst eines kreativen, konstruktiven und progressiven Prinzips – ein Prinzip, wonach sich, so glaubte ich, alle großen Künstler dieser Welt richten müssten. Kunst war bis vor kurzem also auch für mich Ausdruck einer göttlichen Ordnung, genau so wie es unser Professor heute sagte.

Wieso kam es, dass ich jetzt nicht mehr so dachte? Was ist passiert, dass sich mein künstlerischer Glaube, den ich jahrelang in mir trug ohne daran zu wanken, plötzlich wie in Luft auflöste? Warum konnte ich nicht wie bisher gehobenen Hauptes, stolz und verbissen meinen Weg gehen, dessen Verlauf vor nicht allzu langer Zeit mir noch so klar und deutlich vorkam? Warum trübte sich plötzlich mein so makelloser Horizont? Warum bahnten sich diese dunklen, gewitterhaften Wolken an, die immer mehr mein Gemüt verdüsterten? Warum verlor ich die Motivation, die bisher so stark in mir war? Warum dieses plötzliche Gefühl der Sinnlosigkeit, des Überdrusses, der Entgleisung, das mich jetzt so stark beherrschte?

Warum konnte ich mir nicht mehr vorstellen, als ein allgemein anerkannter und respektierter Musiker, ruhigen Geistes in meiner Stube eingeschlossen und mit edlen Gefühlen im Herzen, Werke von unvorstellbarer Schönheit zu schaffen? Dass ich das notwendige Potential dafür hatte, daran konnte und wollte ich nicht zweifeln. Es wurde mir aber immer klarer, dass dies nicht mein Weg sein sollte. Wie aber der andere Weg aussehen würde, zu dem es mich immer mehr hinzog, konnte ich mir nicht vorstellen, ohne von einem kalten Schauer überlaufen zu werden.

Zweites Kapitel

Dr. Rosen lebte sehr zurückgezogen in einer alten Villa, weit entfernt vom hektischen Stadtzentrum. Die Villa war von einem riesigen Park umgeben, sodass man sie von der Straße nicht einsehen konnte. Zudem umgaben hohe, dicke Mauern das ganze Gelände. Ich durchlief die breite, von alten Eichen gesäumte Allee hinauf bis zur Villa und betätigte die Glocke am Haupteingang. Nach kurzem Warten näherten sich schwere, schleppende Schritte. Die Tür öffnete sich einen Spalt weit, durch den vorsichtig ein paar argwöhnische Augen lugten.

Es war Irma, die alte Haushälterin Rosens. Eine spröde und äußerst wortkarge Person, die bei keiner Gelegenheit vergaß, mir ihren Missmut über die grobe Störung, die meine Gegenwart in ihrem einsiedlerischen Tagesablauf verursachte, durch eine ostentativ kalte und abweisende Haltung kundzutun. Ich konnte es ihr nicht wirklich übel nehmen, denn sie lebte hier schon seit etlichen Jahren in völliger Abgeschiedenheit allein mit ihrem exzentrischen Hausherrn, der sie kaum beachtete. Und Besucher kamen nur sehr selten. Somit war es nicht wunderlich, dass sie in Sachen Etikette etwas aus der Übung kam. Mit der Zeit jedoch schien sie sich auf mein regelmäßiges Auftauchen an ihrer Haustür zu gewöhnen, wie an einem Übel, dem man leider nicht entgehen kann, und die Feindseligkeit wich allmählich einer würdevollen Resignation.

Ich trat in die Eingangshalle. Sie hieß mich zu warten, bis sie ihrem Herrn Bescheid gäbe, dass ich hier sei, und entfernte sich ohne Hast. Ich befand mich nicht zum ersten Mal in diesem Foyer, doch beeindruckte mich jedes

Mal der raffinierte Kunstgeschmack, von dem die Einrichtung zeugte. Der Raum, von einem riesigen Kandelaber aus Muranoglas hell beleuchtet, war ein regelrechtes Panoptikum. An den Wänden hingen Ölgemäldereproduktionen großer Meister aus sämtlichen Epochen und Stilrichtungen, anscheinend wahllos nebeneinander gestellt. Trotzdem war die Zusammenstellung durchaus nicht zufällig oder eklektisch, sondern mit größter Sorgfalt konzipiert worden, sodass jedes Kunstwerk seinen richtigen Platz fand und sich keinesfalls nur ein buntes Sammelsurium aus Caravaggio, Alma-Tadema, Moreau, Monet, Chagall oder Dali ergab, sondern den verblüffenden Eindruck einer perfekten Harmonie von Farben und Stimmungen erweckte. Vereinzelt konnte man auch einige Eigenkompositionen entdecken, insbesondere Zeichnungen und Grafiken, denn der Doktor experimentierte gelegentlich auch mit den bildenden Künsten. Direkt gegenüber dem Eingang, zwischen den beiden marmornen Treppen, die ins Obergeschoss führten, stand eine lebensgroße Statue des *Sterbenden Sklaven* von Michelangelo. In einer kleinen Nische, etwas versteckt, war ein zierlicher bronzener *Dornauszieher* zu sehen. Weiter hinten, eine Marmorreplik von Canovas *Amor und Psyche*. Ich hätte mich hier noch lange umsehen können, doch die Haushälterin stand plötzlich vor mir und blickte mich mit strenger Miene an.

»Er ist im Labor. Er wartet auf Sie«, sagte sie mit gepresster Stimme. Ich durchquerte die prachtvolle Eingangshalle und stieg die Treppe hinunter in den Keller, wo sich die Arbeitsräume des Doktors befanden.

Der Begriff »Universalgelehrter« scheint in unserer Zeit seine Bedeutung verloren zu haben. Wenn er überhaupt noch Anwendung finden kann, dann ist Dr. Rosen wahrscheinlich einer der wenigen, auf den er zutrifft. Oft dachte ich darüber nach, dass wir heute, am Anfang des neuen

Millenniums, in einer Zeit der Hochspezialisierung leben, in der die einzelnen Gebiete der Geistes- oder Naturwissenschaften immer abgegrenzter und enger werden. Kunst und Technik wurden schon lange voneinander getrennt und gelten seitdem als unvereinbar. Von fachübergreifenden Kenntnissen spricht fast niemand mehr. Ja selbst im Feld der exakten Wissenschaften gibt es kaum mehr jemanden, der seinen eigenen, strikt abgegrenzten Raum verlässt, um andere Welten zu erforschen. Es ist in unserer Zeit einfach unvorstellbar, dass ein Mathematiker zugleich auch Physiker, Astronom oder Philosoph sein kann. Die Existenz eines Menschen von enzyklopädischem Format, der sowohl in der Kunst als auch in der Wissenschaft und Technik gleichermaßen bewandert ist, ein moderner da Vinci also, erscheint aus heutiger Sicht wie ein reines Hirngespinst.

Doktor Rosen war diesbezüglich also eine Ausnahme. Er galt allgemein als Exzentriker. Ich wusste eigentlich recht wenig über seine Vergangenheit. Nicht viel mehr, als dass er aus einer sehr wohlhabenden Familie stammte, noch in frühen Jahren beide Eltern durch einen Unfall verlor und alleiniger Erbe eines riesigen Vermögens wurde, das ihm ermöglichte, sein Leben nach Lust und Laune zu gestalten. Oberflächliche Naturen hätten wahrscheinlich die Situation genutzt, um sich in kostspielige Vergnügungen zu stürzen. Doch nicht so Rosen.

Schon von Kindestagen eher der Kontemplation zugetan als dem aktiven Leben, widmete er seine Zeit und sein Geld dem Studium verschiedener Wissenschaften und Künste, ohne jedoch jemals in irgendeiner Disziplin zu promovieren. Trotzdem war er überall, wegen seiner intellektuellen Überlegenheit und seines enormen Wissens, als »Doktor« Rosen bekannt. Er besuchte der Reihe nach Vorlesungen der Philosophie, Literatur, Kunstgeschichte,

Theologie, Mathematik, Chemie, Medizin. Doch anscheinend war sein Wissensdurst so groß und seine Interessen so sprunghaft und vielfältig, dass er sich nicht systematisch einem einzigen Gebiet widmen konnte.

Da er finanziell unabhängig war, kannte er nicht die Notwendigkeit, einen »Beruf« zu erlernen. Er verbrachte die meiste Zeit mit Büchern, eingeschlossen zwischen den dicken Wänden seiner Villa. Dort richtete er sich ein eigenes Labor ein, mit modernster Technik ausgestattet, wo er die verschiedensten Experimente durchführte. Als langjähriger Praktizierer des Yoga hatte er es geschafft, sein Schlafpensum auf nur drei bis vier Stunden pro Nacht zu reduzieren.

Über den Gegenstand seiner Experimente wusste ich nicht viel. Einmal fragte ich ihn zum Spaß, ob er, wie ein berühmter jüngerer Zeitgenosse, nach dem Stein der Weisen suche. Er blickte mich ruhig an, mit einem verschmitzten Lächeln im Mundwinkel. Die Antwort blieb er mir bis heute schuldig.

Er war ein Suchender, das stand fest. Und er hatte eine gewisse Weisheit erlangt, die mir Ehrfurcht einflößte. Er schien zu irgendeiner Erkenntnis gelangt zu sein, die ihm ermöglichte, die Welt mit anderen Augen zu sehen als die meisten Menschen. Manchmal hatte ich den Eindruck, dass er sich über die ganze Welt lustig machte, dass er trotz seiner Ernsthaftigkeit nichts ernst zu nehmen schien – ein Betrachtender, der sich nicht ohne eine gewisse herablassende Toleranz an der »menschlichen Komödie« ergötzte.

Ich lernte ihn zufällig kennen, bei einem Konzert. Wie er mir später sagte, war es einer der äußerst seltenen Tage, an denen er noch ausging. Man spielte die *Goldberg Variationen*. Ich saß im Parkett links, in einer der vorderen Reihen, da mich stets auch technische Aspekte der Interpretation interessierten und ich das Fingerspiel des Pianisten genau verfolgen wollte. Mitten in der Vorführung hörte ich plötzlich jemanden neben mir sagen:

»Wie schön wäre es, wenn Gott unsere Welt so perfekt geschaffen hätte, wie Bach die göttliche Welt.«

Ich blickte mich verwundert um. Neben mir saß ein hagerer Mann mit kahlem Kopf und einer dicken Hornbrille, völlig regungslos, in sich gekehrt und von den Klängen vollkommen absorbiert. Am Ende des Konzertes sprach ich ihn auf seine Bemerkung an. Er entschuldigte sich und sagte lächelnd:

»Das kommt davon, dass ich so wenig unter den Menschen bin. Zuhause habe ich die Gewohnheit, laut zu denken. Anscheinend habe ich für einen Augenblick vergessen, dass ich in einem Konzertsaal saß.«

Wir kamen ins Gespräch. Seine Bemerkung über Bach gefiel mir. Sie war so anders als alles, was uns die beflissenen Professoren am Konservatorium erzählten. So anders als die Ansichten des hoch spezialisierten Professor Cornetti. Anders, und doch so wahr. So lernte ich den Mann kennen, der für mich eine Art spiritueller Meister wurde.

Sein enormes Wissen und seine originelle Denkweise beeindruckten mich. Er lud mich ein, ihn in seiner Villa zu besuchen. Er war ein großer Kenner der klassischen Musik, hatte eine riesige Sammlung von CDs, von den gregorianischen Gesängen bis zu Berio schien ihm nichts unbekannt zu sein. Seine Vorliebe galt aber der Barockmusik, insbesondere Bach. Er interessierte sich für mein Studium, für die Stücke, die ich spielte, für meine Kompositionsversuche, für mein künstlerisches Credo. Als ich dann einmal unwillkürlich irgendeine altbewährte Theorie ankurbelte, unterbrach er mich schroff. Meine eigenen, persönlichen Ansichten über die Kunst wollte er wissen, nicht das, was uns im Hörsaal eingetrichtert wird.

»Musik ist vielleicht die subtilste Ausdrucksform der menschlichen Seele«, sagte er. »Denn obzwar mathematisch exakt erklärbar, bleibt sie trotzdem verklärt. Nur die Poesie kann, in seltenen Momenten, ihre Erhabenheit erreichen. In der Musik musst du absolut ehrlich sein. Du musst tief in dein Inneres blicken und mit den dir zur Verfügung stehenden Mitteln so gut wie möglich versuchen, die Vibrationen deiner Seele auszudrücken. Die Universität ist gut, denn sie lehrt dich das Handwerk, ohne dessen perfekte Beherrschung von Kunst keine Rede sein kann. Alles andere aber ist in dir. Gibt es da etwas, was nach Ausdruck verlangt, dann kannst du zur wahren Kunst gelangen. Ansonsten schaffst du vielleicht eine perfekte Form, aber ohne einen wirklichen Inhalt.«

Wir sprachen aber auch viel über andere Dinge, Literatur, Philosophie. Er merkte schnell, dass ich kein Fachidiot war, der den ganzen Tag nur über seinen Partituren brütet und für nichts anderes empfänglich ist. Er erzählte mir, dass er die meisten Philosophen studiert hatte, in der Hoffnung, einen zu finden, dessen Weltanschauung seiner eigenen entsprach. Die meisten enttäuschten ihn.

»Es ist reine Zeitverschwendung, Philosophie systematisch zu studieren. Denn jeder Mensch, zumindest jeder, der selbstständig denken kann, hat sein eigenes Lebensgefühl. Und folglich wird er nur das als wahr und richtig anerkennen, was seinem eigenen Lebensgefühl entspricht. Alles andere wird ihm unsinnig, naiv, lächerlich erscheinen.«

In Gedanken an diesen ersten Besuch betrat ich das Labor. Es duftete nach edlen Essenzen. Ich wusste, dass der Doktor sich im Moment mit der Parfümerie beschäftigte. Verschiedene Destillationsapparaturen standen da, mit denen er sich seine eigenen ätherischen Öle und Extrakte herstellte, aus Pflanzen, die er selbst züchtete. Das Labor war gleichzeitig auch eine Art von Treibhaus. Eine exotische Flora wuchs überwuchernd zwischen Computern und Flachbildschirmen, Waagen und Erlenmeyerkolben. Es war ziemlich schwül in dem Raum, dessen Klimaanlage für konstant subtropische Temperaturen und eine hohe Luftfeuchtigkeit sorgte, die für das optimale Gedeihen der Pflanzen notwendig waren.

Dr. Rosen saß vor einem großen Tisch, wo auf verschiedenen Regalen hunderte von kleinen Fläschchen standen: die Rohstoffe, mit denen er seine Kompositionen kreierte, die »Orgel« des Parfümeurs. In der Hand hielt er mehrere Riechstreifen, die er abwechselnd vorsichtig zur Nase führte, langsam und tief einatmete und ein paar Sekunden völlig reglos verharrte, mit einem Ausdruck intensivster Konzentration.

»Noch einen Hauch mehr Sandelholz,« sagte er und notierte etwas auf einem Blatt Papier. Ich glaubte nicht, dass er sich meiner Gegenwart bewusst war, doch plötzlich blickte er auf und sprach:

»Weißt du, dass das berühmte Parfüm *Chanel No. 5* infolge eines Fehlers entstanden ist? Ja, eines Fehlers. Der Parfümeur hatte mehrere Fläschchen eines neuen Rohstoffs, so genannter Aldehyde, in verschiedenen Konzentrationen präpariert. Doch aus Versehen hatte er das Fläschchen mit der zehnfachen Konzentration anstelle der vorgesehenen verwendet. Und gerade diese Formel gefiel Madame Chanel am besten. So entstand eine neue Ära in der Parfümerie. Kunstwerke sind oft die Resultate eines Irrtums.«

Und er begann mir zu erklären, wie ähnlich sich die Musik und die Parfümerie zueinander verhalten. Beides sind Kunstformen, so dozierte er, die einen zeitlichen Verlauf haben, eine temporale Achse, zum Unterschied von den bildenden Künsten, wo nur ein einziger Moment festgehalten wird, und wo die Größe des Werkes in der Emotion liegt, die dieser festgehaltene Moment auf den Betrachtenden erzeugt. In der Musik wie in der Parfümerie findet eine ständige Umwandlung statt, und die Schönheit dieser Kunstformen besteht in der Art und Weise, wie die verschiedenen Themen, musikalische wie olfaktorische, sich entwickeln. Ähnlich wie man in der Sonatenform eine Exposition, eine Durchführung und eine Reprise erkennen kann, so gibt es auch in der Entwicklung eines Duftes, vom ersten Eindruck an, den man als Kopfnote oder *note de tête* bezeichnet (wie man in der Musik allgemein italienische Tempoangaben verwendet, so hat sich in der Parfümerie die französische Sprache eingebürgert) eine stetige Veränderung. Leicht flüchtige Elemente, die zuerst am intensivsten zu spüren sind, verschwinden nach einiger Zeit, um das Herz der Kreation, die *note de coeur*, freizugeben. Nach und nach schwächen sich auch diese Elemente ab, und das, was am längsten verbleibt und bei einem guten Duft auch noch Tage später zu spüren ist, ist die so genannte Basisnote, die *note de fond*. Die Komplexität eines Duftes mit all seinen unterschiedlichen Nuancen ist somit durchaus vergleichbar mit der einer Symphonie, nur dass es dort nicht nur zwei oder drei Themen gibt, auf deren Bearbeitung die gesamte Architektur des Werkes aufgebaut ist, sondern eine viel größere Anzahl.

Ich bemühte mich, einen aufmerksamen und interessierten Eindruck zu machen, aber in Wirklichkeit war ich mit den Gedanken ganz woanders. So gerne wie ich meistens den Erzählungen des Doktors zuhörte, heute schien mir alles langweilig, und ich konnte mich einfach nicht auf das konzentrieren, was er mir gerade erklärte.

Er sprach noch eine Weile, hielt plötzlich inne und sah mich mit einem forschenden Blick an: »Was ist los mit dir?«

Er hatte mich im Laufe der Zeit ziemlich gut kennen gelernt, und somit war es für ihn nicht schwer zu durchblicken, wie es um meine augenblickliche Verfassung stand. Ich schreckte aus meinen Gedanken auf und antwortete mit zaghafter Stimme:

»Ich weiß es nicht, Meister. In der letzten Zeit ist alles so anders geworden, ich weiß es wirklich nicht.«

Da ich aber offensichtlich nicht bereit war, über meinen Seelenzustand zu sprechen, und da er als feinfühlender Mensch nicht versuchte, aus mir herauszupressen, was ich nicht aus eigenem Bedürfnis heraus sagen wollte, lenkte er ein und fragte nichts weiter. Wir sprachen noch ein wenig über belanglose Dinge und ich verabschiedete mich baldmöglichst, enttäuscht und wütend über mein Verhalten.

Ich kam nach Hause in die kleine Mansardenwohnung unweit des Konservatoriums, wo ich seit Beginn meiner Studienzeit wohnte und wo ich so viele einsame Stunden, in geduldiger Arbeit vertieft, verbracht hatte. Da war die Einsamkeit noch keine Qual, sondern eine freiwillige Entscheidung, die ich gerne in Kauf nahm, um das zu erreichen, wofür ich mich berufen fühlte. Ich setze mich ans Klavier und spielte ein paar Akkorde. Sie klangen hohl und farblos, es fehlte ihnen an Wärme, an Leidenschaft, wie mir schien. Trotzdem spielte ich weiter, in krampfhafter Verbissenheit vertiefte ich mich in die Partitur und versuchte verzweifelt, jenes Gefühl der puren Freude am Musizieren heraufzubeschwören, welches bisher meine Interpretationen beflügelte. Aber alle Bemühungen waren umsonst, dieses einzigartige Gefühl der vollkommenen Identifikation mit der Musik war mir abhanden gekommen, es war einfach nicht mehr da. Ich spielte nur noch eine Reihe von wohlklingenden Noten, aber der magische Zauber, der diesen Noten einmal ein inneres Leben, pulsierende Lebendigkeit einhauchte, der war einfach nicht mehr zu finden.

Entnervt sprang ich auf und schmetterte das Notenheft in eine Ecke des Zimmers. Gehetzt blickte ich mich um wie ein Tier im Käfig, das sich nach Freiheit sehnt. Ich konnte es nicht mehr lange an ein und demselben Ort aushalten. Die Enge der Wohnung schien wie eine bedrückende Last auf mein Gemüt zu wirken. Wie hatte ich es nur jahrelang hier ausgehalten, in völliger Isolation, allein mit meinen Büchern und Partituren? Hastig nahm ich meinen Mantel und machte mich erneut auf den Weg, ziellos durch die Straßen laufend, wie ich es schon seit geraumer Zeit tat, wenn ich spürte, dass die quälende Unruhe erneut mein Inneres aufwühlte.

Stundenlang irrte ich umher bis spät in die Nacht hinein, durchquerte menschenleere Parks, vergessene Allen, einsame Brücken. Dann plötzlich sehnte ich mich nach dem Klang einer menschlichen Stimme, und ich kehrte zurück auf belebtere Straßen. Doch als ich vorbeikam an einem jener Lokale, wo sich viele meiner Kommilitonen allabendlich amüsierten, da schien mich die unbeschwerte Fröhlichkeit der Menschen nur noch mehr zu verdrießen, und ich schritt eilig davon – weg von dem unerträglichen, albernen Gelächter der jungen Leute, weg von dieser unerträglichen Selbstgefälligkeit und unverschämten Sorglosigkeit, die mir in Anbetracht meines eigenen Seelenzustandes fast beleidigend erschien. Ich flüchtete wieder zurück in dunkle, menschenleere Gassen, wo mich niemand daran erinnern konnte, dass ich so anders war als alle anderen, dass es für mich in der Welt der anderen keinen Platz gab. Die Einsamkeit drückte wie eine zentnerschwere Last auf meine Schultern, doch ich lief weiter und weiter, bis endlich die Müdigkeit mich einholte und ich mich wieder zurück in die Mansarde schleppte.

Erschöpft fiel ich aufs Bett und schloss die Augen. Was sollte ich tun, um wieder meine Seelenruhe zu finden? Dieser quälende Dämon, der mich nun schon seit einiger Zeit plagte, war hartnäckiger als je zuvor. Ich fühlte mich gehetzt, die permanente Unrast und Nervosität, die ich so hasste und die mir früher vollkommen fremd war, wurde immer stärker, drang rücksichtslos in meine Gedanken ein und lähmte völlig meine kreative Energie. Ich fühlte mich innerlich ausgebrannt. Aber auch alles um mich herum schien mir öde, sinnlos, absurd, lächerlich. Eine unglaubliche Leere machte sich in meinem Leben spürbar, das Gefühl eines riesigen Vakuums in einer Welt, die ich bisher für perfekt hielt, weil ich sie mir so gewünscht hatte, weil ich sie mir so geschaffen hatte. Doch es stellte sich heraus, dass es eine künstliche Welt war, eine kalte und leblose Welt, deren Fassade jetzt langsam zu bröckeln begann und die ich jetzt hasste und verabscheute, weil ich mir einbildete, dass ich jahrelang durch ein Trugbild zum Narren gemacht wurde.

Eine unstillbare Sehnsucht nach etwas, wovon ich mir noch keine konkrete Vorstellung machen konnte, hatte sich tief in meinem Inneren verwurzelt und wollte mich nicht mehr loslassen. Ich spürte instinktiv, dass mir etwas fehlte, jedoch konnte ich bis zu diesem Zeitpunkt nicht genau erkennen, was es war, wonach meine Seele lechzte. Verzweifelt hatte ich versucht, diese Sehnsucht in mir zu verdrängen, mit Gewalt hatte ich dagegen angekämpft und mich bemüht, wieder auf ruhige Gleise zurückzukehren, doch es war mir nicht gelungen. Mein Wille war einfach zu schwach, um das aufzuhalten, was sich in meinem Inneren anbahnte. Es kochte regelrecht da drinnen, ich fühlte mich wie eine überreife Frucht, deren zarte Schale schon die ersten Risse bekam und jeden Moment platzen könnte, um dann ihre lange aufgestauten Säfte explosionsartig zu entladen. Wie ein Vulkan, der schon seit Tagen von warnenden Rauchschwaden umhüllt ist, die die bevorstehende Eruption ankündigen.

Ich war zutiefst verunsichert und erschreckt, denn ich fühlte mich von geheimnisvollen, unsichtbaren Mächten beherrscht, gegen die ich nichts tun konnte, denen ich willenlos ausgeliefert war. Doch ich ahnte zu diesem Zeitpunkt noch nicht, dass ich kurz vor einer Begegnung stand, die mein Leben von Grund auf und für immer verändern sollte.

Drittes Kapitel

Es war wenige Wochen vor Weihnachten. Draußen herrschte eisige Kälte. Es hatte in den letzten Tagen so viel geschneit wie schon lange nicht mehr, und das Wetter war nach einigen recht milden Jahren endlich wieder so richtig winterlich. Kinder tobten ausgelassen auf den Straßen, lieferten sich Schneeballschlachten und bauten Schneemänner, und auf dem Christkindlmarkt am Rathausplatz wurden beträchtliche Mengen von Glühwein und anderem Hochprozentigen konsumiert. Die Weihnachtseinkäufe waren schon voll im Gange. Tausende Menschen tummelten sich in den Kaufhäusern und konnten sich auch nach stundenlangem Suchen immer noch nicht entscheiden, was sie ihren Liebsten zum Fest schenken sollen.

An einem dieser Wochenenden kurz vor Beginn der Weihnachtsferien fand ein Studentenkonzert statt. Der Abend war der Kammermusik und den Soloinstrumenten gewidmet, und es präsentierten sich mehrere Ensembles aus unserer Fakultät sowie auch einige Solisten, unter denen ich mich auch befinden sollte. Jedes Ensemble beziehungsweise jeder Solist hatte nur ein einziges Stück zu spielen, sodass ein ziemlich disparates Abendprogramm dabei herauskam, was nicht unbedingt jedermanns Geschmack entsprach. Für die bevorstehenden Prüfungen war es jedoch wichtig, dass man mitmachte, nicht zuletzt deshalb, weil sich im Publikum der eine oder andere Professor befinden könnte, bei dem es galt, einen guten Eindruck zu hinterlassen.

Deshalb mangelte es auch nicht an Teilnehmern. Da aber solche, auf gute Examensnoten hinzielende Berechnungen nie in irgendeiner Weise meine Konzerttätigkeit bestimmten, hatte ich die feste Absicht, mich vor dieser Verpflichtung zu drücken. Meine seelische Verfassung war in letzter Zeit auch nicht gerade die beste gewesen, und es waren schon Monate vergangen, seitdem ich meinen letzten öffentlichen Auftritt hatte. Ich hatte jedoch nicht mit der Hartnäckigkeit meines Klavierlehrers gerechnet, der es für selbstverständlich hielt, dass ich an diesem Konzert teilnehmen würde, und zwar nicht mit irgendeiner kleinen musikalischen Paraphrase, sondern mit einem richtigen Paradestück. Ich versuchte irgendetwas einzuwenden, er ließ mich jedoch nicht einmal ausreden:

»Ich erwarte von einem glänzenden Studenten und angehenden Konzertpianisten, dass er auch einmal die Konzertbühne des Konservatoriums betritt und zum Erfolg des Abends einen nicht geringen Beitrag leistet. Und ein wenig Bühnenpraxis wird Ihnen sicherlich nicht schaden, zumal ihr Terminkalender in letzter Zeit nicht übermäßig voll war.«

Dies waren klare Worte. Und zum ersten Mal fühlte ich mich durch die Worte eines Professors peinlich berührt. Zum ersten Mal schien sich eine, wenn auch nicht klar ausgesprochene, so doch merkbare Unzufriedenheit über meine Leistungen kundzutun. Und das konnte ich unter keinen Umständen ertragen. Wenn es mir auch in letzter Zeit miserabel ging, wenn auch meine seelische Verfassung bei weitem nicht die beste war, ich durfte den anderen gegenüber keine Schwächen zeigen. Ich hatte durch jahrelange harte Arbeit und stoische Beharrlichkeit einen besonderen Status unter meinen Kollegen erlangt, hatte mir ein Repertoire erarbeitet, mit dem ich schon manchen etablierten Solopianisten in Staunen versetzen konnte. Und ich hatte mein ganzes bisheriges Leben nur dieser einen Aufgabe gewidmet, ohne Rücksicht zu nehmen, sodass ich mich dadurch immer mehr von den anderen Menschen entfremdete. Mit meinen dreiundzwanzig Jahren war ich praktisch ganz allein auf der Welt. Mit Ausnahme von Dr. Rosen gab es keinen Menschen, dem ich mich anvertrauen konnte und mit dem ich mehr als nur ein konventionelles, unpersönliches Gespräch führen konnte. All dies wurde mir plötzlich klar, und deshalb entschloss ich mich, trotz meiner inneren Unruhe und Frustration, die in letzter Zeit meinen künstlerischen Drang immer mehr hemmte, an diesem Konzert teilzunehmen und auch mein Bestes zu geben.

Ich stürzte mich sofort ans Klavier, und in den Tagen, die noch bis zum Konzert verblieben, arbeitete ich fast ununterbrochen. Ich war so damit beschäftigt, dass ich sogar meine seelischen Plagen fast vollkommen vergaß und mich ungehindert und voll konzentriert meiner Aufgabe widmen konnte. Nach kurzem Überlegen entschied ich mich für das *Scherzo Nr. 2 in b-Moll* von Chopin, ein Stück, das ich zwar schon geprobt, aber noch nie öffentlich aufgeführt hatte. Dieses musikalische Glanzstück von knapp zehn Minuten Länge ist eine ziemlich harte Nuss und stellt das technische Können des Interpreten auf eine richtig schwere Probe. Es ist vielleicht nicht das einfühlsamste Stück von Chopin, aber es bietet eine exzellente Möglichkeit, die Virtuosität des Pianisten auf Hochtouren zu bringen. Und es schien mir genau das Richtige für mein angeschlagenes Selbstwertgefühl. Ich wollte es allen zeigen, und vor allem mir selber, dass ich den inneren Widerstand besiegen konnte, mich nicht von düsteren Seelenzuständen in die Knie zwingen ließ und wieder ganz der Alte war: fehlerlos, vergeistigt, unnahbar.

Obwohl mir nur noch wenige Tage bis zum Konzert blieben, nutzte ich die Zeit optimal, um die Partitur bis ins kleinste Detail einzustudieren, jeden Akkord zu durchdenken und ein Gesamtkonzept über das Stück zu erarbeiten. Dazu hatte ich auch eine Einspielung mit Svjatoslav Richter aus dem Jahr 1971, einem faszinierenden Musiker, dessen Interpretationen besonders der Klaviermusik von Prokofieff und Rachmaninow seinesgleichen suchen, der aber auch die zarteren Töne eines Schubert mit erstaunlicher Sensibilität anschlagen konnte. Ich lauschte den Tönen, die der große Meister hervorzauberte, und versuchte gleichzeitig, diese hervorragende Technik in meinem eigenen Interpretationskonzept zu integrieren. Denn es war nie meine Absicht gewesen, den Stil des einen oder anderen großen Klaviervirtuosen zu imitieren. Ich wusste, dass ich mich nur dann zu einem wirklich bedeutenden Künstler entwickelte, wenn ich meine eigene, unverwechselbare Handschrift dem Instrument aufdrücken konnte und vielmehr noch – wenn ich in der Lage war, durch mein Klavierspiel einen Teil meiner Seele, der das Beste und Edelste von mir enthält, dem Publikum zu offenbaren. Jeder wirklich große Interpret ist daher einzigartig und unverwechselbar.

Deshalb konnte ich bestimmte, durchaus gut gemeinte Ausdrücke des Lobes überhaupt nicht ausstehen: »Sein Anschlag erinnert mich an den unvergessenen Arrau« oder »Seine Bachinterpretation hat den romantischen Zug eines Glenn Gould.« Solche Meinungen konnten mich nur verärgern oder verwirren, auf jeden Fall nützten sie mir überhaupt nicht auf dem schwierigen Weg zu einer eigenständigen künstlerischen Persönlichkeit.

Nach einer Woche intensivster Arbeit war ich halbwegs zufrieden. Die technischen Schwierigkeiten des Werkes beherrschte ich vollkommen und konnte mich nun auf den tieferen Sinn meiner Interpretation konzentrieren. Erst da entsteht die eigentliche Musik. Bis dahin geht es nur um eine mathematische Prozedur, um eine möglichst genaue Umsetzung von einer Reihe von Noten. Erst wer sein Handwerk so gut beherrscht, dass er völlig locker und entspannt an die Partitur herangehen kann, ohne Angst mehr zu haben vor bestimmten technisch verzwickten Stellen, die ihn früher ins Schwitzen brachten. Erst wer das widerspenstige Material völlig bezwungen hat und mit spielerischer Leichtigkeit auch die schwierigsten Passagen angeht, nur der hat die Bedingung erfüllt, um über der bloßen Aneinanderreihung von Tönen hinaus etwas zum Leben zu erwecken, was sich Musik nennt. Da kommt die Seele, das Gefühl ins Spiel. Und es ist fast so, als ob der Interpret ein Teil seiner Seele opfern muss, um diesen Tönen ein inneres, eigenständiges Leben zu verleihen. Musik bedeutet gleichzeitig auch Aufopferungsvermögen. Wer diese Wahrheit nicht erkannt hat, wird es nie schaffen, mehr als nur ein guter Techniker zu sein.

Ich war schon damals besessen von der Idee, dass wahre Kunst ein bestimmtes Maß von Aufopferung fordert. Manchmal muss man sogar das Liebste und Teuerste, was man besitzt, hinopfern, um der Kunst treu zu bleiben. Inwieweit sich diese Idee auf mein eigenes Leben und Werk auswirken würde, konnte ich zum damaligen Zeitpunkt noch nicht erahnen. Vieles wäre ansonsten vielleicht anders gelaufen.

Am Abend des Konzertes befand ich mich in einer seit Monaten nicht mehr gekannten Verfassung. Es schien alles wieder beim Alten zu sein. Ich war ruhig, konzentriert, ausgeglichen, ja sogar heiter und wechselte ein paar Höflichkeitsfloskeln mit Bekannten im Foyer. Von dem plagenden Gefühl der Unruhe war nichts mehr zu spüren. Alle düsteren Gedanken, die mich in letzter Zeit so quälten, schienen wie weggeblasen. Ich hatte noch genug Zeit, da ich erst im zweiten Teil des Konzertes nach der Pause auftreten sollte. Ich hatte mich kurz davor einige Minuten eingespielt. Der Bösendorfer Flügel war gut gestimmt und hörte sich ausgezeichnet an, sodass ich mich völlig entspannt ins Parkett begab, um dem ersten Teil des Konzertes aus dem Saal beizuwohnen.

Es hatten sich ziemlich viele Leute eingefunden: Professoren, Musikschüler und Studenten, Bekannte und Verwandte. Ich fand noch einen Platz in den hinteren Reihen und blickte aufs Programm. Ein Ausschnitt aus dem Forellenquintett von Schubert, danach eine Sonate von Mozart für Violine und Klavier, es folgten mehrere Klavierstücke von Schubert, und der Abschluss des ersten Teils führte mit dem Quartett für Flöte, Violine, Viola und Violoncello wieder zurück zu Mozart. Sobald es dunkel wurde im Saal, ließ das Gemurmel im Publikum nach, man hörte noch einige sporadisch husten, und schließlich wurde es ganz still. Die Interpreten traten auf.

Ich bemühte mich, meine Aufmerksamkeit auf das musikalische Geschehen zu konzentrieren, war aber innerlich doch in einem gewissen Grade mit meinem eigenen bevorstehenden Auftritt beschäftigt, sodass mein geistiges Ohr nur Bruchstücke des Dargebotenen aufnahm. Plötzlich war das Forellenquintett zu Ende, es wurde ziemlich begeistert applaudiert. Dann kam eine Violonistin in tief dekolletiertem, schwarzem Abendkleid, eine Studentin höheren Semesters, die ich vom Sehen kannte und die mir durch ihr gekünsteltes, eingebildetes Auftreten einen unsympathischen Eindruck machte. Außerdem passte das große, weiße Tuch, das viele Geiger zum Schutz zwischen Korpus und Kinn legen, überhaupt nicht zu ihrem restlichen Outfit. Begleitet wurde sie von einem Assistenten der Fachrichtung Klavier, einem nicht mehr ganz jungen Mann von unterwürfigem Charakter, dessen sichtlich gehemmtes Auftreten in krassem Gegensatz zur divenhaften Erscheinung der Violinistin stand. An die Interpretation kann ich mich gar nicht mehr erinnern. Ich viel in eine Art Meditation, die meine äußere Wahrnehmung beträchtlich beeinschränkte.

Wahrscheinlich war es doch ein Fehler gewesen, so kurz vor meinem eigenen Auftritt in den Saal zu kommen. Ich hatte meine Gelassenheit wohl ein wenig überschätzt, denn ich spürte allmählich so etwas wie Lampenfieber. Ich hätte mich in einem der Räume hinter der Bühne verschanzen müssen und in Abgeschiedenheit auf meinen Auftritt warten sollen, dachte ich etwas verärgert. Das Schubert-Impromptu verpasste ich vollkommen, und als ich wieder wach wurde, da spielte schon das Flötenquartett von Mozart.

Ich war schon im Begriff, den Saal zu verlassen, um mich an einem ruhigen Ort zu sammeln, als mein Blick unwillkürlich von etwas festgehalten wurde. Es begann gerade der mittlere, langsame Teil des Quartetts KV 285, wo die Flöte unter diskreter Begleitung der Streicher eine wunderbar traurige Melodie intoniert. Und dabei behauptet man, Mozart hätte dieses Instrument nicht sonderlich geliebt! Doch es war nicht nur die Musik, die mich fesselte, sondern vielmehr der Flötist, der seinem Instrument diese herrlichen Töne entlockte.

Es war ein Jüngling von unbeschreiblicher Anmut, und ich blieb fasziniert sitzen. Ich, der auf Äußerlichkeiten meistens nur wenig Wert legte, war von dieser plötzlichen Erscheinung wie gelähmt. Was war es, was mich so an ihm faszinierte? War es sein kastanienfarbenes, ein wenig zerzaustes Haar, das sein blasses Gesicht umrahmte und in welligen Locken auf die schmächtigen Schultern fiel und das im Schein des Bühnenlichts ab und zu kupferfarbene Reflexe aufblitzen ließ? Oder waren es die schmalen, dunklen und wie von Meisterhand gemalten Augenbrauen, die sich im Zuge der Musik auf und ab bewegten? Oder vielleicht die eleganten, schlanken und fast gebrechlich wirkenden Hände, die mit so erstaunlicher Leichtigkeit auf dem Instrument spielten? Ich konnte es nicht sagen. Wahrscheinlich war es die gesamte Erscheinung, die im Zusammenhang mit Mozarts magischer Musik jenen starken Eindruck auf mich machte und die mich sogar meinen eigenen Auftritt fast vergessen ließ.

Ich verlor ihn bis ans Ende des Vortrages nicht mehr aus den Augen, verfolgte jede seiner Bewegungen, lauschte auf jeden Ton, den er aus seinem Instrument hervorzauberte. Welch unglaubliche Harmonie schien seine Gestalt auszustrahlen! Welch perfekte Symbiose zwischen Mensch und Instrument schien sich hier zu vollziehen! In dem Moment schien mir die Flöte das lieblichste, schönste und gefühlvollste aller musikalischen Instrumente zu sein. Und ich wünschte mir, dass dieses Stück nie aufhörte, dass die berauschende Magie, die sein ganzes Wesen verströmte, unendlich andauern würde.

Doch das Unvermeidliche trat ein. Kaum waren die letzten Töne verklungen, setzte der brutal einfallende Applaus des Publikums meinem Traum ein jähes Ende. »Bravo« Rufe waren zu hören (und diesmal schien mir der regelmäßige Fauxpas des hiesigen Publikums, mit »Bravo« anstatt »Bravi« nur einen einzigen zu würdigen, durchaus berechtigt), und die Interpreten verbeugten sich. Jetzt konnte ich sein Gesicht in seiner ganzen Schönheit bewundern. Ein schüchternes Lächeln umspielte seine Lippen, als er die Ovationen des Publikums entgegennahm. Aber es war keine Spur von Eitelkeit in diesem Lächeln zu erkennen. Und plötzlich erinnerte ich mich an die Worte Lord Henrys beim Anblick von Dorian Gray: *As if he was made out of ivory and rose-leaves.*

Schließlich entfernten sie sich, es wurde wieder hell im Saal und die Pause begann. Ich war ganz benommen und brauchte einige Zeit, um mich wieder zu sammeln. Das Publikum drängte zum Ausgang und ich wurde vom Strom mitgerissen. Was war denn los mit mir? Wie war es möglich, dass ich mich von der bloßen Erscheinung eines, zugegeben, recht hübschen jungen Musikers so beeindrucken lassen konnte, dachte ich verärgert, während ich mich durch Leute im Foyer drängte, um den Weg zu den Bühnenräumen zu nehmen. Gerade jetzt, wo höchste Konzentration erforderlich war und ich mich von nichts, aber auch von gar nichts ablenken lassen durfte. Wahrscheinlich lag es an meiner Anspannung, die wohl doch größer war als vermutet und die meinen Sinnen eine übertriebene Empfindsamkeit für äußere Reize verlieh. Einfach lächerlich, tadelte ich mich in Gedanken.

»Viel Glück«, rief mir jemand zu. Ich warf einen kurzen Blick in die Richtung, aus der die Stimme kam. Es war Serge. Er selbst hatte keinen Auftritt an diesem Abend, aber selbstverständlich war er gekommen, um mich zu hören. Er verpasste ja keine Gelegenheit dazu. Ich verzog meinen Mund zu einem knappen »Danke«, und bevor er noch etwas sagen konnte, war ich verschwunden. Wie lästig empfindet man doch die Zuneigung eines anderen, wenn sie nicht auf Gegenseitigkeit beruht! Doch meine Gedanken kehrten schnell wieder zu der einzigen Gestalt zurück, die plötzlich wie ein unverhofftes Licht ins Dunkel meines trostlosen Lebens getreten war.

Ich eilte die Treppe in dem schmalen Korridor hinter der Bühne hinauf und begab mich in den Raum, von dem aus man die Bühne betrat. Als ich die Tür öffnete, sah ich ihn plötzlich vor mir. Nur ein paar Meter trennten uns voneinander. Er verpackte gerade sein Instrument und scherzte mit dem Cellisten. Ich hörte seine Stimme, die mich an die Klarheit eines Glockenspiels erinnerte. Er sprach fließend Deutsch, doch war ein leicht mediterraner

Akzent zu erkennen, der sehr gut zu seinem äußeren Erscheinungsbild passte.

»Ach, da bist du ja«, sagte der Cellist und kam auf mich zu. Wir kannten uns von gemeinsamen Proben her. »Claudio«, er drehte seinen Kopf nach hinten, »ich möchte dir eines der viel versprechendsten Talente unserer Fakultät vorstellen.« Und dann wandte er sich wieder an mich:

»Claudio ist im ersten Semester. Aber es gibt nicht viele, die so Flöte spielen können wie er.«

Claudio näherte sich schüchtern und streckte mir die Hand entgegen. Mir stockte einen Augenblick lang der Atem. Ich hatte Angst, diese Hand zu berühren, Angst, dass ich sie danach nicht mehr loslassen könnte. Ich tat es trotzdem, mit einer ungeschickten, hektischen Bewegung. Seine Finger fühlten sich ungewöhnlich zart an.

»Ich habe schon viel von Ihnen gehört«, sagte er und blickte mich lächelnd an. Diese Augen! Wie sollte ich sie jemals vergessen können? Sie waren mandelförmig und hatten die Farbe von dunkelgrünen Smaragden, die wunderbar mit den langen, schwarzen Wimpern harmonierten. Kannten diese Augen denn überhaupt die Trübe der Melancholie, der Traurigkeit, des Grübelns? Es war schwer vorstellbar, denn im Moment strahlten sie vor Freude.

»Ich kann es kaum erwarten, Sie spielen zu hören. Meine Freunde haben mir schon einen Platz im Parkett reserviert, links, wissen Sie, damit ich auch ihre Hände sehen kann.« Er errötete leicht.

»Okay, gehen wir jetzt«, sagte der Cellist. »Viktor braucht jetzt Ruhe, um sich auf seinen Auftritt zu konzentrieren.«

Sie entfernten sich. Ich blieb noch einige Zeit wie angewurzelt stehen, den Blick auf die Tür geheftet, die sich hinter ihnen schloss. Nein, es war nicht nur ein flüchtiger, durch die Musik hervorgerufener Eindruck meiner überspannten Nerven. Dieser Junge hatte etwas an sich, das mich betörte, und gleichzeitig zutiefst erschreckte. Zum ersten Mal dachte ich an die Möglichkeit, dass meine Seele nicht mehr mir allein und der Musik gehören könnte. Zum ersten Mal spürte ich deutlich die Gefahr, aus meiner intellektuellen Welt herausgerissen zu werden, hinaus in eine andere, völlig fremde Welt, wo Gesetze herrschten, die ich nicht kannte. Verwirrt ging ich zum Waschbecken und ließ lauwarmes Wasser einfließen. Danach rieb ich meine Hände mit einem hautaktivierenden Waschgel ein, das ich extra dazu mitgebracht hatte, und tauchte sie schließlich in das Wasser ein. Ich verharrte so einige Minuten, regungslos. Dies tat ich immer vor einem wichtigen Auftritt. Erst nach minutenlangem Aufweichen hatte die Haut an den Fingerkuppen die Geschmeidigkeit, die ich brauchte, um den richtigen Anschlag zu finden.

Die Pause war zu Ende, das Publikum war wieder an seine Plätze zurückgekehrt, der Flügel stand schon da in der Mitte der Bühne und wartete auf mich. Man gab mir ein Zeichen, ich atmete mehrmals tief durch. Immer noch sah ich die funkelnden, tiefgrünen Augen vor mir, die mich neugierig anblickten. Wie in Trance betrat ich die Bühne. Ich bewegte mich bis zum Flügel, stützte mich mit der linken Hand auf das Gehäuse und verneigte mich. Ich blickte in den Saal, mit der Hoffnung, ihn irgendwo zu entdecken, konnte aber nichts sehen, da ich von dem grellen Licht der Scheinwerfer geblendet wurde.

Ich weiß nicht mehr, wie ich es fertig brachte, in dem aufgewühlten Zustand, in dem ich mich damals befand, das Scherzo von Chopin mit einer, wie mir alle ohne Ausnahme bestätigten, wahrlichen Glanzleistung zu interpretieren. So viel ich mich auch später bemühte, die einzelnen Momente meiner Darbietung an jenem Abend in Erinnerung zu rufen, es war mir schlichtweg unmöglich. Ich konnte mich an keine Details mehr erinnern. Ich weiß nur noch, dass am Ende der zehn Minuten (oder war's eine Ewigkeit?) ein kräftiger Applaus mich mehrmals zurück auf die Bühne rief und dass ich mich – entgegen meines Vorhabens und entgegen auch den Vorschriften einer streng geregelten Studentenaufführung – erneut an den Flügel setzte und eine Zugabe spielte. Es war eine *Nocturne*, ebenfalls von Chopin, ein ruhiges, introvertiertes musikalisches Moment mit weichen, zarten Klängen. Ich streifte die Finger über die Tasten, fast ohne sie zu berühren, und fühlte, wie das wohl bekannte Gefühl der Freude am Musizieren, des völligen Eintauchens in die Musik, das ich so sehr vermisst hatte in den letzten Wochen und Monaten, wieder in mir hochstieg. Ich spürte, wie meine Seele sich erneut ausweitete und diese unsichtbare Verbindung mit dem Instrument einging, wie die Tasten fast von alleine spielten, nur durch die reine Kraft meiner Gedanken zum Leben erweckt. Es war wieder da, dieses einzigartige, unbeschreibliche Gefühl der völligen Verschmelzung mit der Musik, des Aufgehens in der Musik! Aber da war noch ein anderes Gefühl, ein bisher völlig unbekanntes, das ich bis vor kurzem für unmöglich und völlig absurd gehalten hätte. Zunächst noch ganz zaghaft und schüchtern, vermischte es sich jedoch alsbald mit dem anderen, in einer perfekten Harmonie von Körper und Seele, die ein Mensch vielleicht nur in den seltensten Momenten der Glückseligkeit empfinden kann. Ich wusste, dass irgendwo im Saal mir jemand zuhörte, der mich mit einem einzigen Lächeln vergessen ließ, wie unglücklich ich in letzter Zeit war, wie öde und sinnlos mir das Leben vor einigen Tagen noch erschien – jemand, der nur mit dem Strahlen seiner Augen eine Wärme in meine Seele einflößte, die Berge von Eis zum Schmelzen bringen könnte. Und dieses Bewusstsein war so ergreifend, es erweckte eine so unglaublich große Freude in mir, dass es mich fast vom Flügel riss, dass ich dabei war, in einem Aufschrei meiner Seele der ganzen Welt dieses einzigartige Gefühl mitteilen zu wollen, damit jeder teilnehmen konnte an meiner Freude. Wer war dieser geheimnisvolle Junge, der binnen kürzester Zeit schon so viel Macht auf mich ausübte? Wieso kreuzten sich unsere Wege genau in jenem Moment, als ich vor Verzweiflung nicht mehr weiter wusste? So als hätte irgendjemand meinen Hilfeschrei noch rechtzeitig gehört und mir Rettung in letzter Minute geschickt.

Ich fühlte, wie sich in meinem Inneren eine geheime Schleuse öffnete, und dieses berauschende Gefühl, das dort lange im Verborgenen schlummerte, konnte nun – beflügelt von Chopins nächtlichen Klängen – völlig frei herausströmen in den Raum, in dem *er* sich befand, inmitten von vielen anderen, wie ein leuchtender Stern am dunklen Nachthimmel. Doch diese Musik galt nur ihm allein, nur seine Seele sollte sie berühren, nur sein Ohr sollte die geheime Botschaft erfassen, die diese zarten Klänge in sich trugen. Nur sein Herz sollte erfahren können, dass ich es einzig und allein ihm verdankte, wieder Freude am Leben gefunden zu haben. Und wenn mir an jenem Abend Millionen zugehört hätten, es wäre mir vollkommen egal gewesen, denn meine Musik war nur für einen einzigen geschaffen.

Leise, innig, ja fast schüchtern beendete ich meinen Vortrag. Die letzten Töne waren kaum noch hörbar, sie schienen nicht mehr aus dem Instrument zu kommen, sondern wie pure Luft im Raum zu schweben. Ich verharrte einen Moment lang in vollkommener Reglosigkeit, denn ich war so ergriffen, dass mir schien, auch nur die kleinste Bewegung könnte den Zauber dieses Augenblicks für immer zerstören. Und als ich mich endlich doch erhob und den Applaus des Publikums dankend entgegennahm, wurde mir bewusst, dass diese *Nocturne* mit ihren sanften Klängen, so wie ich sie damals spielte, das allererste Bekenntnis einer aufkeimenden Leidenschaft werden sollte.

Viertes Kapitel

Doch die Euphorie jenes Abends schlug schon am nächsten Morgen in tiefe Verunsicherung um. Dumpf und mit trüben Gedanken wachte ich auf. Dieses neue Gefühl, das noch vor kurzem so klar, so deutlich, so wunderschön und so verheißungsvoll sich mir offenbarte, es hatte sich nicht verflüchtigt, es war immer noch da, aber es hatte sich über Nacht in eine bedrückende Melancholie verwandelt. Wieder überkam mich diese innere Unruhe, diese Unlust und Neurasthenie, die ich so verabscheute und von der ich mich durch die intensive Tätigkeit der letzten Tage zumindest zeitweise befreien konnte. Doch jetzt, nachdem dieses Konzert vorüber war und ich mich nicht erneut auf eine unmittelbar wichtige Aufgabe stürzen konnte, waren die alten Dämonen plötzlich wieder aufgetaucht. Und etwas Neues mengte sich ihnen bei. Ein Gesicht, manchmal deutlich konturiert, manchmal schemenhaft verzerrt, tauchte ab jetzt fast ununterbrochen in meinen Gedanken auf. Und je mehr ich versuchte, es zu verdrängen, desto hartnäckiger drängte es sich mir auf.

Selbstverständlich versuchte ich die alte Taktik wieder, nämlich die Tatsachen zu ignorieren, nicht auf den inneren Barometer zu achten, der mir ganz deutliche Warnsignale gab. Und so, als wäre nichts geschehen, flüchtete ich wieder in meine gewöhnliche Arbeit. Mit zäher Beharrlichkeit versuchte ich mich wie in früheren Zeiten Stück für Stück an die Partituren heranzuarbeiten, meine Technik zu verbessern, zu lesen, zu meditieren, all das zu tun, was früher mein Leben ausmachte und mir Zufriedenheit und Erfüllung gab. Denn ich klammerte mich immer noch krampfhaft an meinen früheren Glauben, dass es meine Bestimmung war, ein Leben zu führen, das ausschließlich der Musik und dem Geiste gewidmet ist. Dieser Glaube gab mir in all den Jahren die Kraft, stundenlang am Flügel zu verbringen oder in der Bibliothek. Dieser Glaube gab mir auch die Überheblichkeit und die Verachtung, die ich anderen Menschen gegenüber empfand, die nicht so waren wie ich: schwache und verwundbare Menschen, oberflächlich im Geiste und von niedrigen, kurzlebigen Leidenschaften beherrscht. Und plötzlich brach über mich ein Gefühl ein, das mich ruckartig von meinem selbst ernannten Thron inmitten genau dieser gewöhnlichen Menschen schleuderte, die ich innerlich so verabscheute.

Was ich mir damals nicht eingestehen wollte, war die Tatsache, dass ich schon längst nicht mehr derjenige war, für den ich mich hielt, dass die Fassade schon längst zu bröckeln begonnen hatte, dass ich nur noch ein Schatten meines früheren Selbst war – eine Marionette, die nur noch mit Mühe und durch ungeheure Willensanstrengungen ihre gewohnte Rolle spielte. Ich konnte damals nicht erkennen, dass es früher oder später so weit kommen musste, dass die zauberhafte Wirkung dieser Begegnung kein bloßer Zufall war – dass sie nur deshalb die Macht besaß, mein Leben zu verändern, weil ich innerlich schon längst dafür bereit war. Weil die Leidenschaft in mir schon wie in einer überreifen Frucht gärte und nur auf die passende Gelegenheit wartete, um sich zu entfesseln. Denn wer innerlich bereit ist zu lieben, der findet letztendlich einen Gegenstand seiner Anbetung. Und die quälende Frage, ob dieser auch anbetungswürdig ist, stellt man sich am Anfang freilich nicht. Erst viel später und schleichend beginnen sich solche Gedanken einen Weg ins klare Bewusstsein zu bahnen.

Zuerst versuchte jedoch der Feigling in mir, dieser unerwarteten Verlockung mit allen Mitteln aus dem Wege zu gehen. In den nächsten Tagen mied ich beharrlich jeden Ort, wo die Möglichkeit bestand, dass mir Claudio über den Weg lief. Ich kannte seine Fachrichtung, also konnte ich auch ungefähr wissen, wo er sich zu einem bestimmten Zeitpunkt mit großer Wahrscheinlichkeit aufhielt. Und da ich die Mensa nicht besuchte und die abendlichen Studententreffpunkte prinzipiell mied, reduzierte sich die Chance einer zufälligen Begegnung auf ein Minimum. Schließlich kamen mir auch noch die Weihnachtsferien entgegen, und ich konnte zwei Wochen lang ruhig aufatmen.

So dachte ich zumindest. Es sollten die traurigsten Weihnachten werden, die ich bis dahin erlebt hatte, denn mit meiner Seelenruhe war es endgültig vorbei, die Leidenschaft hatte bereits ihre Krallen fest in meinem Herzen verankert. Und es verging kein Tag, keine Stunde, ja fast keine einzige Minute, ohne dass ich nicht das anmutige Gesicht mit dem reizenden Lächeln vor mir sah. Es verfolgte mich überall hin, bei Nacht in meinen Träumen, bei Tag in meinen Gedanken. Ich konnte tun was ich wollte, es war fast immer da. Krampfhaft versuchte ich, es zu vertreiben, mich in diverse Tätigkeiten zu flüchten, die mir Ablenkung bringen könnten. Ich ging sogar für einige Tage Schifahren, was ich sonst nur selten tat. Doch alles war umsonst. Ich war auf der Flucht vor meinem eigenen Ich, oder besser gesagt, einem Teil davon, den ich nicht beachten wollte, der aber immer hartnäckiger sein Recht auf Beachtung forderte. Und meine Stimmung verdüsterte sich zusehends. Ich wurde immer gereizter, immer verschlossener, immer weniger ansprechbar. Ich reagierte kaum noch auf meine Umwelt und war schließlich erleichtert, als die Ferien endlich vorbei waren und ich mich wieder fern von den neugierigen und besorgten Blicken meiner Familie in meiner kleinen Studentenwohnung verkriechen konnte.

Und eines Tages, im Jänner, geschah es. Ich war in der Bibliothek, vertieft in ein Traktat über die Ästhetik der Tonkunst. Eine Gruppe Studenten trat ein, ziemlich lebhaft und geräuschvoll miteinander plaudernd. Ich wandte mich ostentativ ab, da mich nichts mehr ärgerte, als durch irgendwelche alberne Kollegen in meiner Arbeit gestört zu werden. Doch aus dem Gewirr der Stimmen kristallisierte sich allmählich eine ganz bestimmte heraus, eine, die ich nur allzu gut kannte, die sich in mein Gedächtnis eingebrannt hatte, obwohl ich sie nur ein einziges Mal gehört hatte. Ich zuckte unwillkürlich zusammen und wollte mich am liebsten schon ganz in das Traktat verkriechen, doch es war zu spät, denn plötzlich erklang die Stimme ganz nahe. Und ich erschauderte erneut, als ich ihre unverwechselbare Klangfarbe erkannte:

»Hallo, Viktor«.

»Hallo«, antwortete ich mit gespielter Gleichgültigkeit, meinen Blick nur allmählich auf den Eindringling richtend. Er stand vor mir, strahlend schön, jugendlich frisch mit seinem bezaubernden Lächeln, und blickte mich freudig an.

»Sie erinnern sich doch noch an mich, wissen Sie, damals beim Konzert …«, sagte er etwas eingeschüchtert, da ich keine Anstalten machte, ihn als Bekannten zu begrüßen.

»Ach ja, stimmt«, antwortete ich, als würde es mir plötzlich wieder einfallen, »der Flötist aus dem Mozartquartett. Wie war nochmals ihr Name?« Und sofort tat es mir leid, dass meine Feigheit mich so überheblich und kalt wirken ließ. Seinen Namen, den ich anscheinend vergessen hatte – wenn er nur wüsste, wie oft ich ihn heimlich aussprach, wie viele Stunden ich damit verbrachte, seinen Wohlklang in allen möglichen Modulationen auszukosten!

»Claudio«, antwortete er, sichtlich bestürzt, »ich heiße Claudio.«

Traurig klang jetzt dieser Name, so wie er ihn aussprach, traurig und enttäuscht. Das freudige Strahlen seiner Augen hatte sich blitzartig verflüchtigt und sein Blick senkte sich verlegen. Denn, wie ich später erfahren sollte, kannte dieser Junge keine Verstellung, seine Seele war so rein, so offen und ehrlich, dass die kleinsten seelischen Regungen sofort in seinem Verhalten erkennbar wurden.

»Bitte entschuldigen Sie, wenn ich Sie gestört habe. Auf Wiedersehen«, sagte er mit leiser, sehr weicher Stimme.

Er wollte schon gehen, doch mein innerer Widerstand war bereits gebrochen. Hätte ich damals widerstanden, wäre wahrscheinlich alles ganz anders gekommen. Er hätte mich fortan gemieden, und es wäre nie mehr eine Annäherung zwischen uns möglich gewesen. Doch anstatt ihn fortgehen zu lassen und somit meine Seele zu retten, ergriff ich seine Hand und sagte fast flehentlich:

»Bitte, geh' nicht!«

*

Fortan sahen wir uns mehrmals täglich. Ich konnte es kaum erwarten, in den Pausen zwischen den Vorlesungen oder Seminaren die Gänge des Universitätsgebäudes in ungeduldigem Schritt zu durchqueren, um als Erster an unserem vereinbarten Treffpunkt zu gelangen. Das war meistens ein etwas abgelegener Abstellraum für alte Flügel und Cembali, den ich auch früher ab und zu aufsuchte, um die alten Instrumente zu betrachten, so wie sie dastanden, wahrscheinlich für immer verstummt. Und oft dachte ich wehmütig daran, welch glanzvollen Abend so manch eines dieser Instrumente erlebt haben musste. Schmerzhaft wurde mir in solchen Momenten die allgegenwärtige Vergänglichkeit bewusst.

Doch die Zeit solch meditativer Stimmungen war nun endgültig vorbei, denn nun erwartete mich in dem abgedunkelten Raum ein Jüngling mit lachenden Augen. Und diese kurzen Momente bis zum Beginn der nächsten Vorlesung, diese ersten schüchternen Zusammentreffen sind mir bis zum heutigen Tage schmerzhaft süß in Erinnerung geblieben. Wir verstanden uns vom ersten Tag an prächtig, obwohl wir gegensätzlicher nicht sein konnten. Ich war nachdenklich, schweigsam und bis vor kurzem fast unzugänglich – er war meistens heiter, lustig, immer für einen Spaß bereit. Er war sozusagen auf der sonnigen Seite des Lebens. Durch seine Späße brachte er mich häufig zum Lachen und freute sich jedes Mal sichtlich über seinen Erfolg.

Am Anfang gab er sich noch etwas zögernd und unsicher in meiner Gegenwart, wahrscheinlich etwas eingeschüchtert durch meinen Ruf als exzentrisches Genie. Wenn ich sprach, hörte er meistens sehr aufmerksam zu und wagte es nicht, mich zu unterbrechen. Doch langsam löste sich der Knoten und er entzückte mich immer häufiger mit seinem jungenhaften Lachen. Ich genoss diese unbeschwerte Zeit, fühlte mich wie ausgewechselt, keine düsteren Gedanken quälten mich mehr, keine existenziellen Probleme beherrschten mehr meinen Alltag. Das Leben hatte plötzlich wieder einen Sinn, es schien mir locker, leicht und lebenswert. Denn alles drehte sich ab jetzt nur noch um die eine Person, die mich immer mehr beherrschte und veränderte.

Manchmal kam es vor, dass wir uns zufällig in den Gängen der Universität trafen – meist war er dann mit anderen Studenten seines Jahrgangs zusammen –, und ich werde die helle, aufrichtige Freude, die ihn überkam, wenn er mich sah und ungeniert seine Kollegen im Stich ließ und auf mich zulief, niemals vergessen. Wir hatten immer etwas zu besprechen, obwohl wir uns eigentlich nichts Bedeutendes sagten. Das bloße Zusammensein machte uns so viel Vergnügen, dass alles andere überflüssig war. Seinetwillen ging ich auch in die Mensa, obwohl sie mir verhasst war, nur um jeden möglichen Augenblick in seiner Nähe sein zu können. Und Abends trafen wir uns meistens bei mir zu Hause, um bis spät in die Nacht hinein zu musizieren oder über Musik zu diskutieren.

Oft erzählte er mir auch Geschichten über seine Heimat. Claudio war Italiener und kam aus dem lombardischen Mantua, der stolzen Stadt der Gonzaga, die auch Verdi zu seiner Oper »Rigoletto« inspirierte. Er stammte aus einer wohlhabenden, traditionsbewussten Familie und behauptete mit allem Ernst, dass er ein Nachfahre des berühmten Vespasiano Gonzaga sei. Ein Mann, der die schönen Künste über alles liebte und seinen Lebenstraum in Wirklichkeit umsetzte, indem er ein kleines Städtchen namens Sabionetta gründete, das seinem Ideal einer perfekten Renaissance-Stadt entsprach.

Schon als Kind machte Claudio durch sein außergewöhnliches Talent auf sich aufmerksam. Jedoch im Unterschied zu mir war seine Musikalität vorwiegend gefühlsbetont, seine Interpretationen sehr ausdrucksstark und zum Teil intuitiv. Ich hingegen war eher der intellektuelle Musiker, dessen Gefühle erst den zerebralen Filter passieren mussten, bevor sie in Töne umgewandelt wurden. Für mich war Musik in gewissem Maße eine geistige Herausforderung, eine intellektuelle Disziplin, ein »Glasperlenspiel«, ohne dadurch aber die affektive Komponente außer Acht zu lassen. Obwohl kein Anhänger Eduard Hanslicks, war ich der Meinung, dass das Gefühl dem nüchternen Intellekt untergeordnet werden musste und in der Interpretation nie die Oberhand gewinnen darf. Der Musiker bringt durch seine Interpretation Gefühle zum Ausdruck, aber als Vermittler dieser Gefühle muss er in einem gewissen Maße den »kühlen Kopf» bewahren, sich in Selbstdisziplin üben, die perfekte Kontrolle über seine Emotionen behalten und diese nur ganz gezielt und in bestimmten »Portionen» zum Einsatz bringen. Manche meiner Kritiker warfen mir deshalb Sterilität in meinen Interpretationen vor, weil trotz technisch einwandfreier Leistung oftmals eine gewisse Distanziertheit zum Publikum nicht zu überhören war. Es fehlt eine gewisse Spontaneität, der irrationale Gefühlsausbruch, um meine Interpretationen als wirkliche Sensation zu bezeichnen, sagte man mir einmal. Ich zuckte meistens nur die Achseln, ohne diesen Bemerkungen viel Beachtung zu schenken. Erst durch Claudio erkannte ich plötzlich, dass etwas Wahres daran sein könnte. Bei ihm war alles vorwiegend Gefühl, und deshalb waren seine Interpretationen nie gleich, sondern von den Schwankungen und der momentanen Verfassung seines Gemüts abhängig. Ich achtete bei meinem Spiel peinlich genau auf die Partitur, wie ein Toscanini des Klaviers respektierte ich ohne Ausnahme jede noch so unbedeutende Angabe des Komponisten. Bei Claudio bemerkte ich hingegen öfter mal kleine Abweichungen, auch manche technische Imperfektionen, aber seine Musikalität war so außergewöhnlich, dass sie diese Unstimmigkeiten leicht überspielte und das Resultat meistens hervorragend war. Und wenn ich ihn manchmal darauf ansprach, wieso er diese oder jene Stelle anders spielte, als es in der Partitur vorgesehen war, dann blickte er mich mit seinen tiefgrünen Augen erstaunt an und sagte, er spiele es so, weil er es so *fühle*. Dem konnte ich dann nichts mehr entgegnen.

Oft versuchte ich ihn auch in tiefsinnigere Diskussionen über die Musik zu verwickeln, und er stimmte immer zu, um mir einen Gefallen zu tun. Aber ich merkte bald, dass es ihm nicht richtige Freude bereitete und dass diese so genannten Diskussionen meistens zu einem Vortrag wurden, bei dem ich meine Anschauungen darlegte und er mir mit leicht geöffnetem Mund lauschte und mir dabei unentwegt in die Augen sah. Und da ich diesem Blick nicht lange standhalten konnte, geriet ich bald ins Stottern, verhedderte mich in meinen Erklärungen und gab es schließlich ärgerlich auf, indem ich mich ans Klavier setzte und sagte: »Genug der Theorie. Komm, lass' uns lieber etwas spielen.«

Und er sprang freudig auf, glücklich darüber, dass das lästige Philosophieren ein Ende hatte, und spielte die lieblichsten Töne, währenddessen ich ihn fast ehrfurchtsvoll am Klavier begleitete. Es war fast so, als ob hier zwei scheinbar gegensätzliche musikalische Prinzipien, nämlich die Kontrapunktik und die Melodik, auf wunderbarer Weise ihren Einstand gefunden hätten. Dies war nun mal seine Natur, Inbegriff der Spontaneität, das reinste Gefühlswesen. Er hielt es nicht für notwendig, über Musik nachzudenken, er spielte einfach drauflos, und das meist in bewundernswerter Art und Weise.

Im Übrigen merkte ich schnell, dass ihm jedweder Hang zur Nachdenklichkeit und Grübelei fehlte und dass er es beharrlich vermied, mit mir über so genannte ernste Themen zu sprechen. Aber dies war keineswegs ein Zeichen von Oberflächlichkeit oder Ignoranz, denn in seiner Musik entdeckte ich nur zu oft schmerzhaft aufwühlende Klänge, und ich fragte mich, ob es in der Tat dies heitere und unbeschwerte Wesen war, das sie erzeugte. Ich erkannte allmählich, dass er für tiefsinnigere Dinge nicht unempfänglich war, er hielt es nur für unsinnig, darüber zu sprechen. Er griff viel lieber zu seinem Instrument, um seinen Gefühlen Ausdruck zu verleihen.

Alles entwickelte sich in den ersten Tagen und Wochen zu einer innigen, aber kollegial-freundschaftlichen Beziehung. Zumindest dem Anschein nach, denn tief in meinem Inneren wusste ich nur zu genau, was ich in Wahrheit für ihn empfand. Dass dieses Gefühl viel mehr war als nur eine freundschaftliche Zuneigung, dass hier sinnliche Leidenschaft, verzehrende Sehnsucht nach körperlicher Erfüllung im Spiel waren, die die rein platonische Freundschaft gefährdeten. Und diese Erkenntnis verunsicherte mich zutiefst, denn ich wusste nicht, ob diese Leidenschaft auf Gegenseitigkeit beruhte. Und ich hatte höllische Angst, diese noch so junge, so fragile Beziehung durch eine ungestüme Geste zu zerstören.

Ich blieb nächtelang wach, und hin und her gerissen zwischen sinnlichem Feuer und Angst vor einer möglichen Demütigung stellte ich mir die schrecklichsten Szenarien vor. Es graute mir vor der Vorstellung, dass er sich von mir fluchtartig abwenden könnte, wenn ich ihm meine wahren Gefühle offenbarte. Ich malte mir in solchen Momenten seinen Gesichtausdruck aus, dies anmutige Antlitz bis zur Unkenntlichkeit verzerrt durch Ekel und Abscheu, die warmen, gefühlvollen Augen plötzlich kalt und abweisend, sein fröhliches Lächeln eingefroren auf den blutleeren Lippen. Welch furchtbare Scham, welch grausame Erniedrigung für meine stolze Seele! Ich wusste nur zu gut, dass ich solch eine Schmach unmöglich hätte ertragen können. Und deshalb kämpfte ich mit aller Macht gegen meine Gefühle an, um diese wunderbare Freundschaft, die mir so viel bedeutete, nicht zu gefährden.

Denn es war durchaus möglich, dass er über diesen Punkt ganz anders dachte als ich. Ich war in gewisser Weise ein Amoralist, obzwar bisher nur in meinen Gedanken. Auf der Suche nach der künstlerischer Wahrheit, wie auch immer sie sich zeigen möge, war ich stets darauf bedacht, mich nicht von irgendwelchen Vorurteilen von meinem Weg abbringen zu lassen. Künstlerische Wahrheit bedeutete für mich auch kompromisslose Hingabe der Seele. Und meine Gefühle für ihn trugen eine Wahrheit in sich, die ich nicht in Frage stellen konnte. Das war alles, was ich wissen musste. Denn nicht die Natur einer Leidenschaft ist von Bedeutung, sondern nur ihre Wahrhaftigkeit.

Damals und auch nicht später sollte ich meine Natur in Frage stellen. Ich war darüber zwar anfänglich etwas überrascht, akzeptierte sie jedoch bald als eine Tatsache, die man einfach hinnehmen muss, ohne sie zu hinterfragen. Denn hatte ich einmal die Liebesfähigkeit in mir entdeckt und akzeptiert – und das war der eigentliche Kampf der letzten Tage und Wochen gewesen – so war es mir vollkommen egal, auf wen sich diese Liebe richtete, solange sie nur ein unverfälschter Nährboden für meine Seele blieb, und somit auch für meine Kunst. Andere Zweifel waren es, die mir zu späterer Zeit meine Seelenruhe langsam zerstören sollten: komplexe, existenzielle Fragen, die eigentlich nichts mit der Natur meiner Leidenschaft zu tun hatten.

Bei ihm war es freilich etwas anderes. Ich konnte nicht wissen, ob er sich – vorausgesetzt, er würde das Gleiche für mich empfinden, was allein schon äußerst fragwürdig war – ebenso vorurteilslos seinen Gefühlen hingeben würde, wie ich es bereit war zu tun. Ob er sich über seine streng konservative Erziehung, die er in seinem wohl behüteten Heim in Mantua genoss, so ohne weiteres hinwegsetzen konnte? War er stark genug, den Impulsen seines Herzens zu folgen, ohne die möglichen Konsequenzen zu erwägen?

Deshalb versuchte ich mit aller Kraft, ihn körperlich von mir fern zu halten. Doch mit jedem Tag, den ich mit Claudio verbrachte, mit jedem Tag, in dem ich eine neue, noch unentdeckte Seite seines wunderbaren Wesens kennen lernte, wurde mein Begehren unhaltbarer. Oft, wenn wir eng nebeneinander saßen und gemeinsam eine Partitur studierten, wenn ich seinen jungen, geschmeidigen Körper ganz nahe spürte und die einhüllende Wärme, die er ausstrahlte, meine Sinne zu erhitzen begann, wenn sein Atem oder eine widerspenstige Haarsträhne meine Wange streiften – dann glaubte ich, meine Erregung nicht mehr länger beherrschen zu können. Ich saß mit zitterndem Herzen da und wagte ihn kaum anzusehen, um ja nicht noch mehr von seinen Reizen betört zu werden. Er merkte wohl manchmal, dass ich mich etwas komisch benahm, brachte es aber eher mit meiner launischen Natur in Verbindung, und versuchte mich auf seiner Weise aufzuheitern, indem er mich zu kitzeln begann, mich an den Haaren zog, oder sonst welche drollige Späße mit mir trieb. Denn trotz seiner neunzehn Jahre gab es etwas kindisch Verspieltes in seinem Verhalten, ein jungenhaftes Ungestüm, das mich oft in Staunen versetzte. Nur bewirkten solche Aufheiterungsversuche genau das Gegenteil. Und es kam so weit, dass ich ihn manchmal fast von mir wegstieß, wenn ich spürte, dass die Erregung in mir überzukochen drohte. Mit blutendem Herzen und aufgepeitschten Sinnen musste ich mich dann gewaltsam von ihm abwenden. Dann zog er sich still zurück, verkroch sich traurig und verschüchtert in eine Ecke, nahm seine Flöte und spielte eine sanfte, melancholische Melodie. Und mein inneres Elend stieg ins Unermessliche.

Ein paar Wochen nach dem Wiedersehen in der Bibliothek waren wir schon unzertrennlich und verbrachten jede freie Minute zusammen. Es kam die Prüfungszeit. Wir richteten es so ein, dass Claudio abends so gegen sieben zu mir kam, dann aßen wir eine Kleinigkeit, und anschließend bereiteten wir uns gemeinsam bis spät nach Mitternacht für die Prüfungen vor. Dann ging er wieder zurück ins Studentenheim, währenddessen ich alleine zurückblieb und mich meistens noch bis zum Morgengrauen schlaflos im Bett herumwälzte, um schließlich mit dem Nachklang der geliebten Stimme im Ohr für ein paar wenige Stunden einzuschlafen.

Eines Abends, es war kurz vor seinem ersten Examen, stand er sichtlich erregt vor meiner Wohnungstür. Er sah ungewöhnlich blass aus und hatte einen sonderbaren Glanz in den Augen. Er sprach schnell und etwas unkonzentriert und schließlich fast stotternd, weil seine Zähne aufeinander schlugen. Plötzlich wurde er von einem heftigen Schüttelfrost erfasst. Besorgt tastete ich nach seiner Hand, die sich sehr heiß anfühlte. Er hatte offensichtlich hohes Fieber. Selbstverständlich konnte ich ihn in diesem Zustand nicht in der eisig kalten Winternacht fortgehen lassen. Ich legte ihn auf mein Bett, hüllte ihn in eine warme Decke ein und bereitete ihm einen heißen Tee zu. Dann zog ich einen Sessel heran und setzte mich an seiner Seite. Ich stützte seinen Kopf und half ihm, den Tee zu trinken. Er verfolgte jede meiner Bewegungen mit seinen fiebrig glänzenden Augen. Ich nahm seine schmale, zarte Hand und sagte ihm, dass bis morgen alles wieder gut sei, dass es sich vermutlich nur um eine harmlose Grippe handelte und dass er bald wieder gesund und munter werde. Er versuchte zu lächeln, aber seine Zähne klapperten immer noch aufeinander und er zitterte wie Espenlaub.

»Ho tanto freddo«, stammelte er mit zaghafter Stimme. Er äußerte sich öfter mal in seiner Muttersprache, mit der ich als Musiker so halbwegs vertraut war, besonders, seitdem ich ihm gestand, wie schön und *modulationsreich* das Italienische aus seinem Munde klang. Und nicht selten kam es vor, dass wir unwillkürlich ganze Gespräche zweisprachig führten, ich in meiner und er in seiner Sprache.

Ich spürte, wie sehr er litt, und war verzweifelt, denn ich wusste nicht mehr, was ich noch tun konnte. Ich hatte keine zweite Decke mehr und die Heizung war auch schon auf höchster Stufe eingestellt. Schließlich wusste ich mir nicht anders zu helfen, kroch zum ihm unter die Decke und nahm ihn in die Arme. Er klammerte sich an mich und ich konnte fühlen, wie das Fieber seinen schmächtigen Körper durchschüttelte. Ich fühlte seinen heißen, schnellen Atem ganz nahe an meiner Wange und streichelte sanft sein welliges Haar. Ein Gefühl zärtlicher Fürsorglichkeit überkam mich angesichts dieses leidenden Wesens, das sich so vertrauensvoll in meine Arme legte und bei mir Hilfe und Geborgenheit suchte. Und ich vergaß darüber vollkommen mein sinnlich brennendes Begehren. So verharrten wir lange Zeit, unbeweglich, eng umschlungen, und allmählich wurde das Zittern weniger heftig. Nur ab und zu wurde sein Körper noch von einem kurzen Schauer durchzuckt, und sein Atem wurde nach und nach ruhiger. Als ich schon dachte, dass er eingeschlafen war, hörte ich plötzlich seine Stimme, ganz leise flüsternd, dicht an meinem Ohr:

»Viktor?«

»Ja, Claudio«, flüsterte ich zurück. »Frierst du noch? Versuch ein wenig zu schlafen. Ich bleibe bei dir.«

»Viktor«, sagte er mit schwacher, kaum hörbarer Stimme, »ich glaube – ich glaube, ich liebe dich.«

Zweiter Teil

Amor dunque non ha, nè tua beltate,
O fortuna o durezza o gran disdegno,
Del mio mal colpa, o mio destino o sorte,
Se dentro del tuo cor morte e pietate
Porti in un tempo, e che `l mio basso ingegno
Non sappia ardendo trarne altro che morte.

Michelangelo

Fünftes Kapitel

Und wie sich später auf schmerzvollster Weise bestätigen sollte, hatte er sich auch diesmal als der Mutigere von uns beiden gezeigt. Er hatte als Erster den entscheidenden Schritt getan, vor dem ich mich so fürchtete, den ich vielleicht nie gewagt hätte, auch wenn ich vor Sehnsucht zugrunde gegangen wäre. Ich hätte mir eher die Lippen blutig gebissen, als die drei Worte auszusprechen, durch die ich alles gewinnen aber auch alles verlieren konnte. Und es war nicht nur das Fieber und der Zustand der Exaltation, die ihn dazu brachten, mir seine Liebe zu gestehen, sondern seine von Grund aus offene, ehrliche und spontane Natur, seine reine und unkomplizierte Seele, die sich mir hier in zärtlichster Weise offenbarte.

Wie könnte ich nur annähernd den seelischen Rausch beschreiben, in dem ich mich in den nächsten Tagen und Wochen befand? Es war eine so traumhaft irreale Zeit, dass ich mich öfters frage, ob ich sie tatsächlich durchlebt habe oder ob sie nur ein Produkt meiner überspannten Fantasie war. Denn das Unmögliche, das Unerdenkliche war passiert: Ich liebte und wurde geliebt. Und das Bewusstsein dieser Liebe gab mir ein bis zum Paroxysmus gesteigertes Glücksgefühl, dass ich manchmal fürchtete, meine Seele konnte so viel Glück gar nicht ertragen.

Liebhaber leben in einer äußerst eingeschränkten Welt. Denn nichts kümmert sie mehr außer ihrer Liebe und was damit unmittelbar zusammenhängt. Die ganze Welt, die äußere wie die innere, schrumpft zusammen, verliert an Bedeutung, verflüchtigt sich, und was übrig bleibt ist das geliebte Wesen als Mittelpunkt eines extrem reduzierten

Universums. Mein Fixpunkt war ab jetzt ein neunzehnjähriger Junge namens Claudio, mein Universum war nur mehr das, was ihn unmittelbar betraf, was von seinem strahlenden Stern beleuchtet wurde. Dieses Universum bestand einzig und allein aus Liebe, und dadurch schien es für mich von unermesslicher Größe und Herrlichkeit.

Und wie schön, wie zärtlich, wie unschuldig gestaltete sich am Anfang diese Liebe. Und wie schwierig, fast unmöglich, dieser Liebe in Worten Ausdruck zu verleihen. Wie könnte ich die ganze Süße jenes Augenblicks beschreiben, als sich unsere Lippen zum ersten Mal begegneten und nur schamhaft und zögerlich zum leidenschaftlichen Kuss vereinten; wie wir, zitternd vor Angst und Erregung, die ersten, linkischen Versuche der Liebe unternahmen? Wie könnte ich das sinnliche Erschauern beschreiben, als meine Finger erstmals über den samtweichen Körper meines geliebten Freundes glitten, als ich erstmals seinen zarten Duft wahrnahm, der mich zeit meines restlichen Lebens verfolgen sollte? Wie den Klang seiner Stimme beschreiben, als er mir die liebevollsten, zärtlichsten Bekenntnisse seiner Liebe ins Ohr flüsterte? Wie den ersten gemeinsam erlebten Moment höchster Leidenschaft, als unsere Körper und Seelen miteinander verschmolzen und meine verzehrende und schon fast unerträglich gewordene Sehnsucht endlich in Erfüllung ging? Und wie die unendlichen Minuten, da wir beide in angenehmer Erschöpfung, eng umschlungen, wortlos und regungslos, glücklich vereint in seelischer und körperlicher Harmonie verharrten, bis eine neue Welle der Lust uns aus diesem Zustand der Seligkeit entriss?

Und oft blieb ich noch lange Zeit wach, nachdem Claudio schon längst in meinen Armen eingeschlafen war, den Duft seines feuchten Haares einatmend und auf seinen ruhigen, regelmäßigen Atem lauschend, der zart meine Wange umschmeichelte. Ich blickte lange auf sein zartes Antlitz, betrachtete fast ehrfurchtsvoll das liebliche Gesicht, die langen, schwarzen Wimpern, die weichen Lippen, die auch im Schlafe zu lächeln schienen, seinen schmächtigen, knabenhaften und fast zerbrechlich wirkenden Körper, wie von Meisterhand aus edelstem Marmor gemeißelt, lebendig gewordene Statue eines antiken Jünglings. Stundenlang blieb ich so, in reinster Kontemplation versunken und peinlich darauf bedacht, die Herrlichkeit dieses Anblicks so tief wie möglich zu verinnerlichen. In diesen Momenten hatte ich eine Ahnung von dem Gefühl der *absoluten Glückseligkeit*. Und damals hatte ich auch die Erkenntnis, dass reines Beschauen eine ebenso bereichernde und beglückende Erfahrung sein kann wie sinnliches Erleben, ja dass die Intensität des Gefühls in der ruhigen Vergeistigung der sich darbietenden Schönheit noch viel größer ist. Denn das geliebte Wesen ist für den Liebenden und künstlerisch Veranlagten ein Gesamtkunstwerk *par excellence*, es ist bildende Kunst, Musik und Poesie zugleich, es ist ein vollendetes Kunstwerk, das durch alle Sinne, die einem Menschen zur Verfügung stehen, verinnerlicht werden kann.

In diesen ersten Tagen und Wochen ist mir das Zeitgefühl völlig abhanden gekommen. Wir lebten wie in einer anderen Sphäre, lebten ausschließlich füreinander. Selbstverständlich sagte Claudio dem Studentenheim Adieu und zog in meine kleine Mansardenwohnung. Und obwohl wir die meiste Zeit miteinander verbrachten – das heißt die meiste Zeit des Tages, denn in den Nächten waren wir sowieso unzertrennlich –, so waren auch die kurzen Momente, wenn wir nicht zusammen sein konnten, für mich die reinste Qual. Ohne ihn fühlte ich mich völlig nutzlos und verloren, wie aus einer sicheren Umlaufbahn herausgeschleudert, sinnlos herumtaumelnd in einem leeren und feindseligen Kosmos. Furchtbare Ungeduld erfasste mich, wenn ich allein in unserer Wohnung auf ihn warten musste. Wenn er nicht gegenwärtig war, musste ich ununterbrochen an ihn denken. Ich konnte mich mit nichts anderem mehr beschäftigen, fand keine Ablenkung, zählte unentwegt die Minuten, die seit seinem Fortgang verflossen waren. Und jeder einzelne Augenblick, der mich ihm fern hielt, schien mir kostbar verschwendete Zeit. Die Erinnerung an diese erste Phase unserer Liebe ergibt deshalb auch keinen kontinuierlichen Zeitraum, sondern nur Bruchstücke, denn die Zeit zwischendurch, wenn wir nicht zusammen waren, war für mich tot und begraben. Hundertmal blickte ich durchs Fenster, um zu sehen, ob sein geliebtes Antlitz nicht doch schon um die Ecke erscheint, angestrengt lauschte ich den Schritten im Treppenhaus, um sein Herannahen zu erraten. Doch nie gelang mir dies. Denn er kam immer so geräuschlos, als würde er nicht einmal die Stufen berühren. Und plötzlich stand er da, mitten im Zimmer, und fiel mir in die Arme. Und ich stellte mich erbost, tadelte ihn, dass er zu lange weggeblieben war, als würde er nicht wissen, welch grausame Qualen ich in der Zwischenzeit durchstehen musste. Doch seine leidenschaftlichen Küsse erstickten schnell alle Vorwürfe, die ich ihm noch machen wollte. Ich war hingerissen von seiner ungestümen Art in der Liebe, seiner jugendhaften Spontaneität, von der Wildheit seiner Liebkosungen, dem unkomplizierten und direkten Ausdruck seiner Gefühle.

Und als wir uns, noch in den ersten Wochen unserer Liebe, für zwei Tage gegen unseren Willen trennen mussten, schien – für uns beide – die Welt zusammenzubrechen. Wegen eines Todesfalles in der Familie musste Claudio kurzfristig nach seiner Heimatstadt verreisen. Wir standen am Bahnsteig, der Zug war schon eingefahren, und nur noch wenige Sekunden blieben uns. Wir zitterten vor Verlangen, uns zum Abschied zu umarmen, aber beide hatten wir ein wohl angeborenes Schamgefühl vor Zärtlichkeiten in der Öffentlichkeit, und so blickten wir uns nur unentwegt an. Aber manchmal haben Blicke eine stärkere Wirkung als Gesten, und ich konnte in seinen Augen alles lesen – die ganze Liebe, die er für mich empfand, den Schmerz der Trennung, ja sogar einen Schimmer von Verzweiflung.

Wir gaben uns nur kurz die Hand, und ein unbeteiligter Betrachter hätte nichts anderes als eine ganz konventionelle Abschiedsszene zweier guter Bekannter erkennen können. Doch unsere Herzen bluteten.

Danach brach für mich die Hölle los. Ich fühlte mich wie ein Löwe im Käfig, wie ein Süchtiger in der Entziehungsanstalt, und konnte die ganze Nacht kein Auge zudrücken. Innerhalb kürzester Zeit hatte sich eine radikale Änderung in meinem Leben vollzogen. Alles, was mir früher von Bedeutung war, die Musik, die Lektüre, die Meditation, mein ganzes Wertesystem zerfiel wie Staub, nichts war mehr davon übrig geblieben. Für mich gab es nur mehr die Liebe zu Claudio, er war mein einziges Lebenselixier, und am liebsten hätte ich nur die Luft eingeatmet, die er ausatmete. Hätte mir jemand noch vor einem Monat gesagt, dass mir, dem allseits bekannten Menschenverächter, so etwas widerfahren würde, ich hätte ihn schlichtweg ausgelacht.

Am Abend des zweiten Tages war ich schon halb wahnsinnig, und dachte mit Bange, ob ich die restlichen zwölf Stunden bis zu seiner Wiederkehr bei klarem Verstand überstehen würde. Ich verkroch mich ins Bett und zog mir die Decke über den Kopf. Ich wollte nichts hören, nichts sehen, nichts riechen, nichts fühlen. Ich wollte einfach die Zeit ausschalten, am liebsten ins Koma fallen und erst dann aufwachen, wenn Claudio wieder bei mir war. Und plötzlich hörte ich eine leise Stimme:

»Viktor, schläfst du?«

Ich dachte zu träumen, oder noch schlimmer, schon von Halluzinationen heimgesucht zu werden. Vorsichtig zog ich die Decke weg. Aber nein, es war kein Traum, er stand tatsächlich da, mit etwas zerzaustem Haar und verweinten Augen, die von einem zarten Blau umrändert waren, das von Ermüdung und Schlaflosigkeit zeugte.

»Ich konnte nicht bis morgen warten«, sagte er schluchzend.

Und er erzählte mir, wie er frühzeitig abreisen musste, weil er es ohne mich nicht aushielt, währenddessen ich ihn mit heißen Küssen übersäte. Ich war so überwältigt von seinem unerwarteten Auftachen, dass es mir die Sprache verschlug. Ich nahm seine Hände und küsste sie, dann küsste ich sein regennasses Haar, seine Augen mit den betörend langen Wimpern, die zarten Lippen, den geschmeidigen Hals. Ich war so glücklich, so überglücklich. Die ganze Misere dieser zwei Tage war vergessen, denn er war wieder bei mir. Ich konnte wieder seine liebliche Stimme hören, seinen Körper fühlen, in seine Augen sehen, seine Lippen schmecken. Und unter Tränen versprachen wir uns, für immer zusammen zu bleiben, egal was passieren würde.

Zum ersten Mal wurde mir gewahr, wie stark wir schon aneinander gekettet waren, wie unentrinnbar unser beider Schicksal schon miteinander verflochten war und dass es für uns kein Zurück mehr gab – und dies innerhalb von nur wenigen Wochen. Denn diese Liebe, ich fühlte es instinktiv, hatte etwas Gefährliches. Es war keine Eintagsfliege, kein kurzlebiges Aufflammen der Leidenschaft, wie es bei vielen anderen der Fall ist. Sie hatte etwas Fatalistisches, denn sie war rücksichtslos fordernd. Sie hatte die

Kraft, sich über alles hinwegzusetzen, was ihr im Wege stand. Aber dafür verlangte sie sehr viel Opferbereitschaft, und praktisch alles, was ich opfern konnte, musste ich ihr opfern. Sie schenkte mir das höchste Maß an Glück, das mir je zuteil wurde, aber dafür musste ich bis zur letzten Entäußerung gehen. Denn all das, was für mich bisher von Bedeutung war, mein geistiges Leben, meine künstlerische Identität, mein musikalisches Schaffen, all das musste ich bereitwillig hingeben. Für den Liebenden reduziert sich das ganze System von Gedanken und Gefühlen einzig und allein auf den Gegenstand seiner Liebe. Denn eine dermaßen aufs Absolute ausgerichtete Liebe duldet keine Rivalen, sie fordert eine vollkommene körperliche und geistige Hingabe. Nichts soll sie auf ihrem Weg behindern, denn nur dann kann sie sich bis zum Äußersten entwickeln und zu höchster Offenbarung entfalten.

So kam es, dass ich meine studentischen Pflichten mehr und mehr vernachlässigte, und letztendlich meine musikalische Karriere ernsthaft gefährdete. Am Konservatorium konnte man mich nur noch selten antreffen. Ich versäumte die meisten Examina des Winters, und an den Vorlesungen nahm ich nur mehr gelegentlich teil. Ich spielte fast nur noch zu Hause am Klavier, vor allem Chopin und Schubert, Claudios Lieblingskomponisten. Er konnte mir stundenlang zuhören, und meistens hockte er sich dann zu meinen Füßen am Teppichboden nieder und lehnte seinen Kopf zärtlich an das schwarze Gehäuse des Klaviers. Er sog jeden Ton förmlich in sich hinein, und sein zierlicher Körper zitterte dabei vor Freude und Erregung. Denn in einem Punkt waren wir uns doch sehr ähnlich: beide waren wir höchst empfindsame, musikalische Naturen. Wir lebten mit der Musik und in der Musik, sie war organisch in uns verankert, im Pulsschlag unserer Herzen, im Rhythmus unseres Atems, im Fluss unserer

Gedanken. Doch wenn die Musik bisher für mich einziger Lebensinhalt und einzige Lebensaufgabe war, so hatte sich ihr Stellenwert nun deutlich verringert. Sie musste demütig und gesenkten Hauptes einer neuen Leidenschaft weichen, zu deren gehorsame Dienerin sie nun wurde. Denn ab jetzt spielte ich ausschließlich nur mehr für *ihn*. Meine Musik war nur mehr ein Mittel zum klanglichen Ausdruck meines überschäumenden Liebesgefühls, ein einziges, sich stets erneuerndes Liebesbekenntnis.

Obwohl wir in der Öffentlichkeit immer darauf achteten, unsere Gefühle füreinander nicht preiszugeben, konnte unsere Liebe auf Dauer den anderen doch nicht verborgen bleiben. Auffallend dabei war das veränderte Verhalten der meisten Studienkollegen mir gegenüber. Bisher war ich zwar auch nicht beliebt, hatte praktisch keine Freunde, galt als Einzelgänger und Exzentriker, aber man respektierte mich. Man schätzte mein Talent und meine Arbeitskraft, und irgendwie flößte die Aura der Unnahbarkeit, die mich umgab, so befremdlich sie auch sein mochte, manchen auch eine Art von heimlicher Bewunderung ein. Jetzt aber mied man mich ostentativ, man ging mir aus dem Wege, ja was noch schlimmer war, man belächelte mich und machte sich hinter meinem Rücken über mich lustig. Da ich meistens zusammen mit Claudio auftauchte, dauerte es nicht allzu lange, bis sich alle, Professoren wie Studenten, darüber im Klaren waren, was zwischen uns beiden lief. Man sprach über »das Genie und seinen schönen Knaben». Claudio bekam den Beinamen Ganymed, Hyakinthos oder irgend eines anderen schönen Jünglings der Antike (die Bösartigkeiten gebildeter Leute sind leider auch ziemlich fantasievoll).

Ich hätte dies alles eigentlich nicht mitbekommen, hätte es da nicht jemanden gegeben, der mir den ganzen Klatsch aus erster Hand lieferte oder zu liefern versuchte, da ich meistens gar nicht willig war, mir diesen Blödsinn anzuhören. Es war natürlich Serge, mein alter Bewunderer Serge, der Einzige, der noch zu mir hielt, der sogar versuchte, mir ins Gewissen zu reden, um mich wieder auf den richtigen Weg zu bringen. Er war es, der mich auf das Gerede der Leute aufmerksam machte, denn ich war ja so blind vor Liebe, dass mir dies alles gar nicht bewusst war. Er war es, der mich auf mein vermeintlich großartiges Talent ansprach, dass ich für dieses Talent eine besondere Verantwortung trage, weil es mir so großzügig in die Wiege gelegt wurde, dass es mir folglich nicht erlaubt war (von wem?), dieses Talent zu verschwenden, meine schöpferische Energie für einen »nichtigen Schönling« zu vergeuden. Dass ich mir seinen Tadel überhaupt anhörte, war auch ein Resultat meiner Persönlichkeitsveränderung, die mich meinen früheren Hochmut vergessen ließ und mich sozial umgänglicher machte. Letztendlich riss mir dann doch die Geduld, und ich sagte ihm in meiner gewohnt kalten, spöttischen Art, dass er sich gefälligst aus meinem Leben fern halten und mich mit seinen spießbürgerlichen Ansichten in Zukunft nicht mehr belästigen solle. Dass grenzenlose Bewunderung auch in grenzenlosen Hass umschwenken kann, und dies innerhalb kürzester Zeit, das musste ich im Falle von Serge alsbald feststellen. Nach diesem Gespräch wandte er sich völlig von mir ab und wurde zu meinem ärgsten und hartnäckigsten Feind. Er empfand es offensichtlich als persönliche Schmach, sich in mich so bitter getäuscht zu haben, mich so lange Zeit idealisiert zu haben, seine ganze Begeisterungsfähigkeit in jemanden investiert zu haben, der sich dessen jetzt als vollkommen unwürdig erwies. Wie ich später erfuhr, nutzte er jede Gelegenheit, um mich zu verleumden oder mir sonst irgendwie zu schaden. Er verbreitete die kühnsten Geschichten über mich im Campus. Laut seinen

Berichten war ich ein verwegener Lüstling, der es mit jedem trieb, der ihm über den Weg lief, und überhaupt keine Grenzen des Anstands kannte. Eigentlich kümmerten mich diese Dinge nicht, da ich prinzipiell wenig von der Meinung anderer hielt. Und solange ich im Klaren mit mir selber war, bedeutete mir die Achtung und der Respekt meiner Mitmenschen nicht besonders viel. Aber Claudio litt im Stillen, ich wusste es, auch wenn er es mir nicht sagte. Seine ehrliche und offene Seele konnte es einfach nicht ertragen, dass eine Liebe wie die unsere, die unschuldiger und reiner nicht sein konnte, von den anderen als etwas Anstößiges oder sogar Abartiges empfunden wurde. Ich ging der ganzen Sache aus dem Wege, indem ich mich fast überhaupt nicht mehr in den Hörsälen blicken ließ. Er aber wollte sein Studium nicht vernachlässigen und wurde so fast täglich dem Hohn seiner Kommilitonen ausgesetzt.

Im Übrigen hatten wir jede Menge Freizeit, die wir auch ausgiebig nutzten. Unsere leidenschaftliche Liebe hatte nicht zur Folge, dass wir uns vollkommen von der Außenwelt abgrenzten. Im Gegenteil, wir unternahmen viel, besuchten Opernvorstellungen und Konzerte, gingen auch öfter mal ins Kino, und abends waren wir nicht selten in Claudios Lieblingslokal anzutreffen. Denn im Unterschied zu mir war er unternehmungslustig und von geselliger Natur, ging gerne aus und hatte – bis er mich kennen lernte – auch einen recht großen Freundeskreis. Am Anfang kamen auch ein paar seiner Freunde bei uns vorbei, aber er merkte rasch an meinem spröden und distanzierten Verhalten, dass mir diese Besuche unangenehm waren und dass ich sie nur deshalb stillschweigend tolerierte, um ihn nicht zu kränken. Und mit seinem besonderen Feingefühl erkannte er allmählich, dass unsere Beziehung keinen Außenstehenden duldete, der unsere Harmonie auch nur für einen Moment stören konnte. Infolgedessen schloss er sich dann selber aus dem Kreise seiner früheren Freunde aus.

Claudio liebte über alles die italienische Oper und besonders den Belkanto. Oft hörte ich ihn auf seiner Flöte bekannte Melodien nachspielen, und allmählich begann mich das Genre auch zu faszinieren, obwohl ich früher nicht viel davon hielt. Ich hatte mich schon immer mehr für die Instrumentalmusik interessiert. Ihm zuliebe besuchte ich sämtliche Donizetti-, Rossini- und Belliniopern, die gerade im Spielplan waren, und ich staunte immer wieder über die kindliche Freude, die Claudio bei solchen Gelegenheiten empfand. Denn er fieberte mit den Sängern auf der Bühne mit, genoss jede Koloratur und jeden gelungenen Spitzenton, und er blieb am Ende immer bis zum letzten Vorhang, kräftig applaudierend und mit unzähligen »Bravi«-Rufen seine Kehle heiser schreiend.

Eine dieser Vorstellungen blieb mir besonders lebhaft in Erinnerung. Es war eine Neuinszenierung von *Roberto Devereux*, die letzte Oper aus Donizettis Trilogie der Tudorköniginnen, und eine renommierte Sängerin hatte die Rolle der Elisabetta. Es geht darin um die Liebe der alternden englischen Königin Elisabeth zu dem jungen Earl of Essex, der sie letztendlich zugunsten einer Jüngeren verlässt. Elisabeth, tief gekränkt, nutzt eine politische Intrige, um persönliche Rache an ihn zu nehmen und unterschreibt sein Todesurteil. Erst als es schon zu spät ist, wird sie von Reue heimgesucht. Was mich besonders beeindruckte, war das psychologische Profil dieser Figur, die zwischen ihrer Rolle als Königin und als liebende Frau hin und her gerissen wird und schließlich an diesem inneren Kampf zerbricht. In einem großartig angelegten Finale offenbart sich endlich hinter der kalten Maske der Königin die tief verwundete Frau. Herrlich, wie die Artistin diesen fast schizophrenen Zwiespalt musikalisch zum Ausdruck brachte. Ich war am Ende selbst hingerissen, aber Claudio war ganz außer sich. Seine Begeisterung kannte keine Grenzen mehr, er schwärmte von der außergewöhnlichen Stimmtechnik der Sopranistin, von der *messa di voce* – ihre Spezialität, die weltweit einzigartig war – und von vielem anderen mehr. Ich war glücklich, ihn so glücklich zu sehen, und freute mich mit ihm. Als wir zu Hause ankamen, packte er sofort sein Instrument aus und versuchte einige Improvisationen. Und dank seiner erstaunlichen Musikalität (Flöte und Sopran harmonieren zudem wunderbar miteinander) wurden die Themen und Motive aus der Oper und die einzigartige Stimmung, die vor einigen Stunden noch im Theater herrschte, in der stillen Abgeschiedenheit unserer kleinen Wohnung plötzlich wieder lebendig.

*

Ich bin von Natur aus kein mitteilsamer Mensch. Deshalb hatte ich zunächst auch kein Bedürfnis, die neu gesammelten Erfahrungen irgendjemandem mitzuteilen. Freunde hatte ich keine, und meine Familie, zu der ich keine sehr vertrauliche Beziehung hatte, wollte ich schon gar nicht in mein Liebesleben einweihen (mal abgesehen davon, dass meine Eltern wahrscheinlich über die Wahl meines Herzens nicht unbedingt begeistert reagiert hätten). Es gab nur eine einzige Person, die ich für würdig hielt, etwas über mein neues Lebensgefühl zu erfahren, jemand, dem ich gerne darüber Bescheid sagen wollte, wie überglücklich ich war, und dessen ich sicher sein konnte, dass er sich über mein Glück freuen würde. Diese Person war Dr. Rosen. Obwohl unsere Beziehung bisher rein intellektueller Natur war, und sich unser Gedankenaustausch ausschließlich auf geistiger Ebene bewegte, war ich mir innerlich vollkommen sicher, dass ich durch die Offenlegung einer privaten Angelegenheit, die im äußersten Gegensatz zu unseren bisherigen musikalisch-philosophisch-theoretischen Gesprächen stand, auf Verständnis und Vertrauen stoßen würde.

Und somit entschloss ich mich eines Tages, zusammen mit Claudio Dr. Rosen einen Besuch abzustatten. Ich hatte Claudio schon oft über diesen Exzentriker erzählt, über seine enzyklopädische Bildung und über seine künstlerische und philosophische Nonkonformität zu den herkömmlichen Denkmustern, und folglich war auch Claudio sofort begeistert, diesen interessanten Menschen kennen zu lernen.

Wir wurden, wie üblich, von der Haushälterin empfangen, die etwas argwöhnisch blickte, da ich nicht, wie sonst immer, allein war. Dr. Rosen befand sich auch diesmal in seinem Labor, und ich fragte mich, ob er seit meinem letzten Besuch überhaupt diesen Raum verlassen hatte. Die Haushälterin führte uns zu ihm. Ich war innerlich völlig entspannt und zuversichtlich auf dieses Zusammentreffen, trotzdem fühlte ich eine leichte Neugierde, welchen Eindruck Claudio auf diesen Vielwissenden wohl machen würde. Denn jeder Liebende lebt in dem falschen Glauben, dass die von ihm geliebte Person, die er für einzigartig hält, auch von allen anderen als solche empfunden werden müsste.

»Herzlich willkommen in meinem Haus«, sagte Dr. Rosen und kam uns freundlich entgegen. Ich hatte mich vorher angemeldet und ihn gefragt, ob ich auch einen Freund mitbringen konnte, da ich ja wusste, wie menschenscheu er war. Umso mehr freute mich die lockere und sympathische Art, mit der er Claudio die Hand schüttelte.

»Wie geht es mit Ihren parfümistischen Studien voran?« fragte ich ihn in dem vertraulichen Ton, zu dem ich im Laufe der Zeit gefunden hatte, nachdem ich sehr lange äußerst formell im Umgang mit ihm war. Denn sein überragendes Wissen wirkte auf mich immer etwas einschüchternd, obwohl er mir oft genug zu verstehen gab, dass er mich intellektuell für ebenbürtig hielt.

»Ach ja, ich wollte euch sowieso bitten, meine neueste Kreation zu begutachten«, antwortete er schmunzelnd und nahm zwei neue Riechstreifen, die er kurz in eine hellgelbe Flüssigkeit eintauchte, die sich in einem Erlenmeyerkolben befand. Claudio schnupperte neugierig an seinem Streifen und sein Eindruck blieb nicht lange verborgen:

»È meraviglioso, che cos'è?« rief er freudig erstaunt aus. Und wie immer, wenn plötzliche Begeisterung ihn erfasste, äußerte er sich in seiner Muttersprache.

»Grazie, sei troppo gentile«, antwortete Dr. Rosen in fließendem Italienisch, und dann wandte er sich zu uns beiden: »Ein exquisiter Herrenduft, mit dem bescheidenen Namen *Bonjour Monsieur R.*«, sagte er mit feiner Selbstironie. »Die leicht blumige Note, die der Komposition einen Zug von unterschwelliger Sinnlichkeit verleiht, verdanken wir dem einzigartigen Duft des Nachtjasmins, *Cestrum nocturnum.*« Dabei strich er zärtlich über die Blätter eines dicht belaubten Strauches mit unscheinbaren, gelblich-grünen Röhrenblüten, der neben ihm in einem großen Blumentopf auf dem Labortisch stand.

»Doch die Natur gibt ihre Schätze nicht so leicht preis«, fügte er hinzu. »Denn je seltener, subtiler und zarter der Duft einer Blüte, desto schwieriger ist es, ihre wertvolle Essenz aufzufangen, ohne den Charakter des Duftes zu zerstören. Es bedarf viel Geduld und Fingerspitzengefühl dabei.«

Und da Claudio mit sichtlicher Neugierde auf die verschiedenen exotisch anmutenden Fläschchen schielte, die auf der Orgel des Parfümeurs standen, nahm uns Dr. Rosen mit auf einen kleinen Exkurs in die Welt der Düfte. Wir bekamen die edelsten Essenzen zu riechen: bulgarische Rose, ägyptischer Jasmin, indisches Sandelholz, Cedernholzöl aus Marokko, Hyazinthenextrakt aus Holland. Aber auch sehr seltene Essenzen wie *Kewda*, ein Extrakt aus den Blüten der Schraubenpalme, fehlte nicht in der Duftpalette des Künstlers. Bald war das ganze Labor von den herrlichsten Düften überströmt und Dr. Rosen erklärte uns, wie diese wertvollen Essenzen aus den Pflanzen hergestellt werden: manche durch Auszug mit Wasserdampf, andere aber, und das sind meistens die empfindlichen Blütendüfte, durch sehr schonende Verfahren, wie zum Beispiel die *enfleurage*.

»Der Duft von tausenden Blüten, in mühsamer Arbeit von Menschenhand gepflückt, meist am frühen Morgen, bevor noch die ersten Sonnenstrahlen das wertvolle Parfüm verflüchtigen, ist in diesen wenigen Tropfen konzentriert«, erklärte uns unser Gastgeber, indem er ein kleines Fläschchen öffnete und vorsichtig zur Nase führte. Und dann erzählte er uns vom wundervollen aber auch schwierigen Beruf des Parfümeurs, der diese einzelnen Düfte, die selber schon eine höchstkomplizierte Symphonie von Einzelbestandteilen sind, so miteinander verbindet, dass zunächst ein Grundakkord entsteht, dann eine Dominante, die wiederum in unzähligen Variationen weiter nuanciert, erweitert, veredelt werden kann. Und während ich zuhörte, erinnerte ich mich an die Worte, die mir der Doktor noch vor wenigen Monaten über dasselbe Thema sagte und daran, dass damals doch alles ganz anders war, denn zu jenem Zeitpunkt war ich *ihm* noch nicht begegnet.

Dann meldete Irma, die Haushälterin, dass der Tee servierbereit sei. Weil aber Claudio, fasziniert von den Erzählungen des Doktors, noch ein paar Düfte erkunden wollte, machte ich mich alleine mit dem Hausherrn auf den Weg in die Bibliothek, die sich im Obergeschoss befand. Dr. Rosens Bibliothek war vielleicht noch beeindruckender als die imposante Eingangshalle mit den vielen Kunstwerken. Angeblich sollten es über hunderttausend Bände sein, die zu seinem Besitz gehörten, darunter viele Erstausgaben aus dem fünfzehnten bis neunzehnten Jahrhundert. Anscheinend komplett chaotisch und ohne jegliches System, reihten sich Werke in verschiedenen Sprachen und aus den unterschiedlichsten Wissensgebieten aneinander. Als ich den Doktor fragte, wie er sich hier überhaupt zurechtfand, erklärte er mir, dass es doch ein verborgenes System gab, denn er hatte die Bücher nach eigenen ästhetischen Kriterien aufgestellt, und somit konnte er ohne zu zögern sofort jeden Band finden, den er suchte.

Die Haushälterin brachte den Tee und Gebäck, und wir nahmen in den edlen Ledersesseln in der Nähe des Kamins Platz, wo gemächlich ein Feuer knisterte. Denn obwohl es schon Anfang April war und draußen seit ein paar Tagen recht angenehme Temperaturen herrschten, drang die Frühlingswärme nur sehr schwer durch die dicken Mauern der Villa, und der Hausherr war sehr kälteempfindlich. Wir tranken schweigend ein paar Schluck Tee, ehe mich Dr. Rosen freundlich anblickte und plötzlich, ohne Umschweife fragte: »Du bist sehr glücklich mit ihm, nicht wahr?«

Die Frage kam so überraschend, dass ich zunächst sprachlos war und einige Augenblicke brauchte, um meine Gedanken zu sammeln. Dieser wunderliche Doktor, wie schnell hatte er mich durchschaut! Mich erschreckte die Offensichtlichkeit unserer Liebe, denn mit keinem einzigen Wort und keiner Geste hatten wir sie dem Hausherrn gegenüber preisgegeben. Ich hatte mich vorbereitet, um Dr. Rosen in einem vertrauensvollen Gespräch alles zu beichten. Ich wollte ihn schonend darauf vorbereiten, dass es einen Teil meiner Persönlichkeit gab, den er nicht kannte und an den er vielleicht auch nicht besonders interessiert war. Doch er, der feinsinnige Psychologe, hatte schon längst alles erkannt, hatte innerhalb weniger Minuten die unsichtbaren Fäden registriert, die mich und Claudio schon so fest miteinander verbanden. Und auf eine so direkte, ehrliche und unformelle Frage konnte ich nicht anders, als ebenso schlicht und ehrlich zu antworten, dass ich mir niemals, nicht einmal in meinen kühnsten Gedanken erträumt hätte, jemals so glücklich zu sein.

Dr. Rosen schien meine Antwort zufrieden zu stellen. Ein feines Lächeln umspielte seine Lippen, und nach ein paar weiteren Schluck Tee sagte er zu mir: »Es wurde ja auch schon höchste Zeit.«

Und da meine Verblüffung immer noch anhielt, erklärte er mir, dass er damit eigentlich schon längst gerechnet hatte, denn trotz meines kühl intellektuellen Äußeren hatte er längst erkannt, dass ich im Grunde genommen eine höchst leidenschaftliche Natur war, die nur auf die richtige Gelegenheit wartete, um sich zu entfalten.

»Früher oder später wäre es auf jeden Fall passiert«, sagte er, »denn lange unterdrückte Leidenschaftlichkeit findet letztendlich immer einen Ausweg aus der Isolation. Und ich bin ehrlich froh darüber, dass es Claudio ist, der dir zum richtigen Zeitpunkt über den Weg gelaufen ist, denn er scheint ein netter Junge zu sein. Und ich glaube, dass auch er heftig in dich verliebt ist.«

Ich fühlte ein leichtes Erröten bei diesen sehr persönlichen Worten, denn trotz der Offenherzigkeit, mit der sie ausgesprochen wurden, war mir bei diesem ungewohnt intimen Gespräch doch noch etwas sonderbar zumute.

»Eines möchte ich aber noch sagen«, fügte er hinzu, und plötzlich war ein ernster Tonfall in seiner Stimme zu erkennen, »und ich riskiere damit, dich zu verärgern. Aber bitte glaube mir, ich sage es dir nur deshalb, weil du mir sehr viel bedeutest. Die erste Liebe ist immer etwas Wunderbares, etwas Herrliches und nichts in der Welt kann sie ersetzen. Genieße sie in vollen Zügen, freue dich deiner Gefühle, deiner Jugend, deiner Sinnlichkeit. Genieße jeden Tag, jede Stunde und jede Minute, denn jeder einzelne Augenblick ist einzigartig und in dieser Form nicht wiederholbar. Und du wirst sehen, dass dir die Liebe Erkenntnisse bringt, die dir nicht einmal in den erhabensten Momenten musikalischer Inspiration zuteil wurden. Aber hüte dich vor der völligen Vereinnahmung durch das Gefühl, bewahre auch in den glühendsten Momenten der Leidenschaft immer deine Identität. Vergesse nie, wer du bist, und dass die Fähigkeit zur Liebe ein wichtiger Teil, vielleicht der wichtigste überhaupt, aber trotzdem nur ein Teil deiner Persönlichkeit bleibt. Sei dir immer der Worte bewusst, die ich dir jetzt sage: Deine Liebe zu Claudio ist sicherlich etwas Wunderbares und eine einzigartige Bereicherung für dein Leben, aber sie ist nicht *die Liebe schlechthin!* Mache daraus nicht deinen einzigen Lebensinhalt, klammere dich auf Dauer nicht allzu fest an sie, opfere ihr nicht dein künstlerisches Credo – denn sonst drohst du daran zu zerbrechen. Jetzt ist es vielleicht nicht der richtige Zeitpunkt, aber irgendwann wirst du erkennen, dass es nicht der individuelle Reiz ist, der sich in deiner Seele einprägt, denn Reize sind kurzlebig, launisch und wandlungsfähig, sondern es ist immer nur die daraus resultierende emotionelle Erfahrung, die dir zeit deines Lebens erhalten bleibt. Und selbst wenn deine Leidenschaft längst erloschen ist und alte Reize durch neue ersetzt wurden, wirst du in einer vergeistigten Form die Schönheit dieser Augenblicke immer lebendig in deinem Inneren aufbewahren.«

Diese Worte verursachten mir einen Stich im Herzen. Unter anderen Umständen war ich Dr. Rosen für seine weisen Ratschläge immer dankbar gewesen, diesmal jedoch verspürte ich sogar ein leichtes Bedauern, ihn überhaupt in mein Geheimnis eingeweiht zu haben. Es waren Worte, die ich zu jenem Zeitpunkt nicht verstand und auch nicht verstehen konnte, denn einen Liebenden kann man nicht belehren. Er ist von seiner Liebe derart vereinnahmt, dass die Lebenserfahrung einer ganzen Welt ihn nicht von seinen Überzeugungen abbringen könnte. Ich hatte zum Glück keine Zeit, die eben gehörten Worte zu vertiefen, denn im nächsten Augenblick kam Claudio herein. Er blickte etwas erstaunt in unsere ernsten Gesichter, als hätte er nicht erwartet, uns in ein ernsthaftes Gespräch vertieft vorzufinden, doch Dr. Rosen schwenkte mit seiner sympathischen Jovialität sofort auf einen unbesorgten Plauderton um:

»Spero che'l mio piccolo laboratorio ti è piaciuto«, sagte er mit freundlichem Lächeln.

»Tantissimo«, antwortete Claudio begeistert und löffelte sich etwas Zucker in seinen Tee.

Im weiteren Verlauf des Abends erwähnte Dr. Rosen mit keinem Wort, dass er über uns im Bilde war, und ich war ihm irgendwie dankbar dafür. Er erkundigte sich hingegen ausführlich über Claudios musikalischer Laufbahn, und dessen spontane, ungekünstelte Redensart schien ihn sichtlich zu vergnügen. Ich blieb jedoch schweigsam und in mich gekehrt und vertiefte mich ungewöhnlich lange in der Betrachtung von Dalis *Metamorphose des Narziss*, einer riesigen Gemäldereproduktion, die über dem Kamin hing, denn durch das vorhin Gehörte war mir die anfängliche Unbeschwertheit abhanden gekommen und eine leichte Melancholie hatte sich in meine Seele gestohlen.

Zum Abschied schüttelte uns Dr. Rosen herzlich die Hand und lud uns ein, ihn baldigst wieder zu besuchen. Claudio hatte dem sofort begeistert zugestimmt, ich vermochte mich jedoch nur zu einem stummen Nicken zu bewegen. Und in der Tat sollte es das einzige Zusammentreffen zwischen uns dreien bleiben, denn seine warnenden Worte hinterließen mir einen bitteren Beigeschmack. Erste, noch ganz verschwommene und nicht definierbare Zweifel regten sich, und ich fühlte, dass es besser für mich war, ihn in der nächsten Zeit nicht wieder zu sehen.

Sechstes Kapitel

Plötzlich, nach einem schier endlos langen Winter, kam ganz unverhofft der Frühling. Und die zu neuem Leben erwachte Natur mit all ihren Farben und Düften kam mir wie der Spiegel meiner eigenen Seele vor, denn in mir war ebenfalls erst vor kurzem ein neues Gefühl erwacht, das nun in all seiner Größe erstrahlte und all meine anderen Gefühle und Regungen in den Schatten stellte. Ich lebte ausschließlich für die Liebe, alles andere hatte für mich die Bedeutung verloren: Karriere, Studium, Musik, Literatur. Und auch die Menschen und deren Schicksal waren mir vollkommen gleichgültig geworden, sofern sie nicht unmittelbar in meiner Beziehung zu Claudio eine Rolle spielten. Doch abgesehen von den kleinen Unannehmlichkeiten, die durch die geschwätzige Boshaftigkeit von Serge und anderer seinesgleichen entstanden, schien niemand und nichts unser Glück zu trüben. Das Leid entsteht meistens aus inneren Umständen, nur selten aus äußeren. Wenn eine Liebe stark und gefestigt ist, dann kann ihr kein Außenstehender irgendetwas zuleide tun. Wenn der Wurm jedoch im Inneren nagt und das Gefühl langsam aushöhlt, dann droht die Gefahr, dass das riesige Gebäude der Illusion, die man Liebe nennt, irgendwann wie Spielkarten in sich zusammenfällt. Denn Liebe ist nichts anderes als eine Illusion, die stärkste und am wahrhaftigsten scheinende, die der Mensch überhaupt kennt. Man muss sie jedoch mit all ihren Höhen und Tiefen, Ekstasen und Verzweiflungen erlebt haben, um zu dieser Erkenntnis zu gelangen. Man muss den bitteren Kelch dieses Elixiers bis zum letzten Tropfen ausgekostet haben, um seiner wahren, oder besser gesagt, unwahren Natur erkenntlich zu werden.

Der Monat Mai dieses schicksalhaften Jahres, in dem ich Claudio kennen gelernt hatte, war vielleicht der glücklichste in meinem ganzen Leben. Wir entschieden, eine Reise in die Lombardei, Claudios Heimat, zu unternehmen. Die Vorfreude war ihm ins Gesicht geschrieben. Er war sehr stolz auf die Schönheiten seines Landes und auf seine Kultur, erzählte mir dauernd über die vielen Kunstschätze, die wir auf unserer Reise besichtigen würden. Da ich vor kurzem begonnen hatte, meine bescheidenen Italienischkenntnisse, die ich mir in meiner Ausbildung als Musiker unumgänglich aneignen musste, zu vertiefen, sprachen wir nun immer öfter in seiner Muttersprache. Ich machte erstaunlich schnelle Fortschritte, was womöglich daran lag, dass ich im Moment keiner anderen konsequenten Beschäftigung nachging, oder vielleicht auch nur daran, dass ich den reizendsten Lehrer hatte, den man sich nur wünschen konnte. Denn ich sog jedes Wort förmlich von seinen Lippen, und binnen kürzester Zeit beherrschte ich die Sprache der Zärtlichkeiten so gut wie ein echter Italiener.

»Conosco un ragazzo leggiadro«, sagte ich ihm einmal scherzhaft. »Si chiama Claudio. Quando ho visto per la prima volta i suoi occhi, li scambiai per una coppia di stelle. E quando ho toccato per la prima volta i suoi capelli, le sue guance, il collo d'avorio, la tenera bocca, li trovai degni di Apollo o di Dioniso.«

Das war ein wenig gemogelt, denn ich hatte einen ähnlichen Text in einem von Claudios Büchern aufgestöbert (es ging um Liebesmythen in der griechischen Antike) und nur noch ein wenig abändern müssen, jedoch minderte das nicht im Geringsten die Ehrlichkeit meiner Gefühle. Bei solchen Gelegenheiten errötete Claudio meistens und blickte verlegen weg, denn obwohl ihm meine anbetenden Worte schmeichelten, fühlte er sich doch irgendwie peinlich berührt, als würde er sich ein wenig schämen für seine Reize, die mich derart faszinierten und betörten. Seine Liebe für mich war hingegen anderer Natur. Sie war weniger ästhetisierend, weniger auf Äußerlichkeiten bedacht, dafür aber tiefer, introvertierter. Sicherlich war seine Liebe auch körperlich, aber im Nachhinein glaube ich, dass er mehr meinen Intellekt, meine Persönlichkeit, mein profundes Wissen über die Musik und mein musikalisches Talent liebte, dass er in erster Linie den Künstler und Menschen in mir liebte, und dass im Grunde genommen mein Äußeres für ihn nur zweitrangig war. Das war der essentielle Unterschied unserer gegenseitigen Zuneigung, denn mir war schon von Anfang an klar gewesen, dass ich ihn ohne seine außergewöhnliche physische Schönheit niemals so abgöttisch lieben konnte, wie ich es zu jenem Zeitpunkt tat.

Es war Pfingsten. Dieses Jahr ungewöhnlich früh, noch im Mai, eigentlich der frühste Zeitpunkt, an dem ich mich je erinnern konnte. Wir mieteten für zwei Wochen ein kleines Auto, packten unsere Sachen und fuhren los. Das Wetter war herrlich. Es war angenehm warm, die Sonne strahlte noch nicht die sengende Glut der Sommermonate aus, und wir labten uns an der milden, freundlichen Wärme, die uns umgab. Niemals zuvor und niemals danach sah ich Claudio so glücklich, so ausgelassen, so knabenhaft ungestüm wie in jener Zeit. Wir lachten viel, trieben alle möglichen Späße, kicherten über jeden Unsinn und benahmen uns wie pubertierende Jünglinge, die den Ernst des Lebens noch nicht kannten. Doch wie kurzweilig sollte dieses Intermezzo der vollkommenen Unbeschwertheit sein! Wie konnte ich nur ahnen, dass der Anblick des geliebten Gesichtes, der mir bisher nur tief empfundene

Freude und ein Gefühl fast unerträglichen Glücks erzeugte, schon sehr bald nur noch qualvolles Leid und bohrenden Schmerz produzieren würde? Warum musste die grausame Erkenntnis der Vergänglichkeit alles Schönen auf Erden mich so früh heimsuchen und den Honig, den ich von Claudios zärtlichen Lippen kostete, in bittere Galle umwandeln?

Claudio hatte eine Route vorgeschlagen, die uns zunächst nach Bergamo führte, wo wir das Donizetti Museum besichtigen wollten, danach zu den oberitalienischen Seen und insbesondere zum Comer See, den er schon als Kind besucht hatte und von dem er immer wieder mit Begeisterung zu sprechen wusste. Ein Zwischenstopp in Mailand sollte uns einen kurzen Einblick in die dortigen Kunstschätze gewähren, von wo aus es weiter ging zur berühmten Certosa di Pavia, danach nach Cremona, in die Stadt der Geigenbauer – ein für uns Musiker obligatorisches Reiseziel –, und schließlich nach Mantua, in seine Heimatstadt. Dort wollten wir ein paar Tage bei seiner Familie verweilen, bevor wir uns erneut auf dem Weg zurück nach Norden machten.

Wenn allzu viele Erlebnisse in einer sehr kurzen Zeit auf einen einwirken, dann scheint sich die Zeit unglaublich zu dehnen, sodass man am Ende einer Woche den Eindruck gewinnt, dass man sich schon seit Monaten auf Reisen befindet. Erst viel später, wenn der Alltag wieder seinen gewohnten Platz eingenommen hat und der Geist endlich zu Ruhe gekommen ist, beginnt sich das Erlebte langsam im Gedächtnis zu kristallisieren. Und auch jetzt kann ich mich an diese längst vergangene Zeit nur noch bruchstückhaft erinnern, der Verlauf dieser übervollen Tage ist nicht lückenlos in meinem Gedächtnis wiederzufinden. Und wieder einmal kann ich feststellen, wie subjektiv unsere Wahrnehmung eigentlich ist, denn ich konnte die äußere Welt nur durch den subjektiven Filter meiner Gefühle und Regungen wahrnehmen. Und ich war in jener Zeit so übervoll von Gefühlen, dass sich mir die objektive Welt in einer sehr verzerrten, idealisierten Form zeigte. Ein und dasselbe Bild, ein stiller See, eine Kathedrale, ein blühender Garten, kann je nach der momentanen Stimmung des Schauenden völlig unterschiedliche und zum Teil gegensätzliche Erinnerungen hinterlassen. Ich wäre deshalb kein guter Reisebuchautor, denn ich würde in maßloser Übertreibung die Lombardei, die zweifelsohne ein sehr schönes Fleckchen Erde ist, als das herrlichste, wunderbarste, traumhaft schönste Land aller Länder bezeichnen, und alle anderen Regionen Italiens und die ganze Welt überhaupt würden im strahlenden Licht dieses von mir auserwählten Garten Eden regelrecht untergehen.

Wie unscharf aufgenommene Fotos flirren mir sämtliche Bilder durch mein von übermäßigem Gefühl beeinträchtigtes Gedächtnis: Bergamo mit seiner verwinkelten città alta, die St. Maria Maggiore mit den berühmten Intarsien von Lorenzo Lotto, die Capella Coleoni, die Bibliothek, schließlich das Donizetti Museum mit den vielen Manuskripten und das Sterbebett des Meisters, in dem er endlich Erlösung fand aus seiner jahrelangen geistigen Umnachtung. Und der herrliche Comer See, mit seiner einmaligen Lage und seinen vielen berühmten Villen. War er nicht nur ein schöner Hintergrund meiner einzigartigen Liebesodyssee? Verblasste seine viel gepriesene Schönheit nicht vor Claudios adonischem Antlitz?

Wir befanden uns im prächtigen Garten der Villa Carlotta, das vielleicht schönste Anwesen an den Ufern des Comer Sees. Wir spazierten durch die prachtvollen Alleen, umgeben von blühenden Azaleen, Rhododendren, Hibisken und anderen herrlichen Pflanzen. Der Duft der Orangenblüten schwebte durch die Luft. Es war ein milder

Spätnachmittag, und die letzten wärmenden Strahlen der Sonne ließen in Claudios kastanienbraunem Haar kupferfarbene Reflexe aufblitzen. Wir gingen nebeneinander, ohne uns zu berühren. Wie schon erwähnt, mochten wir keine zärtlichen Gesten in der Öffentlichkeit. Eine Zeit lang sprachen wir nicht. Wir schlenderten nur schweigend die blütenprächtige Allee entlang, sogen das süßliche Parfüm der Zitrusbäume in uns ein und genossen die stille Zweisamkeit. Es war nicht viel los an diesem Nachmittag im Garten der Villa Carlotta. Ab und zu begegneten wir ein paar sporadischen Besuchern, aber ansonsten waren wir ungestört inmitten der opulenten Natur. Der See war still und ruhig, kein einziger Windhauch kräuselte seine glatte Oberfläche. Genauso war es auch in unseren Herzen. Unsere Liebe hatte nun ihren innigsten, tiefsten und reinsten Moment erreicht. Das brennende, fast an Wahnsinn grenzende sinnliche Fieber der ersten Tage und Wochen war einer stillen, aber umso stetigeren Glut gewichen. Wir gehörten uns jetzt in einer so vollkommenen Art und Weise, es herrschte eine so perfekte Harmonie zwischen uns, dass wir der Worte kaum noch bedurften, um unseren Gefühlen Ausdruck zu verleihen. Wir blickten uns in die Augen, und alles war gesagt. Claudios Augen waren voll grenzenloser Liebe und gleichzeitig voll grenzenlosem Vertrauen. Ich verstand: Er hatte sein Schicksal in meine Hände gelegt, ich war nun zum wesentlichsten Teil seiner Existenz geworden, und falls ich es jemals nicht mehr sein mochte, dann sollte ich mich nur noch samt seinem blutenden Herzen von seiner Brust losreißen können.

Wir setzten uns auf eine Bank, in einem Meer von Blumen. Die Sonne verschwand nun allmählich hinter den Bergen und ein langer Schatten zog sich langsam über den See. Auf dem gegenüberliegenden Ufer konnte man noch verschwommen die Umrisse der Villa Melzi erkennen, jener Ort, wo Franz Liszt und die Comtesse d'Agoult für eine Zeit verweilten und wo die Frucht ihrer Liebe, Cosima, das Licht der Welt zum ersten Mal erblickte. Das Gefühl der sich dehnenden Zeit war nun so stark, dass sie regelrecht stillzustehen schien.

Verweile doch, du bist so schön! Es war der Augenblick der absoluten Harmonie, des vollkommenen Einklangs zweier Seelen, die zu einer einzigen zusammenschmolzen. Wir saßen nebeneinander auf dieser einsamen Bank, wir berührten uns nicht, wir blickten uns nicht einmal an, man könnte fast meinen, zwei Fremde verharrten völlig regungslos inmitten der atemberaubenden Natur. Doch wir waren uns so nahe wie nie zuvor. Unsere Herzen schlugen im gleichen Rhythmus, unsere Gedanken verschmolzen in einem Kontinuum der Glückseligkeit. Es gab kein Zeitgefühl mehr für uns, es war nur noch dieser einzige, perfekte Augenblick. Es schien, als wäre das ganze Universum zu diesem Zeitpunkt erstarrt, und nur ein glücklicher Zufall wollte es, dass wir gerade hier, inmitten dieses Zaubers an Farben und Düften und in einem Gefühl der vollkommenen geistigen Konsonanz, diesen einzigartigen Moment erleben durften. In einem solchen Moment kann man sich nur wünschen, dass es kein Erwachen mehr gibt, sondern nur noch den Tod, denn man spürt instinktiv, dass nichts, was danach folgt, in seiner Schönheit und Perfektion diesem einmaligen Augenblick gleichen wird. Mir erging es ähnlich wie Longfellow, der ebenfalls betört vom Zauber dieses einzigartigen Ortes, schrieb:

I ask myself: »Is this a dream?
Will it all vanish into air?
Is there a land of such supreme
And perfect beauty anywhere?«

Und zum ersten Mal empfand ich eine tiefe Traurigkeit bei dem Gedanken, dass mir die Gabe der Poesie fehlte, um meinen eigenen Gefühlen einen ebenso erhabenen Ausdruck verleihen zu können.

Es dämmerte. Langsam löste sich der Zauber und ich hatte das Gefühl, wie Dornröschen aus einem hundertjährigen Schlaf zu erwachen. Es waren jedoch nicht Claudios Lippen, die mich zum Leben erweckten, denn er blickte mich mit ebenso schlaftrunkenen Augen lächelnd und etwas verwirrt an. Wir gingen langsam in Richtung Ausgang. Inzwischen waren auch die letzten Besucher durch das große Portal mit dem eingravierten »C« verschwunden, und wir waren nun ganz allein in dieser prachtvollen Kulisse. Die Abendluft war geschwängert von zarten Blütendüften. Wir kamen an einem Kamelienstrauch vorbei. Ich pflückte im Vorübergehen eine und gab sie Claudio. Er nahm sie, leicht errötend, und steckte sie ins Knopfloch. Ich legte meinen Arm zärtlich um seine schmalen Schultern. »Le garçon aux camelias«, sagte ich leise.

Die Antwort war ein spitzer Ellenbogen in meine Rippengegend. Wir blickten uns kurz an und brachen beide in schallendes Gelächter aus. Die Zeit hatte wieder ihren gewohnten Lauf genommen.

*

Weitere Erinnerungsfetzen streifen durch mein Gedächtnis. Verschwommen sehe ich den imposanten Mailänder Dom, den Aufstieg zu den Terrazzi mit den vielen Statuen, dann wieder die mondäne Galleria Vittorio Emanuele II bis hin zur Piazza della Scala mit dem von außen nicht sehr beeindruckend wirkenden Opernhaus, das allein durch das Wissen um seine Berühmtheit seinen wahren

Glanz ausstrahlt. Ich sehe mich im Refektorium der St. Maria delle Grazie, in stiller Andacht das symbolträchtige und geheimnisumwitterte Werk des großen Leonardo betrachtend. Dann stehe ich plötzlich vor dem Grabmal von Ludovico il Moro und seiner früh verstorbenen Gemahlin Beatrice d'Este in der Klosteranlage von Pavia. Dann wieder im Stradivari Museum in Cremona, ein etwas verschlafen wirkendes Städtchen, das Zeugnis gibt von einer einmaligen Geigenbauertechnik, die bis heute unerreicht geblieben ist. Denn die großen Künstler unserer Zeit spielen immer noch auf den Instrumenten des siebzehnten und achtzehnten Jahrhunderts von Stradivari, Guarneri oder Amati – alles Unikate, mit eigenen, manchmal sehr klangvollen Namen versehen, um ihre Einzigartigkeit noch zu unterstreichen. Da haben wir Pianisten es wesentlich leichter, an ein gutes Instrument zu gelangen, dachte ich beiläufig.

Und schließlich kamen wir nach Mantua, in die berühmte Stadt der Gonzaga, und zum ersten Mal konnte ich so etwas wie Sippenstolz bei Claudio erkennen. Er behauptete nach wie vor mit unerschütterlichem Ernst, ein direkter Nachfahre dieser reichen Patrizierfamilie zu sein, genauer genommen von Isabella d'Este, Ehefrau von Francesco Gonzaga und Schwester der eben erwähnten Beatrice. Eine große Kunstmäzenin der Renaissance, hochgebildet und mit einem einzigartigen Sinn für das Schöne ausgestattet, die viele bedeutende Künstler an ihren Hof brachte und dadurch der Stadt den Status einer geistigen und kulturellen Hochburg verlieh.

Wir logierten bei seiner verwitweten Mutter, die mit zwei älteren Schwestern in einem weiträumigen, mehrstöckigen Haus in unmittelbarer Nähe des Palazzo Ducale wohnte. Ich wurde als sein bester Freund und Studienkollege ausgegeben und in typisch italienischer Gastfreundlichkeit aufs herzlichste empfangen. Besonders seine Mutter hinterließ mir einen nachhaltigen Eindruck. Sie war eine elegante, würdevolle Frau von Ende Vierzig, deren Gesichtszüge noch Spuren einer einst außergewöhnlichen Schönheit erkennen ließen. Und die Ähnlichkeit mit Claudio war nicht zu übersehen. Sie hatte die gleichen smaragdgrünen, leuchtenden Augen mit den langen Wimpern, die ich so gut kannte, das gleiche zarte Gesichtsprofil mit den etwas hervorstehenden Backenknochen und den gleichen weichen, sinnlichen Mund. Wenn sie lächelte, konnte ich den lieblichen Schwung der Lippen erkennen, der mich so oft bei Claudios Anblick verzückte. Doch im Unterschied zu seinen makellos-jugendlichen Zügen konnte man in ihrem Gesicht schon deutlich das Werk der Zeit erkennen. Unzählige feine Linien hatten sich bereits in Mund- und Augenpartie eingegraben, die Haut strömte schon längst nicht mehr jene pfirsichfarbene Frische aus, die ich bei Claudio so sehr liebte.

Jetzt im Nachhinein denke ich, dass die Begegnung mit seiner Mutter ausschlaggebend war für den weiteren Verlauf des Geschehens. Denn in ihr gestaltete sich nun bildlich das langsame, aber unaufhaltsam zerstörerische Werk der Zeit. Sie war eine unverkennbare Vorwegnahme dessen, wovon ich mir bis zu jenem Zeitpunkt noch nicht so richtig bewusst geworden war: der Vergänglichkeit von Claudios Jugendlichkeit und Schönheit. Wir wissen es, aber wir wollen es nicht wahrhaben, bis uns ein unglücklicher Zufall Jung und Alt spiegelbildlich gegenüberstellt, bis man mit schmerzvoller Klarheit die lieblichen, sanften und makellos schönen Züge der Jugend in dem vom Lauf der Zeit und von Schicksalsschlägen gebeutelten Antlitz des Alters wieder erkennt.

Doch wenn man jung und verliebt ist, so hat man den Eindruck, dass dieser Zustand ewig lange andauern wird, dass die Zeit stillgestanden ist und sich *nichts*, sowohl in unserem äußeren Erscheinungsbild als auch in unseren Gefühlen füreinander, ändern könnte. Wie lange man mit dieser Illusion lebt, was der genaue Anlass zum grausamen Erwachen aus dem süßen Traum ist, bleibt letztendlich nur ein reiner Zufall. In meinem Fall war es die schicksalhafte Gegenüberstellung von Mutter und Sohn, gestärkt durch die frappante Ähnlichkeit der beiden. Und als ich später, in den furchtbaren Wochen die danach folgten, von Schmerz und Verzweiflung gepeinigt, Claudios zartes Antlitz betrachtete, so konnte ich mir *unmöglich* vorstellen, dass dieses Gesicht einmal alt und zerfurcht aussehen würde. Ich konnte den Gedanken nicht akzeptieren, dass die Zeit ihr Zerstörungswerk an diesem Gesicht bereits eingeleitet hatte, dass sie noch unmerklich, aber stetig ihre Zeichen in diese makellos glatte, marmorne Stirn einzugraben begonnen hatte, dass der berauschende Duft seiner Jugend sich schon bald verflüchtigt haben sollte, dass ich irgendwann einmal in schmerzvoller Pein auf die Reste seiner verblichenen Schönheit blicken würde – und mir graute vor dieser Ernüchterung. Für mich konnte es keinen anderen Claudio geben als den der Gegenwart, den schönen Jüngling mit den verträumten Augen, ein Antinous der Neuzeit, eine Gestalt wie aus der Hand eines antiken Bildhauers gemeißelt!

Wie lange würde es noch dauern, ein paar Wochen, Monate, vielleicht ein Jahr? Irgendwann wird der Zauber der Adoleszenz einer stattlichen Männlichkeit weichen müssen, sicherlich immer noch schön und für viele auch begehrenswert, aber eben jener Androgynität beraubt, deren magische Anziehungskraft meine Liebe nährte. Ist es denn nicht so, dass die schönsten Blumen nur eine äußerst kurze Blütezeit haben? Ist die prächtige weiße Kamelie aus dem Garten der Villa Carlotta nicht schon am nächsten

Tag verwelkt? Würde meine Liebe auf Dauer dem Verlust dieses einzigartigen Elixiers standhalten können?

Aber dies waren Fragen, die ich mir bewusst erst zu einem späteren Zeitpunkt stellen sollte. Noch war alles gut, noch waren wir in Mantua, noch genossen wir in vollen Zügen die kurze Zeit des vollkommenen Glücks. Claudio war ein hervorragender Stadtführer. Er zeigte mir die wichtigsten Sehenswürdigkeiten seiner Stadt, allem voran den berühmten Dogenpalast, wo seine angeblichen Vorfahren residierten, ein riesiger Gebäudekomplex mit über fünfhundert Räumen. Was hier an Kunstschätzen geboten wird, ist atemberaubend und zeugt einerseits vom enormen Reichtum der Gonzagas, andererseits auch von ihrem hohen Kunstsinn. Aber durchaus sehenswert ist auch der kleinere Palazzo del Té mit den Freskomalereien von Giulio Romano, insbesondere jene in der Sala di Psiche, wo die Vermählung von Amor und Psyche dargestellt wird. Ein Thema, das mich immer wieder fasziniert hatte, sowohl in seiner bildenden als auch in seiner musikalischen Auslegung, wie etwa bei César Franck.

I tre laghi di Mantova – einzigartig ist die Lage dieser schönen Stadt, von drei Seen umgeben. Erweiterungen des Mincio, als würde der Fluss in einer letzten Aufwallung des Widerstands sich vor der endgültigen Auflösung in den Fluten des Po noch zu retten versuchen. Doch die wertvollste Erinnerung an diese Stadt bleibt nicht der imposante Palazzo Ducale, auch nicht die emsige Piazza delle Erbe, auch nicht die Kirche S. Andrea mit dem Grab von Andrea Mantegna, sondern einzig und allein Claudios Gegenwart an meiner Seite. Denn nur er allein verlieh dieser Stadt eine Seele, nur sein fröhliches Lachen vermochte die Straßen zu beleben, nur durch seine Anwesenheit werde ich diesen Ort für immer in meinem Herzen als etwas ganz Besonderes einschließen. Weil es *seine* Stadt war.

Wie könnte ich jemals den gemütlichen Abend in der Osteria vergessen, wo der Koch uns persönlich begrüßen kam, als er erfuhr, dass Signor Claudio auf Besuch war, und speziell für ihn seinen Lieblingswein aus dem Keller bringen ließ! Wie herrlich war es, ihm zuzuhören, wie er mit seinen Landsleuten plauderte, freudig erregt über das Wiedersehen mit alten Bekannten, und mir dauernd von dem sprudelnden Lambrusco einschenkte, der beste Italiens, wie er mir versicherte. Und wie konnte ich schließlich jene Nacht vergessen, als ich mich in mein Zimmer zurückzog und mich müde von den vielen Ereignissen des Tages und dem reichlich verkosteten Lambrusco ins Bett legte. Aber nicht um zu schlafen, sondern in unruhiger Erwartung still ausharrend, bis sich endlich sehr vorsichtig die Tür öffnete und ein dunkler Schatten auf Zehenspitzen, um ja kein Geräusch zu verursachen, sich mir näherte und ich endlich Claudios heiß geliebten Atem an meiner Wange spürte, als er sich fest an mich schmiegte. Denn wir hielten es nicht aus, auch nur eine einzige Nacht ohne den anderen zu verbringen. Völlig unbeweglich lagen wir da, nicht einmal im Flüsterton wagten wir zu sprechen, einzig und allein die körperliche Nähe des anderen reichte, um uns glücklich zu machen.

In jener Nacht habe ich keine einzige Sekunde geschlafen. Ich lag einfach regungslos da und lauschte auf Claudios regelmäßigen Atemzügen, wie er friedlich in meinen Armen schlief, und nur ab und zu im Traum leise aufstöhnte. Und ich dachte über die Liebe nach. Was war eigentlich dieser seelisch-körperliche Ausnahmezustand, den man schlicht als Liebe bezeichnet? Ich erinnerte mich an all die großartigen Poesien und Metaphern, die das unbeschreibliche Gefühl der Liebe in Worte zu fassen versuchten. An all diese großen Dichter und Denker, von Platon bis Verlaine und Rimbaud, die in meisterhafter

Beherrschung der Sprache ihrem Gefühl Ausdruck verliehen – und trotzdem: Konnte irgendeiner von ihnen dem Mysterium der Liebe bis auf den Grund gehen, das Geheimnis seiner unglaublichen Macht entschlüsseln? Konnte jemals einer das Rätsel lösen? Dantes Beatrice, Petrarcas Laura, Shakespeares Julia – waren sie Geschöpfe der realen Welt oder ein reines Produkt der Fantasie, abstrakte Projektionen eines überaus empfindsamen Menschen? War Antinous tatsächlich so, wie wir ihn aus den Skulpturen kennen oder aus Marguerite Yourcenars einzigartigem Roman? Oder ist er vielmehr nur zur Materialisierung von Hadrians ästhetischem Bedürfnis nach dem Ideal der jugendlichen Schönheit geworden? Und welche Liebe ist nun wahrhaftiger? Die rein geistige, platonische, wie bei Abélard und Héloise, oder die sinnlich morbide Begierde eines Baudelaire? Oder vielleicht beide? All diese Fragen bewegten sich wie im Kreise in meinem ruhelosen Hirn.

Irgendwann war ich zu erschöpft, um noch weiter darüber nachzudenken. Ich spürte erneut den leichten Hauch von Claudios Atem an meiner Haut, und ein sinnlich kühler Schauer durchrieselte meinen ganzen Körper. Kann eine Liebe denn wahrhaftiger sein, wenn selbst schon der Atem des geliebten Menschen dich zum Erschauern bringt?

Siebtes Kapitel

Die letzten fünf Noten des *Allegro malincolico* aus Poulencs Flötensonate klangen noch lange in meinen Gedanken nach, als die Musik schon längst verstummt war. Fünf Noten, die das Grundmotiv des Satzes bilden, ständig wiederkehrend wie eine plagende, obsessive Frage, die einen nicht in Ruhe lässt, anscheinend harmlos, aber doch unheimlich, zögerlich und doch hartnäckig, geheimnisvoll-lasziv und Unheil verkündend in der spielerisch heiteren Ummantelung der schönen Melodie. Aber es ist eine trügerische Heiterkeit, eine irreführende Gemütlichkeit, denn unter ihrer dünnen Oberfläche verbirgt sich eine gewaltige Unruhe, eine kaum zu unterdrückende hysterische Verzweiflung.

Ich saß am Klavier – erstmals nach vielen Tagen der Muße und vollkommener künstlerischer Untätigkeit und auch jetzt nur, um mit Claudio ein neues Stück für sein Repertoire einzustudieren.

Während ich sein Flötenspiel begleitete, blickte ich ab und zu verstohlen in sein ernstes, konzentriertes Gesicht, das völlig losgelöst von allem Irdischen in der Musik sich zu verlieren schien. Seine schönen Augen waren von dunklen Schatten umrändert, denn er hatte in letzter Zeit nicht viel geschlafen. Seine zarten, feingliedrigen Finger schienen noch zerbrechlicher als sonst, wenn sie mit virtuoser Leichtigkeit das Instrument umspielten. Er spielte besser denn je, sein musikalisches Verständnis hatte eine tiefere, sinnlichere Ebene erreicht, die ihm ermöglichte, Gefühle ganz unvermittelt und mit großer Expressivität zum Ausdruck zu bringen.

Mein Klavierspiel hingegen war nichts anderes als technisches Beiwerk, ein Hilfsmittel zur Unterstützung des Solisten, bar jeglicher Individualität, leblos, charakterlos. So dachte ich zumindest zu jenem Zeitpunkt, und zum ersten Mal empfand ich so etwas wie Eifersucht, die aber nicht Claudio galt, sondern der Kunst selbst, weil sie fähig war, wenn auch nur für kurze Zeit, ihn mir wegzunehmen. Denn ich konnte es nicht ertragen, ihn auch nur einen Augenblick lang entfernt von mir zu wissen. Und wenn er musizierte, dann war er in einer anderen Welt. Ich wusste es nur zu gut, von früher, als ich selber noch die Kunst als die einzige Leidenschaft meines Lebens betrachtete. Sobald ich nur die ersten Tasten des Klaviers anschlug, war die restliche Welt für mich wie weggelöscht, und es gab nichts mehr als die wunderbare, unendliche Welt der Musik.

Es war Mitte September. Der Herbst meldete sich schon mit unverkennbaren Zeichen an, die Nächte wurden allmählich länger und das Laub begann sein grünes Kleid gegen ein farbenfroheres einzutauschen. Seit jenen unbeschwerten Tagen in der Lombardei waren nur ein paar Monate vergangen, doch schien es mir, als würden schon Jahre dazwischen liegen. Denn nach unserer Rückkehr war ich nicht mehr der gleiche Mensch wie früher.

Wir hatten beide auf die Sommerferien zu Hause verzichtet und lebten stattdessen die ganze Zeit bis zum Beginn des Wintersemesters in meiner kleinen Studentenwohnung in fast völliger Abgeschiedenheit. Als Grund dafür gaben wir an, dass wir die Zeit brauchten, um ein neues Repertoire für ein Konzert zu erarbeiten, das wir gemeinsam in der nächsten Spielzeit geben wollten. Das Argument schien glaubhaft zu sein, denn man ließ uns ohne weitere Fragen in Ruhe. Im Nachhinein denke ich, dass der Entschluss, die Sommerferien gemeinsam zu verbringen, den Verfall unserer Beziehung nachhaltig beeinflusste. Die Trennung während der Sommermonate hätte uns beiden sicherlich gut getan, denn ich hätte Zeit gehabt, meine Gedanken zu ordnen, mich wieder der Musik zu widmen, und mein angestrengtes und von düsteren, obsessiven Fragen geplagtes Gehirn hätte sich vielleicht allmählich erholt. Und vielleicht hätte ich sogar meine künstlerische Integrität wieder gefunden und hätte im Herbst der Liebe meines Lebens mit anderen Augen gegenübergestanden. Auf Claudio andererseits, der von Natur aus ein fröhlicher und kommunikativer Mensch war, hätte eine Ruheperiode ebenso erholend gewirkt, um sich wenigstens für kurze Zeit aus der erstickenden Umklammerung meiner Leidenschaftlichkeit zu befreien, die seiner Seele und seinem Körper zunehmend die Vitalität aussaugte.

Stattdessen kehrten wir in meine kleine Mansardenwohnung zurück, die in nächster Zeit zu einem Inferno der Verzweiflung wurde, Schauplatz der verzweifelten Begierde, mit der ich mich an Claudio klammerte, in dem irrsinnigen Versuch, den Lauf der Zeit aufzuhalten. Denn der giftige Pfeil, der mich bei der schicksalhaften Gegenüberstellung von Claudio und seiner Mutter durchdrang, begann allmählich zu wirken, verätzte zunehmend meine Gedanken, die nur noch um die eine Frage kreisten: Liebte ich ihn denn wirklich, das heißt wirklich ihn als Individuum, als Mensch um seiner selbst willen? Oder liebte ich nur das *Ideal*, das er in so betörender Weise verkörperte? War er denn nicht nur ein Mittel zur Veranschaulichung, die Verkörperung eines ästhetischen Prinzips? Liebte ich *ihn*, oder nur das *Gefühl*, das er in mir erweckte? Ist er wirklich der *Auserwählte* oder ist er es nur geworden, weil er zum richtigen Zeitpunkt zufällig in meinem Blickwinkel auftauchte? Bot er denn nicht nur eine willkommene Gelegenheit, all meine Träume und Sehnsüchte nach dem antiken Schönheitsideal zu beleben?

Die bittere Erkenntnis, dass ich ihn ohne seiner jugendlichen Anmut und Schönheit nicht mehr so uneingeschränkt lieben könne, hatte meinen bisher unerschütterlichen Glauben an die Dauerhaftigkeit unserer Liebe den Boden entzogen. Denn ich habe schließlich erkennen müssen – und es brach mir fast das Herz –, dass ich seinen Körper mindestens genauso sehr liebte wie seine Seele und dass ich mich nicht darüber hinwegtäuschen konnte, dass das Einbüßen seiner androgynen Schönheit meine Zuneigung unverändert lassen würde. Ich war bis vor kurzem überzeugt gewesen, die *absolute Liebe* gefunden zu haben, eine Liebe, die sowohl auf geistiger als auch auf sinnlicher Ebene einzigartig und vollkommen war. Und in meiner wahnsinnigen Naivität war ich bereit gewesen, dieser Liebe alles zu opfern, was ihr im Wege stand, um sie bis zum höchsten Grade des bewussten Empfindens erleben zu können. Zu spät erkannte ich jedoch, obwohl ich von Dr. Rosen gewarnt wurde, dass die auf Sinnlichkeit beruhende Liebe zu einem Menschen niemals die Wahrhaftigkeit und Stetigkeit der abstrakten Liebe zur Kunst erreichen kann, die ich so bereitwillig zugunsten von Claudios ephemeren Reizen aufgeben wollte. Denn einmal entflammt, hält die abstrakte Form der Liebe, egal ob für Kunst oder Mathematik, praktisch ein Leben lang. Sie nimmt niemals ab, sondern kann sich im Laufe der Zeit noch vertiefen und an Bedeutung zunehmen, und sie kann nur noch mit dem letzten Atemzug ausgelöscht werden. Ich kam allmählich zur Erkenntnis, dass nur diese Form der Liebe als *absolut* gelten kann. Aber sobald ich in Claudios träumerischen Augen blickte, verlor sich meine Seele sofort wieder in deren unwiderstehlichen Zauber.

Die Wut und die Enttäuschung über diese Erkenntnis waren so groß, dass meine Gedanken tagelang wie bei einem Besessenen ununterbrochen nur um dieses Dilemma kreisten. Ich betrachtete es von allen Seiten und zerlegte es in all seine Einzelteile wie ein mathematisches Problem, aber soviel ich mich auch bemühte, ich konnte keine Lösung finden. Ich fühlte mich vom Schicksal verraten, verhöhnt, zum Narren gemacht. Und mein angeborener Stolz brachte mich dazu, das als eine schmachvolle intellektuelle Niederlage zu sehen, was eigentlich die emotionale Erfahrungswelt eines jeden Menschen ist. War ich denn so verschieden von den anderen, fühlte ich denn so anders wie die meisten Menschen? Sollte denn nicht jeder Liebende irgendwann einmal mit dem gleichen Problem konfrontiert werden? Oder gibt es denn nur noch Heuchler auf dieser Welt, die nur die Gunst des Augenblicks suchen, wohlbewusst, dass sich das Feuer der Begierde bald schon auf jemand anderen ausbreiten wird? Dabei kommt mir ein Zitat von Marguerite Yourcenar in Erinnerung, das für meinen damaligen Zustand passender nicht sein konnte: *Ich glaube nicht, was sie glauben, ich lebe nicht, wie sie leben, ich liebe nicht, wie sie lieben … Ich werde sterben, wie sie sterben.*

Aber wenn man wirklich liebt, dann *kann* es einem nicht gleichgültig sein, dass die Augen des Geliebten, so hell und klar, schon bald durch dicke Tränensäcke verunstaltet werden. Dass der silberne Klang seiner Stimme bald nicht mehr so jugendlich-lebhaft mein Ohr umschmeicheln, sondern sich rauchig und schleimig anhören wird, dass die marmorne, wie von einem Bildhauer geschaffene Hand mit den filigranen Fingern, die bei der kleinsten Berührung auf meiner Haut Schauer des Entzückens hervorriefen, bald zu einer rauen Männerhand umgeformt wird, dass das dichte, wuschelige Haar mit der Farbe der reifen Kastanien, über das meine Hand mit so viel Zärtlichkeit strich, immer dünner wird, und dass schon in ein paar Jahren die Zeit mit ihrem grausamen Hohn die ersten Furchen an dieser holden Stirn ansetzen wird – all das *sollte* einem nicht gleichgültig sein, wenn einem Seele und Körper gleichviel bedeuten, wenn der Körper nicht einfach durch einen anderen eingetauscht werden kann.

Tränen der Wut schossen mir in die Augen, wenn ich mir nur vorstellte, dass in einigen Jahren ein reifer Mann aus ihm wird, von vielen Frauen umschwärmt, die das herb Männliche suchen, und für mich jedoch für immer verloren. Denn was ich an ihm liebte, war dieser äußerst kurzweilige Schwebezustand der Adoleszenz, wenn die ausgereifte Virilität des Mannes kurz davor steht, die zarte Schale der Knabenzeit endgültig abzustreifen. Claudio verkörperte für mich in geradezu idealer Weise den Androgynen, den schönen Jüngling der Antike, den die Griechen zu einem philosophischen Prinzip emporstilisierten und der selbst dem mächtigsten Mann der Welt, Kaiser Hadrian, das Herz brach.

Und schlecht ist eben jener gemeine Liebhaber, der den Leib mehr liebt als die Seele; wie er auch nicht einmal beständig ist, da er ja keinen beständigen Gegenstand liebt. Denn mit der entfliehenden Blüte des Leibes den er liebte verschwindet auch er …

Als ich Claudio kennen lernte, da war er gerade mal neunzehn Jahre alt, also bereits in einem fortgeschrittenen Stadium der Adoleszenz. Aber manchmal hat die Natur ihre Launen, und in seinem Fall brachte sie die gewaltigen Veränderungen, die sie an einem vornimmt, kaum zur Geltung. Er hatte nichts an der viel gepriesenen knabenhaften Grazie eingebüßt, die so viele antike Liebhaber entzückte. Sein glatter Oberkörper schien wie aus feinstem Elfenbein gemeißelt, sein edles Gesicht hatte die Schärfe der Rasierklinge noch nicht zu spüren gebraucht, einzig und allein ein kaum merkbarer, zarter Flaum bedeckte seine Oberlippe.

Mit nahezu wissenschaftlicher Objektivität versuchte ich mir klarzumachen, dass Claudio selbst nichts Besonderes sei, dass er nur durch mich, durch das Gefühl, das er in mir erweckte, zu etwas Besonderem wurde. Ich versuchte mit analytischer Sachlichkeit zu erkennen, dass auch er keine makellose Schönheit war, dass auch er mit Mängeln behaftet war. Dabei dachte ich an seine beiden etwas schief gewachsenen Schneidezähne und an seine extreme Schlankheit, die jede Rippe unter der diaphanen Haut abzeichnete. Doch gerade diese Imperfektionen waren es, die ich am meisten an ihm liebte und die ihn einzigartig machten. Ja, es gab womöglich sogar schönere Jünglinge als Claudio, kräftige, athletische Epheben mit einem nahezu klassizistischen Körperbau. Aber es war eben Claudios knabenhaft schmächtige Gestalt, es waren seine langen schwarzen Wimpern und seine weichen Lippen, seine hingebungsvollen Küsse, die in mir eine Glut entfachten, die ganze Berge von Eis zum Schmelzen bringen könnte. Es war der unsäglich zärtliche Ausdruck in seinen dunkelgrünen Augen, der mir die unendliche Tiefe der menschlichen Seele offenbarte, die ich nur in den seltensten Momenten musikalischer Ergriffenheit, in den Werken Schuberts oder Chopins, erahnte. Er war es, der durch das Gefühl, das er in mir erweckte, eine neue und einzigartige Dimension des Lebens hervorbrachte und mich jene Sphäre des Sinnlichen betreten ließ, die nur durch die vollkommene geistige und körperliche Verschmelzung der Liebenden erreichbar wird, durch die eine Ahnung von der ursprünglichen Ganzheit entsteht, nach der jeder Mensch unbewusst strebt. Denn in den Momenten höchster Sinnlichkeit hatte ich das Gefühl, immateriell zu werden, so als würde sich mein Körper, Molekül für Molekül, in seinem Körper auflösen, bis wir zwei identische, schwebende Seelen in einer einzigen ätherischen Hülle wurden.

Nein, Schönheit selbst ist nicht absolut, einzig und allein das Gefühl, die Emotion, die sie hervorbringt! Schönheit ist vielfältig, individuell und nicht genau definierbar, aber es ist das Gefühl, das sie beim Liebenden, beim Schauenden zu erzeugen vermag, das universellen Charakter besitzt. Was ist jedoch, wenn diese Schönheit verbleicht und somit nicht mehr in der Lage ist, diese Emotion in gleichem Maße zu erhalten?

All diese düsteren Gedanken, die mir immer mehr die seelische Ruhe und den Schlaf raubten, blieben natürlich auf Dauer nicht unbemerkt. Claudio war vielleicht nicht gerade ein scharfsinniger Psychologe, weil ihm die Gabe zur Analyse und Reflexion fehlte, aber er hatte ein unglaubliches Einfühlungsvermögen. Er spürte instinktiv, dass etwas mit mir nicht stimmte, ohne jedoch zu ahnen, was der Grund dazu war. Und obwohl er den wahren Grund nicht kannte und auch nicht verstehen konnte, so fühlte er sich durch mein Verhalten direkt betroffen, und seine Stimmung begann sich ebenfalls zu verdüstern. Während ich immer reizbarer und übellauniger wurde, trat bei ihm eine andere Wirkung ein, er zog sich still in sein Inneres zurück, wurde schweigsam und introvertiert.

Zunächst versuchte ich noch unter ungeheueren Anstrengungen, den Wandel, der in meinem Kopf stattgefunden hatte, vor ihm zu verbergen. Ich versuchte ohne viel Erfolg die Harmonie aufrechtzuerhalten, die unsere bisherige Beziehung in so perfekter Weise auszeichnete. Ich bemühte mich weiterhin, heiter und gelassen zu wirken. Und es gelang mir auch manchmal, die bohrenden Gedanken zu verscheuchen, allerdings nur für kurze Zeit, denn eine plötzliche Erinnerung machte wieder alles zu-nichte. Claudio ging auf mein launisches Verhalten nicht ein, aber ich spürte permanent seinen fragenden Blick auf mich lasten, und seine offensichtliche Besorgnis schürte meine Verzweiflung noch mehr an. Wie konnte ich ihm erklären, dass es nicht an ihm lag, sondern an der Zeit sel-ber, dieser großen Bildnerin, dass der Ursprung meines Schmerzes und meiner seelischen Qual einzig und allein in der grausamen Erkenntnis einer objektiven Tatsache lag, in einem Gesetz der Natur?

Schließlich braute sich die innere Unruhe immer mehr zu einem Wirbelsturm zusammen, trat immer näher an die Oberfläche, bis ich endlich das geeignete Ventil fand, um meiner Ohnmacht und Frustration Ausdruck zu ver-leihen. Und ich tat es auf die schlimmste, auf die schänd-lichste und gemeinste Art, die man sich nur vorstellen kann. Da ich ihm das wahre Motiv meiner Wandlung natürlich verschwieg, nahm sich meine Feigheit das einzi-ge Mittel, das ihr zur Verfügung stand: Ich schob die Schuld auf den anderen.

Zunächst begann ich, an seinem Flötenspiel herum-zunörgeln, völlig ungerechterweise, denn er spielte wun-derbarer denn je. Wo ich bisher immer mit andächtiger Bewunderung seinem Spiel lauschte, und mein begleiten-des Klavier völlig dem Stil seiner Interpretation anpasste, warf ich ihm plötzlich Pathos und Effekthascherei vor. Sein Spiel wäre zu sentimental, zu plakativ. Es sei viel zu wenig durchdacht, viel zu wenig vergeistigt, und Kunst, die nicht durchdacht ist, ist nichts wert. Er ginge viel zu locker mit den Tempoangaben in der Partitur um, seine *glissandi* wirken gekünstelt, und alles in allem hätte er eine einfältige, zu sehr aufs Gefühl ausgerichtete Musikalität.

Er hörte mir nur schweigend und fast traurig zu, denn meine Meinung bedeutete ihm sehr viel. Und wie in allen intellektuellen Dingen, wo er sich mir unterlegen fühlte, hatte er nicht den Mut, mir zu widersprechen. Ich hingegen wollte dieses Schweigen als Dickköpfigkeit hinnehmen und warf ihm vor, stur und eigenwillig zu sein. Und einmal unterbrach ich ihn sogar abrupt bei der Probe zur Poulenc Sonate, schleuderte mit barscher Geste die Partitur zu Boden, ließ ihn völlig konsterniert stehen, verließ die Wohnung und kam erst einige Stunden später wieder zurück. Ich schämte mich für meine Wutausbrüche, die meinem Temperament völlig fremd waren, weil ich wusste, wie groß Claudios Ehrfurcht und Respekt mir gegenüber als Künstler war. Und ich schämte mich vor allem deshalb, weil ich nun Gefahr lief, mich als Musiker in seinen Augen zu kompromittieren.

Deshalb breitete sich meine gemeine Strategie im nächsten Schritt auf persönlichere Dinge aus. Ich nutzte seine in letzter Zeit immer häufiger eintretende Schwermut – eine Reaktion auf mein eigenes aufbrausendes Verhalten –, um ihm vorzuwerfen, dass er mich nicht genauso sehr liebte, wie ich ihn. Ich sagte ihm, dass er meiner Liebe nicht würdig wäre, für die ich alles, was mir lieb und teuer war, vor allem die Musik, geopfert hatte. Er versuchte zunächst noch, sich gegen diesen ungerechten Vorwurf zu wehren, entgegnete mit zaghafter Stimme, dass er von mir nie dieses Opfer verlangt hatte, dass er es nie wagen würde, ein solches Opfer von mir zu verlangen, da er ja selber wusste, welchen einzigartigen Stellenwert die Kunst im Leben eines Künstlers einnimmt. Ich erwiderte jedoch wütend, dass mir ja gar nichts anderes übrig bliebe, denn ich hätte ja schließlich nicht zwei Herzen in meiner Brust, um gleichzeitig ihn und die Musik mit derselben glühenden Leidenschaft zu lieben. In meinem Wertesystem gäbe es keinen Platz für zwei Leidenschaften gleichzeitig, denn ich könne nur eine einzige, alles umfassende und alles verzehrende Liebe empfinden. Und als er auftauchte und mich mit seiner anmutigen Schönheit umgarnte, da war es um mich geschehen – ich konnte ja gar nicht anders, als ihm körperlich wie seelisch zu verfallen und in vollkommener Hörigkeit alles andere aufzugeben, dem Gott der Kunst abzuschwören und einzig und allein diesem Abgott in blinder Ergebenheit zu folgen.

»Ich habe alles für dich aufgegeben, würde alles für dich tun, was du von mir verlangst. Bis aufs Äußerste würde ich für dich gehen. Was wärest du hingegen bereit, für mich zu opfern?« schrie ich ihm ins erschrockene Gesicht.

Er antwortete nichts, aber sein Blick bekam einen seltsam kalten Ausdruck, vor dem ich für einen Moment zurückschreckte, denn er war mir neu.

Allmählich empfand ich eine Art von grausamer Lust, ihn ständig zu demütigen. Sie gab mir die Möglichkeit, den bohrenden Schmerz in meiner Brust zumindest für kurze Zeit zu betäuben. Da ich das Schicksal nicht ändern konnte, blieb mir in meiner Ohnmacht nichts anderes übrig, als es zu verhöhnen, und damit auch die Grausamkeit der Natur, die ein Wesen von so engelhafter Gestalt erschuf, nur um es nach und nach in zermürbender Kleinarbeit langsam zu zerstören, bis sein anbetungswürdiges Antlitz in eine groteske Maske umgeformt sein würde. Ich hielt mich ja ohnehin schon für seelisch verloren, weil ich mich von dieser Chimäre so leicht habe täuschen lassen, weil ich mit allem Ernst an die Beständigkeit der Liebe glaubte und daraus ein Lebensideal schuf, dessen bitteren Beigeschmack ich nun frühzeitig kennen lernte.

Jede Liebe beinhaltet ein gewisses Maß an Selbsterniedrigung. Denn in der Liebe ist man völlig schutzlos, praktisch nackt dem Sturm der Gefühle ausgesetzt, und es gibt nichts, woran man sich klammern könnte, als an den Gegenstand der Liebe selbst. Man gibt sein Innerstes preis für das bisschen Glück, das einem dafür gewährt wird. Indem ich Claudio demütigte, erniedrigte ich mich selber. Meine Verzweiflung wuchs in kürzester Zeit und steigerte sich hin bis zur Raserei. Ich verlor jeden Anstand, jedes Taktgefühl, die schändlichsten Worte waren mir nicht zu schade, um alles zu vernichten, was mir lieb und heilig war. Ich zerstörte binnen kürzester Zeit vollständig den edlen Charakter unserer Liebe, die bisher nicht einmal die Spur von Trivialität kannte, denn sobald der erste Schritt auf diesen steilen Weg nach unten getan wurde, kannte ich keinen Halt mehr. Ich warf ihm vor, dass er mein Leben und meine Karriere ruiniert hätte, dass er mich mit seinen bloßen Reizen verhext hätte – Reize, die ich mir auch bei jedem beliebigen Strichjungen aus dem Bahnhofsviertel hätte nehmen können. Manchmal erschrak ich über meine eigenen Worte, denn sie zertrümmerten mit rasanter Geschwindigkeit alles, was mich bisher in Claudios Augen erhob, meine subtile Intelligenz, mein Feingefühl, mein rücksichtsvolles und verantwortungsbewusstes Verhalten.

Je tiefer ich sank in den Sumpf der Gemeinheiten, desto stärker wurde der Trieb nach neuen, noch schändlicheren Demütigungen. Ich erkannte mich selbst nicht wieder. Ein innerer Dämon, eine latente Boshaftigkeit, die irgendwo in den dunkelsten Regionen meiner Seele schlummerte, kam nun mit ungestümer Wildheit zum Vorschein. Es waren Aspekte meiner Persönlichkeit, die ich nie erahnte, nie für möglich gehalten hätte, die bis vor kurzem absolut unvorstellbar waren.

Aber es sind immer die Krisensituationen, die die wahre Natur des Menschen entlarven. Zwar hatte ich auch früher schon einen Hang zur subtilen Ironie und neigte gelegentlich auch zu schärferen Sarkasmen, wenn mich menschliche Dummheit zu sehr reizte, aber ich war nie vulgär, nie gemein, nie niedrig. Was ich aber jetzt aus dem

Schlamm meiner Seele ausgrub, übertraf bei weitem meine eigene Vorstellungskraft.

Am meisten reizte mich jedoch Claudios totale Resignation. Er ließ alle Erniedrigungen über sich ergehen, ohne mit der Wimper zu zucken, kein einziges Mal versuchte er sich dagegen zu wehren. Still und schweigsam duldete er die ganze Schmach. Einzig und allein seine Augen schienen davon berührt zu sein, denn diese einst so hellen, klaren und leutseligen Augen, die mich früher so oft durch ihre Heiterkeit und Lebendigkeit entzückten, diese Augen wurden von Tag zu Tag trüber, undurchsichtiger und abweisender. Nur sie allein konnten nicht darüber hinwegtäuschen, wie sehr er unter meiner Tyrannei litt. Stumm und traurig blickten mich diese Augen an, nichts mehr war von der früheren Unbeschwertheit in ihnen zu erkennen. Diese passiv duldende Haltung steigerte meine Wut noch mehr und – da ich in ihr eine unausgesprochene Provokation erkennen wollte – lieferte mir einen guten Grund, um ihn weiterhin zu quälen.

Am Anfang beschränkte ich mich noch auf Demütigungen verbaler Art. Aber bald schon boten mir die gemeinsamen Nächte reichlich Gelegenheit, um meine Verzweiflung auch auf andere Weise zu betäuben. Paradoxerweise erzeugte das existenzielle Dilemma, in dem ich mich befand, einen fieberhaften Wahn, der in mir eine unerschöpfliche, bestialische Energie hervorbrachte. Ich wurde in der Leidenschaft immer fordernder, immer rücksichtsloser, immer unzärtlicher. Ich wollte ihm die gleiche seelische Pein erzeugen, die er ohne seinen Willen bei mir verursachte. Die bis vor kurzem noch ruhige Glut meiner Liebe, die sich von einer tiefen seelischen und körperlichen Harmonie nährte, wich nun einer verzweifelten Begierde, einer irrsinnigen Triebhaftigkeit. Da ich wusste, dass mir nicht mehr viel Zeit blieb, dass die Stunden schon gezählt waren, wollte ich mir alles bis zum Überdruss nehmen. Und mit brutaler Gier verschlang ich regelrecht seinen Körper und seine Seele. Ich verbiss mich in seine Lippen, verkrampfte mich in seinen Körper, ließ ihn kaum noch schlafen und musste jeden Morgen mit erneuter Gewissheit feststellen, dass ich ihm nach wie vor hörig war. Und der Rest meines intellektuellen Stolzes, den ich noch besaß, schürte meine Wut erneut an. Denn ich schämte mich zutiefst für diese Schwäche, die mich vollkommen vergessen ließ, wer ich war, für diese irrwitzige sinnliche Besessenheit, die die vollständige Auflösung meiner Persönlichkeit bewirkte. Ich war nichts mehr als eine willenlose Klette, die an ihrem Baum hing, vollständig abhängig und machtlos ihm ausgeliefert.

Dann versuchte ich, mich mit Gewalt von dieser Verblendung zu befreien, indem ich Dinge von ihm verlangte, die ich mir früher nicht einmal im Traum hätte vorstellen können. Und umso abscheulicher und abartiger sie waren, umso größer wuchs meine Hoffnung, dass ich mich nun endgültig an diesem menschlichen Wesen sättigen konnte. Dass meine wahnwitzige Gier nach Seele und Körper endlich gestillt werden würde, nachdem ich auch seine letzte Substanz aufgesaugt hatte, um ihn dann wie ein nutzloses Stück Pergament wegwerfen zu können. Aber mein brennender Durst war nicht zu löschen, und so trieb ich ihn Nacht für Nacht durch ein Martyrium der seelischen und körperlichen Pein, bis er in ohnmächtiger Erschöpfung zusammenbrach. Indem ich unsere Intimität zu einer rein physiologischen Handlung degradierte, versuchte ich mich emotional von ihm zu distanzieren. Es war nichts anderes als der verzweifelte Versuch, die seelischen Bande zwischen uns zu lösen, denn dann wäre es mir egal, dass irgendwann einmal seine verblichenen Reize auf mich keine Wirkung mehr hätten. Dann wäre er für mich nur noch ein Konsumprodukt, das ich nach Ablaufdatum gegen ein anderes eintauschen konnte. Ich riss ihn vom hohen Podest der seligen, reinen Liebe, auf den ich ihn selber gestellt hatte, machte ihn vom angebeteten Geliebten zum Lustknaben, zum bloßen Spielzeug, und mit schmerzentstelltem Gesicht versuchte ich, den Pfeil des Eros aus meinem blutenden Herzen zu reißen.

Denn Liebe ist nichts anderes als Leid, und je größer die Liebe, desto größer auch das Leid, das sie erzeugt. Wie Alberich der Nibelunge kam ich schließlich dazu, die Liebe zu verfluchen, die mir so viel Pein erzeugte, die mir mein seelisches Gleichgewicht geraubt und mich zum Narren gemacht hatte. Und ich schwor, falls ich mich aus den Fängen dieses Polypen befreien konnte, nie wieder für irgendjemanden auf dieser Welt auch nur die kleinste Regung in meiner Brust zu empfinden.

Am Ende einer furchtbaren Nacht, mit überreizten Sinnen und völlig zerrütteten Gedanken, unfähig, auch nur für einen Augenblick Ruhe zu finden, starrte ich ihn noch minutenlang an, wie er in einem fast komaartigen Schlaf versank. Ich starrte auf sein zerzaustes Haar und seinen zermürbten Körper, auf dem sich noch die Spuren meiner unbändigen Lust erkennen ließen. Mein Blick war wie hypnotisiert von dieser mageren, trostlosen Gestalt, die sich wie ein dunkler Schatten auf dem Bettlaken abzeichnete. Was war in diesem pulsierenden Körper, das in mir eine so unwiderstehliche Begierde hervorrief, das mich alles andere vergessen ließ und nur einen einzigen mächtigen Trieb in mir erzeugte – diesen Körper zu besitzen, wie ein wildes Tier über ihn herzufallen, mich in ihm zu verkrallen, meine Zähne in sein zartes Fleisch zu bohren und wie ein Vampir sein Leben bis zum letzten Tropfen aufzusaugen? Fassungslos starrte ich auf den schlafenden Jüngling neben mir. Jetzt endlich hatte er Ruhe, für wenige Stunden konnte er sich meiner Hölle entziehen, und der wohltuende Morpheus konnte ihm ein bisschen von der lebensspendenden Energie zurückgeben, die ich ihm so rücksichtslos genommen hatte.

Er sah so hilflos aus in seiner Nacktheit, so zart, so zerbrechlich, von fast transzendentaler Schönheit, dass mich ein plötzliches, jämmerliches Schluchzen aus meiner Starrheit riss. Eine Welle aus tiefster Scham, Reue und Mitleid überkam mich, so überwuchernd, dass es mir fast das Bewusstsein raubte. Ich fühlte mich Lichtjahre weit entfernt von jener Seligkeit unserer ersten Liebesbekenntnisse. Ich hatte bewusst alles zerstört, alles zunichte gemacht, und das innerhalb kürzester Zeit. Wie war es denn möglich? Wie konnte es so weit kommen? Was ist nur mit mir geschehen? Ich spürte den salzigen Geschmack meiner Tränen, die mir übers Gesicht liefen, und von nervösen Schauern durchschüttelt nahm ich ihn in den Arm und wiegte ihn wie ein kleines Kind. Ich übersäte sein schmales Knabengesicht mit heißen Küssen, während ich ihn mit erstickter Stimme immer und immer wieder anflehte: »Vergib' mir, mein Engel, denn ich weiß nicht, was ich tue!«

Aber er konnte mich nicht hören.

Achtes Kapitel

Es war Spätherbst und seit Tagen regnete es praktisch ununterbrochen. Die Natur draußen schien kalt und feindselig, ein Spiegel meines eigenen düsteren Seelenzustandes. In letzter Zeit hatte sich nicht viel getan. Wir lebten weiterhin zusammen, in einer Art selbstzerstörerischen Hassliebe aneinander gekettet. Claudio ertrug weiterhin mit stoischer Ruhe das Joch meiner Demütigungen, und einzig und allein der tägliche Gang zur Universität bot ihm Gelegenheit, dem Moloch dieser wahnsinnigen Leidenschaft für ein paar Stunden zu entfliehen. Er war jetzt im dritten Semester und ging wieder regelmäßig zu den Vorlesungen, was für mich jedes Mal eine unerträgliche Qual bedeutete, denn ohne seine Gegenwart fühlte ich mich verloren. Ich war an dem Punkt angelangt, wo sich meine Persönlichkeit in vollständiger Auflösung befand, wo es überhaupt nichts mehr für mich gab, außer ihn.

Er war die tägliche Nahrung, die ich aufnahm, er war das Wasser, das meine brennende Kehle löschte, er war die Luft, die ich einatmete, er war das Kissen, auf dem sich mein überhitzter Körper ausruhte. Er war Himmel und Hölle, er war mein Engel und mein Dämon, der grausame Tyrann meiner Seele und zugleich mein Lebensspender.

Ich hatte alle meine Kontakte abgebrochen, ging nur mehr selten aus, und die Professoren fragten sich, ob ich überhaupt noch existierte, denn schon seit Monaten hatte ich das Universitätsgelände nicht mehr betreten. Selbst Dr. Rosen, meinen einstigen spirituellen Meister, hatte ich nach unserem letzten gemeinsamen Besuch im Frühling nicht mehr aufgesucht. Ich hätte mich zutiefst geschämt, wenn er mich in diesem Stadium der Auflösung gesehen hätte, mit den geröteten, übermüdeten Augen, die von Schlaflosigkeit und nächtlichen Exzessen getrübt waren. Wenn er gesehen hätte, wie ich trotz seiner Warnung den zerstörerischen Mächten einer obsessiven Leidenschaft zum Opfer gefallen bin. Was ist noch übrig geblieben von dem einstigen Wunderkind, dem stolzen Intellektuellen und »Genius« der Universität, dem alle eine glänzende Zukunft vorhersagten? Zwar nur von wenigen geliebt wegen seiner Unzugänglichkeit, aber von fast allen respektiert, selbst von seinen vermeintlichen Feinden.

Ich setzte mich ans Klavier. Ich sah die wohl bekannten Tasten vor mir und betätigte mit dem Fuß einige Male das linke Pedal, wie ich es immer tat, bevor ich zu spielen begann. Meine Finger setzten zum Anschlag an, aber sie schafften es nicht, sie waren wie gelähmt, sie verweigerten mir einfach den Dienst. Irgendetwas auf der verwickelten Nervenbahn zwischen Gehirn und Fingern war zerrissen, als hätte der Zustand dauernder Spannung, den ich in den letzten Wochen durchlebte, eine Art Lähmung sämtlicher Energieströme in meinem Körper hervorgerufen. Ich lächelte resigniert. Es hatte sowieso keinen Sinn mehr. Wozu noch spielen? Ich brauchte die Musik nicht mehr, sie hatte für mich jede Bedeutung verloren. Sie hatte mir früher in den vielen Stunden der Einsamkeit mit ihrer wohltuenden Sanftheit Trost gespendet. Sie war eine unentbehrliche Stütze gewesen und eine Lebensaufgabe, für die ich bereit war, alles andere zu opfern. Aber ich hatte nun ja Ersatz gefunden, ich hatte mir ein neues Lebensideal geschaffen, und die Macht der Musik hatte keinen Einfluss mehr auf mich. Aber ich musste bald schon feststellen, dass das neue Lebensideal nicht beständig war wie die Musik, sondern im Gegenteil äußerst fragil und kurzlebig, und ich war an dieser Erkenntnis zerbrochen. Und eine furchtbare Wut entbrannte daraufhin in meinem Inneren, weil ich so grausam getäuscht wurde. Und ich war entschlossen, diesem trügerischen Abgott das Letzte zu entreißen, um mich für die erlittene Schmach zu entschädigen.

Es war schon spät. Ich musste mich beeilen, denn Claudio kam bald zurück, und ich hatte noch nichts zum Essen vorbereitet. So wunderlich es auch klingen mag, ich hatte sogar kochen gelernt. Für ihn, denn er war zu Tisch sehr wählerisch und unsere heimische Küche mochte er nicht sehr. Er aß sehr wenig in letzter Zeit, und trotz seiner extremen Schlankheit magerte er immer mehr ab. Und so versuchte ich, ihm wenigstens seine Lieblingsgerichte zu kochen, in der Hoffnung, dass sein Appetit wiederkäme. Aber selbst dann kostete er immer nur ein wenig, fast wie ein Vogel, und schob dann den Teller zur Seite. Ich hatte somit einen guten Grund, ihm vorzuwerfen, dass er wohl mit meinen Kochkünsten nicht zufrieden war, und verdarb ihm auch den letzten Rest Appetit, den er vielleicht noch hatte. Grausamkeit kennt nun mal keine Grenzen.

Meine Bemühungen, ihn bei Kräften zu halten, hatte auch noch einen anderen Grund, und selbst heute versinke ich fast im Erdboden vor Scham, wenn ich nur daran denke. Ich brauchte nämlich seine Vitalität für die langen, grausamen Nächte, wo sein wahres Martyrium erst richtig begann. Und seine zunehmende Schlaffheit und Müdigkeit waren mir ein Gräuel. Umso unnachgiebiger wurden meine Forderungen, umso vehementer trieb ich ihn bis zur Grenze der Belastbarkeit. Denn meine eigene Energiequelle, angetrieben von maßloser Wut und Verzweiflung, schien unerschöpflich zu sein. Selbst Krankheit und Unwohlsein konnten mich in meiner schauerlichen Begierde nicht stoppen.

Einmal hatte er eine leichte Erkältung und musste für ein paar Tage das Bett hüten. Ich pflegte ihn tagsüber mit größter Fürsorglichkeit – aber nur, um ihm bei Nacht den teuren Tribut dafür abzuverlangen. Sein heißer, fiebriger Körper zitterte unter meinen gierigen Fingern, seine trockenen Lippen erwiderten nur mit Mühe meine wilden Liebkosungen. Ich fragte mich oft, wieso er dieses Martyrium freiwillig durchlitt? Welch mysteriöse Kraft verlieh ihm den Willen zu solch einer fast übermenschlichen Demut? Wie groß war seine Seele eigentlich, um so viel Schmach und Schande zu ertragen? Aber kannte ich denn seine Seele überhaupt? Wusste ich denn wirklich, was da vorging? Ich sollte mir diese Frage in der Zukunft noch häufig stellen, um immer wieder zur gleichen Antwort zu gelangen: Jeder Mensch besitzt einen Teil einer selbst, der für alle anderen unergründlich ist, auch wenn man denkt, dass man ihn bis in die verstecktesten Winkel der Seele erforscht hat.

Ich machte mich auf den Weg. Der kalte Regen klatschte mir ins Gesicht. Ich ging eiligen Schrittes voran. Die Bewegung tat mir gut, und ich atmete die kalte, nasse Luft tief in meine Lungen ein. Ich sah die Passanten, die an mir vorbeigingen, wie Geister aus einer anderen Welt. Waren diese Gestalten mit ihren gleichgültigen Gesichtern tatsächlich Menschen aus Fleisch und Blut? Kannten sie die Höhen und Tiefen von Freud und Leid, von wilder Ekstase und furchtbarer Verzweiflung auch nur ansatzweise? Jeder Mensch hat sein eigenes Schicksal, und die meisten schwimmen ihr Leben lang auf der seichten Oberfläche eines Meeres, ohne je dessen Abgründe kennen gelernt zu haben. Abgründe, die sowohl Herrliches wie auch Furchtbares beherbergen. Und ich meinte dabei den modernen, im Überfluss befindlichen westlichen Menschen, nicht die unzähligen verlorenen Seelen, die, täglich dem Hungertod ausgesetzt, ums nackte Überleben kämpfen und wo der elementare Selbsterhaltungstrieb alles andere verdrängt und auch verdrängen muss, um überhaupt lebensfähig zu sein.

Ich kam am Markt vorbei, wo es frische Steinpilze aus Rumänien gab, eine Seltenheit. Dann werde ich heute *Tagliatelle ai funghi* zubereiten, kam mir in den Sinn, eines von Claudios Lieblingsgerichten. Hastig kaufte ich das Nötigste ein und machte mich auf den Rückweg, wo ich auf ein paar Bekannte aus der Universität traf. Aber sie grüßten nur flüchtig und beschleunigten den Schritt, als sie mich sahen. Ist mir auch vollkommen egal, dachte ich. Sie kommen aus einer Welt, der ich nicht mehr angehöre und die mir vollkommen fremd geworden ist.

Ich bog in unsere Straße ein. Schon von weitem sah ich das Licht in der kleinen Mansardenwohnung, denn an diesem düsteren Herbstnachmittag mit seinen tiefen, regennassen Wolken, die nicht einmal den kleinsten Sonnenstrahl durchließen, war es schon fast so dunkel wie bei Nacht. Claudio war also schon zu Hause. Ich hastete die Treppen hinauf und öffnete die Wohnungstür, die unverschlossen war. Vom Flur aus konnte ich nur undeutlich die Stimmen aus dem Wohnzimmer vernehmen, zwischendurch aber ein helles, kristallines Lachen, das mir wohl bekannt war. Ich stellte meine Einkäufe in eine Ecke und trat ein. Claudio saß auf der Wohnzimmercouch und plauderte fröhlich mit einem seiner Kollegen, den ich nur flüchtig kannte. Zum ersten Mal nach Wochen sah ich wieder ein Lächeln auf seinem Gesicht, zum ersten Mal strömte er wieder jene jungenhafte Unbeschwertheit aus, die mich am Anfang unserer Beziehung so faszinierte. Er schien ein ganz anderer Mensch zu sein. Die ganze Schwermut aus seinen Augen war wie weggeblasen, sie leuchteten wieder heiter und klar wie in alten Zeiten. Doch als sich unsere

Blicke begegneten, da trübten sich seine Augen urplötzlich und bekamen sofort wieder den fatalistischen Ausdruck, der mir in letzter Zeit immer häufiger auffiel. Im Nu war die ganze Heiterkeit verschwunden. Mit zittriger Stimme sagte er ein kleinlautes »Hallo» und verfiel dann in ein langes Schweigen. Sein Kollege war offensichtlich überrascht und blickte uns abwechselnd mit neugierigen Augen an. Da Claudio und ich beharrlich schwiegen und sich allmählich eine peinliche Stille im Raum ausbreitete, fühlte er sich verpflichtet, etwas zu sagen. Er erklärte mir mit leicht stockender Stimme, dass er Claudio nach den Vorlesungen nach Hause begleitet hatte, um sich eine seltene Scarlatti-Partitur auszuleihen, die sich in unserer gemeinsamen Notenbibliothek befand. Meine Miene blieb wie versteinert, als ich zwischen den Zähnen herauszischte:

»Dann nehmen Sie die Partitur und verschwinden Sie!«

Das tat er auch ohne weiteren Kommentar. Es war ihm anzusehen, wie peinlich berührt er von meiner feindseligen Haltung war und dass er es für vernünftiger hielt, sich schnellstmöglich aus dem Staube zu machen. Er flüsterte Claudio noch ein kurzes »Wir-sehen-uns-dann-Morgen« zu und verschwand eiligst.

Claudio und ich standen uns schweigend gegenüber. Er hatte wieder seine gewohnte, demütige Haltung angenommen, obwohl vor kurzem noch sein heiteres Lachen den Raum erfüllte. Doch dieses Lachen galt nicht mir, sondern einem anderen! Maßlose Wut schoss mir ins Blut. Ich spürte die Adern an meinen Schläfen anschwellen, und langsam begann sich alles um mich zu drehen. Mein Hirn schien von tausend Blitzen durchzuckt zu werden und Claudios unbeschwertes Lachen von vorhin hämmerte unnachgiebig auf mein Trommelfell ein. Aber nun klang es verzerrt, schrill und von unerträglichem Hohn durchdrungen. Rasend vor Eifersucht hob ich meine Hand und schlug ihm mit voller Kraft ins Gesicht.

Er taumelte einen Moment von der Wucht des Schlages, aber er blieb stehen. Er stieß nicht einmal den leisesten Ton aus. Aber ich konnte seine erschrockenen, weit aufgerissenen Augen sehen. Nicht Angst war in ihnen zu erkennen, keine Spur von Angst, sondern nur grenzenloses Staunen und Scham – stille, anklagende Scham. Ich verstand sofort, dass er sich für mich schämte, für das Unfassbare, das ich getan hatte. Meine Finger zeichneten sich feuerrot auf seiner blassen Wange ab. Das engelhafte Gesicht, das ich so abgöttisch liebte, verunstaltet durch meine eigene Hand!

Ich konnte diesen Anblick keine Sekunde länger ertragen und stürzte fluchtartig aus der Wohnung. Ich stolperte die Treppen hinunter und lief in den kalten Regen, der sich wie aus vollen Kübeln auf mein bares Haupt ergoss. Aber es war mir vollkommen egal. Ich lief weiter durch den strömenden Regen, lief wie ein Verrückter ziellos durch die Straßen. Ich stieß Passanten an, die mich wütend anfuhren, hetzte bei Rot über die Ampel und wäre beinahe von einem herannahenden Fahrzeug gerammt worden. Aber ich rannte immer weiter, weg von jenem Ort, wo ich den letzten Rest meiner Würde nun endgültig verloren hatte.

Was hatte ich nur getan! Aber immer noch spürte ich die Wut in mir kochen bei dem bloßen Gedanken, dass er sich mit einem anderen so locker und entspannt gab, wo hingegen ich ihm nur noch beharrliches Schweigen und einen traurig resignierten Blick abgewinnen konnte. Ich, der auf alles verzichtet hatte, was mir lieb und heilig war, um nur noch ihm zu dienen, musste nun erfahren, dass er sich in der Gegenwart anderer wohler fühlte als in meiner! Ja, ich hatte ihn geschlagen, aber mit Recht, denn er hatte mich verletzt! Er hatte mir ostentativ zeigen wollen, dass es auch noch andere Menschen in seinem Leben gab, wenn auch nur auf einer freundschaftlich-kollegialen Ebene. Er hatte mir eine Lektion erteilen wollen, dass ich doch nicht sein Ein und Alles auf dieser Welt war, dass er mir doch nicht mit Leib und Seele gehörte – wie er noch vor kurzem beteuerte, als wir uns ewige Liebe schworen, bis dass der Tod uns scheidet.

In einer engen, menschenleeren Gasse machte ich halt und lehnte mich an eine hohe, fensterlose Mauer. Ich spürte die kalte Feuchtigkeit an meinem Rücken, doch mein Herz pochte mir heiß bis in den Hals hinauf, und ich konnte nur noch mit Mühe atmen. Ich blickte auf meine Hände, auf die langen, geschmeidigen Finger, die für das Klavier prädestiniert waren. Diese Hände, die bisher nur im Dienste der Liebe standen – am Anfang zur Musik und später zu Claudio –, die so sanft die Tasten des Klaviers betätigten und mit fast ehrfurchtsvoller Zärtlichkeit über Claudios samtweichen Körper glitten. Diese Hände, die nur für das Schöne gedacht waren, um Schönheit zu produzieren und Schönheit zu ertasten – was nur hatten diese Hände angerichtet? Wozu waren sie noch fähig? Waren es die Hände eines Monsters? Und ein furchtbares Bild entstand vor meinen fiebrigen Augen: Ich sah, wie sich diese Hände um Claudios zarten Hals legten und ganz langsam, aber stetig zudrückten …

Erschöpft und mit brennender Kehle kam ich nach stundenlangem Umherirren durch die regennassen Straßen zu einem öffentlichen Brunnen. Obwohl ohnehin tropfnass, tauchte ich den Kopf ins Becken und schlürfte dann etwas von dem kalten Wasser aus meiner Handfläche. Dabei blickte ich in das Wasser und sah im schwachen Licht einer Laterne mein eigenes Spiegelbild – eine verzerrte Fratze. Diese irren, tief in den Höhlen liegenden und von dunklen Ringen umgebenen Augen! Bin ich das wirklich, oder ist das alles nur ein böser Traum? Erschreckt und gleichzeitig angewidert setzte ich mich auf eine Bank, zitternd vor Kälte und bis auf die Knochen durchnässt. Ich schloss die Augen.

»Haben Sie eine Zigarette?«

Eine virile, zugleich aber auch sonderbar weiche und vorsichtige Stimme schreckte mich aus meinen Gedanken auf. Neben mir stand ein junger stämmiger Bursche mit einem grobschlächtigen, wenn auch nicht unhübschen Gesicht. Er war mit einer fransigen Jeans-Hose bekleidet, die ihm bis kurz unter die Knie reichte und seine dicht behaarten Beine entblößte. Unter seinem offenen, schwarzen Regenmantel, der nicht minder von Zeit und Wetter mitgenommen war wie die ausgetragenen Sportschuhe darunter, trug er ein verlumptes, ehemals weißes Hemd. Das nasskalte Wetter schien ihm nichts auszumachen. Wahrscheinlich war er es gewöhnt, bei Nacht und Nebel durch die Straßen zu streifen. Er stand ganz nahe vor mir und grinste mich unverschämt an.

Ich nahm eine Packung aus der Tasche – in letzter Zeit hatte ich zu rauchen begonnen – und reichte ihm eine Zigarette. Er nahm sie gierig zwischen den Lippen. Und da er auch kein Feuer zu haben schien, holte ich mein Feuerzeug heraus und zündete sie ihm an. Dabei blickte er mir unverhohlen und provokativ in die Augen. Er hatte dunkle, finstere Augen und pechschwarzes Haar, das ihm in triefenden Strähnen übers Gesicht fiel. Das Wasser rann in kleinen Bächen über den kräftigen Hals und verlor sich im dichten, krausen Haar seiner breiten Brust. Sein Blick ließ nicht locker, in den schwarzen Augen funkelte angespannte Wachsamkeit. Er schien instinktiv meine Schwäche, meine Verzweiflung zu spüren und überlegte offensichtlich, wie er sie sich zu Nutzen machen konnte.

»Bist wohl sehr traurig heute? » fragte er dann mit forschender Stimme, die listigen Augen auf mich gerichtet.

Ich wollte schon antworten, dass ich immer traurig bin, weil Traurigkeit ein Teil meiner Natur ist, doch urplötzlich kam mir ein Gedanke.

Es ist wirklich erstaunlich, wie manche Gedanken entstehen. Wie aus dem Nichts tauchen sie plötzlich auf. Stechende, ätzende Gedanken, aus dem tiefsten Schlamm der Seele entsprungen, wo sie lange Zeit in latentem Zustand auf die passende Gelegenheit gewartet haben, und von wo sie dann explosionsartig herausgespien werden, um das Bewusstsein mit ihrer giftigen Galle zu überfluten – Gedanken, die einem das ganze Wesen aufwirbeln, die plötzlich ins Hirn einbrechen und einen überrumpeln, dass einem kalter Schweiß aus allen Poren schießt. Instinktiv griff ich in die Innentasche meines Mantels. Mein Portemonnaie war noch da.

»Du könntest mir ein wenig Gesellschaft leisten«, sagte ich mit bemüht sicherer Stimme. »Ich könnte dir Geld für Zigaretten geben.«

Offensichtlich hatte er das erwartet. Er grinste nur frech und ich glaubte einen Zug von Verachtung in seinem Mundwinkel zu erkennen. Erst jetzt wurde mir klar, wo ich mich eigentlich befand. Es war die Bahnhofsgegend, einer dieser berüchtigten Orte, wo die Stricher ihr Unwesen trieben. Und vermutlich war er einer dieser *ragazzi di vita*, die sich für ein wenig Geld an den Erstbesten verkaufen. Nachts wimmelte es hier sicher von diesen unglücklichen Kreaturen, meistens Drogenabhängige, die das Geld für die nächste Spritze dringend benötigen, doch bei diesem Wetter, wo sich jeder Hund verkriecht, trieb es bestimmt nur die Hartnäckigsten oder die Verzweifeltsten auf die Straße. Dies war eine mir völlig fremde, fast irreale Welt, die ich nur vom Hörensagen kannte und die mir beim bloßen Gedanken daran schon Unbehagen in der Magengrube bereitete. Denn hierher kommen nur Leute, die nichts mehr zu verlieren haben, für die das Leben keine Illusionen mehr verbirgt, hartgesottene, verlorene Seelen, die ihr absonderliches Verlangen nur noch mit dem schlammig giftigen Trunk der Gosse stillen können. Ein Ort der letzten Selbstaufgabe, wo das Triebhafte die uneingeschränkte Herrschaft besitzt und jedes Mal erneut mit höhnischem Gelächter ihren Triumph über den Geist zelebriert. Immer dachte ich mit Grauen an diesen Ort der Verdammnis, doch jetzt war ich selber da. Der Weg der Selbsterkenntnis, den ich durchschritt, musste mich unweigerlich auch hierher bringen. Ich musste mit der Hölle Bekanntschaft machen, um zu begreifen, dass ich das Paradies verloren hatte.

Er wollte im Voraus bezahlt werden. Zitternd holte ich die Scheine hervor und er steckte sie mit flinker Hand in seine Gesäßtasche.

»Und jetzt?« fragte ich zaghaft und blickte mich etwas ängstlich um.

»Wohl das erste Mal hier, was?« antwortete er, und ich konnte einen grausam spöttischen Unterton in seiner Stimme erkennen.

Er erklärte mir, er hätte ganz in der Nähe eine erstklassige Suite, die ihm immer zur Verfügung stand. »Speziell für so feine Herren wie dich«, fügte er noch hinzu, und seine derben Gesichtszüge verzogen sich zu einer bösen Grimasse. Mit einer theatralischen Handbewegung gab er mir zu verstehen, dass er mir nun zu Diensten stehe. Und wir machten uns wortlos auf den Weg.

Nach kurzer Zeit kamen wir an die nahe gelegene Brücke. Der Regen hatte jetzt etwas nachgelassen, und ein feiner Nebel machte sich breit, der die Umgebung nur unscharf erkennen ließ. Wir stiegen hinunter zum Flussufer und gingen auf dem schmalen Weg bis unter die Brücke, wo sich eine öffentliche Bedürfnisanstalt befand, in der man sich ungestört verkriechen konnte. In der Sommerzeit ein wahrscheinlich heiß begehrter Platz für Nachtschwärmer aller Art, jetzt im späten November war er menschenleer.

Das war also die Luxussuite, von der er sprach. Umso besser, dachte ich, dies ist der angemessene Ort für mein Vorhaben. Ich musste mich aufs Äußerste erniedrigen, musste so tief wie nur möglich in den Schlamm meiner eigenen Seele versinken, um endlich zu erkennen, wer ich wirklich war.

Vor der Tür hielten wir inne. Der Stricher stand dicht hinter mir und ich konnte seinen feuchtkalten Atem in meinem Nacken spüren. Es herrschte gespenstische Stille, die nur durch das schwache Rauschen des Wassers durchbrochen wurde. Ich sah das Höllentor vor meinen Augen, und Dantes düstere Worte kamen mir in den Sinn:

Per me si va nell'etterno dolore,
per me si va tra la perduta gente (…)
Lasciate ogni speranza, voi ch'entrate.

Einen Schritt noch, und ich gehörte zu denen, für die es keine Hoffnung mehr gibt. Noch war es nicht zu spät, noch wäre es möglich, umzukehren. Ich zögerte einen Augenblick, doch dann öffnete ich ruckartig die Tür. Mit schlotternden Knien schritt ich in die Dunkelheit der Nacht, mein Gefährte folgte mir dicht hinterher.

*

Es war schon gegen Mitternacht, als ich, leise wie ein Verbrecher, die Tür zu unserer Wohnung öffnete. In der Wohnung war es stockdunkel. Vorsichtig näherte ich mich dem Bett. Claudio schien zu schlafen, er atmete tief und regelmäßig. Im fahlen Licht der Straßenlaterne konnte ich nur unscharf die Umrisse seines Körpers unter der Decke erkennen. Ich schlich auf Zehenspitzen ins Bad und stürzte mich unter die Dusche, immer noch von grenzenlosem Ekel durchschüttelt. Auf dem Weg nach Hause musste ich mich mehrmals übergeben, und immer noch spürte ich den Würgegriff der Abscheu in meiner Kehle. Minutenlang ließ ich das heiße Wasser auf mich niederprasseln, in meinen weit geöffneten Mund hineinfließen. Zwanghaft rieb ich meinen Körper immer wieder mit Seife ein, so als wollte ich mit aller Gewalt den Schmutz wegwaschen, mit dem ich meinen Körper und meine Seele besudelt hatte. Immer wieder sah ich das grässliche, höhnische Gesicht des Strichers vor meinen Augen, sah die widerliche, behaarte Brust, in die sich meine Zähne verbissen, spürte den scheußlichen Geruch seines Körpers in meiner Nase.

Nach schier endlos langer Zeit trocknete ich mich schließlich ab und schlich zurück ins Wohnzimmer. Vorsichtig, um Claudio ja nicht zu wecken, legte ich mich an den äußersten Rand des Bettes, so weit von ihm entfernt, wie es nur ging, um ihn nicht einmal mit meinem Atem zu berühren. Zusammengerollt, die Knie fest an die Brust gepresst, lag ich mit weit aufgerissenen Augen da, unfähig, mich zu bewegen, unfähig, auch nur einen einzigen klaren Gedanken in meinem ausgebrannten Hirn zu formen.

So starrte ich eine Zeit lang in die finstere Dunkelheit, als ich plötzlich eine leichte Bewegung neben mir wahrnahm. Sein dünner Arm streckte sich in meine Richtung aus, nach mir suchend, aber ich blieb bewegungslos, starr vor Schreck, und spürte, wie mir das Herz bis zur Kehle hinauf pochte. Dann spürte ich seine zarten Finger sehr leicht über meine Arme streichen, die immer noch meine beiden Knie fest umschlangen. Ich gab nicht nach, doch die sanften, aber hartnäckigen Finger auch nicht. Ganz leicht versuchten sie, meine Hände aus der Umklammerung zu lösen, immer wieder strichen sie mit unsäglicher Zärtlichkeit über meine verkrampften Finger. Schließlich konnte ich es nicht mehr länger aushalten, und meine Hand war in der seinen. Ich fühlte, wie seine samtweichen Fingerkuppen die meinen berührten, und plötzlich sah ich die Umrisse seiner Gestalt näher rücken und spürte seine heißen Lippen auf meiner Handfläche. Er küsste die Hand, die ihn geschlagen hatte!

Ich zitterte wie Espenlaub als er sich an meine Brust schmiegte. Und als sich schließlich unsere Lippen zum Kuss vereinten, da waren unsere beiden Gesichter tränenüberströmt. Wir tranken die Tränen des anderen. Wir waren wie zwei verängstigte Kinder – allein in einer fremden Welt – die sich gegenseitig zu stärken versuchten. Wir klammerten uns mit ungestümer Wildheit aneinander, als hingen wir beide an einem dünnen Faden und unter uns der finstere Abgrund. Wir liebten uns mit verzweifelter Leidenschaftlichkeit. Und nie waren Claudios Küsse inniger, nie hingebungsvoller, nie habe ich bei ihm eine derartige Verausgabung empfunden, wie in jener Nacht. Er schien regelrecht in meinen Händen zu verschmelzen, schien sich zu verflüchtigen wie ein Tropfen Wasser auf einem heißen Stein. Und niemals zuvor erreichte ich ein so hohes Maß an Gefühl, nie eine so hohe Intensität des sinnlichen Erlebens. Die ganze Vergangenheit war in weite Ferne gerückt, die letzten Stunden erschienen mir wie ein böser Albtraum. Es gab nur noch die Unmittelbarkeit des Augenblicks, Sekunden, die wie Ewigkeiten erschienen, ein sich bis zur äußersten Grenze steigernder sinnlicher Taumel.

Auf dem Gipfel der Ekstase, als sich das Feuer in mir bis zur Weißglut steigerte und ich meinte, mein ganzes Hirn würde wie flüssiges Blei zerrinnen, hatte ich eine Art von psychedelischer Halluzination. Ich hatte den Eindruck, irgendwie körperlos geworden zu sein, so als hätte ich eine andere Ebene des Seins erreicht. Und losgelöst von Raum und Zeit fühlte ich, wie sich mein Bewusstsein mit unvorstellbarer Geschwindigkeit erweiterte, bis es schließlich das ganze Universum erfassen konnte. Ich durchlief in Sekundenschnelle die mehr als zehn Milliarden Jahre seit jenem Urknall, wo alles Existierende in einem winzigen Punkt konzentriert war. Und dann sah ich, wie das Universum in wahnwitziger Geschwindigkeit expandierte, wie sich ganze Galaxien bildeten und wieder zerstäubten, sah Sterne entstehen und wieder verlöschen, und riesige schwarze Löcher, in denen alles zusammenfiel und sich in Nichts auflöste. Ich sah die Anfänge unseres Planeten, aber auch sein apokalyptisches Ende. Sah den Augenblick, in dem das Weltall, nur noch aus kleinsten Staubpartikeln bestehend, wieder zu schrumpfen beginnen würde, wo die Zeitachse plötzlich ihre Richtung umkehrt. Wie ein Film, der rückwärts abläuft, wo man sterbend zur Welt kommt und dann stetig jünger wird, bis man schließlich zum Embryo zusammenschrumpft und wieder in die ursprünglichen Zellen zerfällt, aus denen jeder lebende Organismus hervorgeht. Und endlich sah ich die Rückbildung des ganzes Universums in den anfänglichen schwarzen Punkt – wo alles begann und auch alles enden wird, wo es keine Zeit und keinen Raum mehr gibt, und wo alle Naturgesetze, die wir kennen, ihre Gültigkeit verlieren.

Alles begann sich zu drehen, und alles schien von grellem Licht durchflutet. Und ein gigantischer Chor von Abermilliarden von Stimmen ertönte in meinem überhitzten Gehirn. Noch nie gehörte, höchst seltsame Rhythmen und Melodien schwangen durch die ätherische Weite, und das ganze Weltall schien sich in eine einzige, tönende Masse umgewandelt zu haben. Sonnen explodierten und wurden zu purer Musik, die Bahnen der Planeten bildeten interstellare Partituren, die Galaxien wurden zu astralen Musikern eines wirbelsturmartig tosenden Orchesters. Vom Chor vernahm ich zunächst nur ein undeutliches Gemurmel von Stimmen, doch mit steigender Intensität kristallisierte sich nach und nach ein ständig wiederkehrendes Wortgebilde heraus, in einer fremden, höchst seltsamen Sprache, mit herzzerreißender Inbrunst deklamiert. Ich konnte den Sinn dieses fremdartigen Wortes nicht verstehen, aber ich konnte den Schmerz fühlen, den es in sich trug, und gleichzeitig auch die Liebe, die es verkündete – eben jene absolute, transzendierende, schier unmögliche Liebe, nach der sich meine Seele schon seit immer gesehnt hatte und die ich in den kurzen Momenten vergangenen Glücks zu finden geglaubt hatte. Eine Liebe, deren magische Kräfte die Dimensionen der menschlichen Existenz zu sprengen vermag und die das Tor zum Weltall öffnet. Eine Liebe, die es einem ermöglichte, die Musik der Sphären wahrzunehmen. Es schien, als würden sich immer mehr und mehr Stimmen diesem ohnehin schon unendlichen Chor anschließen. Und es schien, als würden sie den schrecklichen Schmerz über die Vergänglichkeit der Liebe beklagen: ein Klagelied von markerschütternder Klangschönheit, ein Klagelied des gesamten Weltalls, ein allumfassendes, galaktisches Requiem. In jenen Momenten konnte ich die Sterne weinen hören!

Das ganze Universum schien nur noch von dieser Musik durchdrungen zu sein, ja die ganze Materie schien sich in rhythmische Schwingungen verwandelt zu haben. Und schließlich hörte ich von überall nur mehr das eine Wort, jetzt klar und deutlich in einem einzigen, unendlichen Ostinato:

TU-RAN-GA-LÎ-LA, TU-RAN-GA-LÎ-LA, TU-RAN-GA-LÎ-LA …

Dritter Teil

En ma fin est mon commencement.

Maria Stuart

Neuntes Kapitel

Als ich am nächsten Morgen nach einem schweren, traumlosen Schlaf endlich aufwachte, stand die Sonne schon hoch oben am Himmel und ließ das ganze Zimmer in ein mildes, freundliches Licht eintauchen. Von dem gestrigen Regen war nichts mehr zu merken, lediglich ein paar flüchtige Wolken zeichneten sich wie Puderzucker auf dem azurblauen Himmel ab.

Claudio war nicht mehr da. Ich war in einem so tiefen Schlaf versunken wie schon seit Ewigkeiten nicht mehr und hatte überhaupt nichts mitbekommen, als er fortging. Überhaupt bewegte er sich immer so leise und diskret, als wäre er schwerelos. Es war schon spät, und sicherlich war er zur Universität gegangen, denn heute gab es die ersten Proben für das alljährliche Weihnachtskonzert, bei dem er die Poulencsonate spielen sollte. Ich hatte mit ihm schon vor einigen Wochen das Stück am Klavier einstudiert, fühlte mich aber außerstande, auch öffentlich an seiner Seite aufzutreten, und so musste wohl oder übel ein anderer Musiker gefunden werden, der den Klavierpart übernahm. Ich wusste, dass seine Enttäuschung über mein Absagen groß war, denn er hatte sich nichts lieber gewünscht, als gemeinsam mit mir aufzutreten. Ich wollte jedoch meinen Neidern nicht auch noch die Genugtuung verschaffen, mich in einer so schlechten Verfassung spielen zu hören. Denn ich spielte zurzeit schlecht, das stand außer Frage.

Langsam erhob ich mich aus dem Bett. Sämtliche Gliedmaßen schmerzten höllisch, sodass ich mich nur mit Mühe ins Bad schleppen konnte, mein Bewusstsein aber war vollkommen klar. Schon seit langem hatte ich die innere Ruhe vermisst, die sich nun in meinem Geist entfaltete. Als ich aufwachte, hatte ich plötzlich die Gewissheit, eine Entscheidung treffen zu müssen, und ich wusste ganz genau, dass es die richtige sein würde. Woher diese urplötzliche Willenskraft herkam, ist mir immer noch ein Rätsel. Bis noch vor einigen Stunden war ich der Gefangene meiner eigenen Leidenschaft gewesen, wie ein Spielball von den mysteriösen Mächten des Sinnlichen hin und her geworfen, und jetzt war ich selber überrascht von der plötzlichen geistigen Klarheit, die mich die Dinge mit ganz anderen Augen sehen ließ. Es war so, als hätte mein Verstand nach monatelangem Aussetzen plötzlich seine volle Funktionsfähigkeit wiedererlangt.

So als wäre ich die ganze Zeit in dichtem Nebel hilflos umhergeirrt, um dann völlig unerwartet, als ich fast schon bereit war aufzugeben, den rettenden Pfad hinaus ans Licht zu finden.

Nach der üblichen Morgentoilette und einem Frühstück nach italienischer Art, schwarzer Kaffee auf leerem Magen (auf das üppige nordeuropäische Frühstück hatte ich schon lange verzichtet), setzte ich mich ruhig und gelassen an den Schreibtisch, nahm ein Blatt Papier aus der Schublade und begann zu schreiben:

Angelo mio,

wenn du diese Zeilen liest, dann werde ich schon sehr weit weg sein. Ich bin nach alldem, was geschehen ist, zu dem Schluss gekommen, dass es das Beste für uns beide ist, wenn wir ab sofort getrennte Wege gehen. Ich werde die Universität verlassen und irgendwohin verschwinden, wo dich mein böser Geist nicht mehr erreichen kann. Was ich dir angetan habe, ist unverzeihlich, ein furchtbares Verbrechen an deiner engelhaften Seele, die so rein und sanft ist, dass ich nur in stummer Ehrfurcht davor auf die Knie fallen kann. Ich bin deiner nicht würdig, ich verdiene es nicht einmal, den Boden zu küssen, den deine Schritte berühren.

Als ich dich das erste Mal sah, damals vor einem Jahr bei dem Konzert, da hatte ich den Eindruck, dass du einem Gemälde von Botticelli entsprungen bist, so schön und edel sahst du aus. Du warst der Frühling, der mich mit seinem milden Lächeln aus dem tiefen Winterschlaf erweckte. Als ich dann deine große Sanftmut kennen lernte, deine Güte und deine Menschlichkeit, dann war ich überzeugt, dass es wohl ein Wunder der Natur sein muss, dass ein Mensch gleichzeitig so viel Schönheit und so viel Seele in sich vereinen konnte. Und als du mir deine Liebe gestanden hattest, erschrak ich zutiefst, denn ich fragte mich, womit ich ein so unbezahlbares Geschenk verdient habe!

Mein Geist erwies sich jedoch als zu schwach, um ein so hohes Maß an Glück auf Dauer ertragen zu können. Was danach geschah, das weißt du nur zu gut. Und ich kann es immer noch nicht fassen, wie ich zu all den Abscheulichkeiten fähig war, die du meinetwegen ertragen musstest. Ich wage es nicht, dich um Vergebung zu bitten, aber ich weiß, dass dein gütiges Herz zu Hass und Groll nicht fähig ist. Und obwohl ich es verdiente, dass du mich zehnmal verfluchtest, weiß ich, dass du im Stillen für die Rettung meiner Seele beten wirst.

Für mich aber gibt es keine Rettung mehr, die Hölle hat ihren Rachen schon weit aufgerissen und wartet nur darauf, mich zu verschlingen. Und wenn ich in ewiger Verdammnis die furchtbarsten Qualen erdulden werde, so ist es immer noch zu wenig für all die Grausamkeiten, die ich dir angetan habe. Ich würde jedoch das Höllenfeuer selber noch anschüren, würde mir selber die glühenden Eisen noch tiefer ins Fleisch stoßen, wenn ich nur wüsste, dass du jemals deine unbeschwerte Fröhlichkeit wiedergewinnen könntest!

Vergiss mich, mein Engel, vergiss, dass ich überhaupt jemals existiert habe, denn ich bin deiner Erinnerung nicht wert.
Du hast noch dein ganzes Leben vor dir, mach das Beste daraus, denn Eros und Euterpe sind dir gleichermaßen wohlgesinnt.
Versuche mich nicht aufzufinden, denn meine Entscheidung ist endgültig.
Non ci vedremo mai più!
V.

Mehr konnte ich nicht sagen. Ich konnte ihm unmöglich erklären, welches die wahren Hintergründe meiner abscheulichen Taten waren, dass es nicht um ihn selber, sondern um ein existenzielles Problem ging, für das ich keine Lösung fand. Dass all meine Bemühungen, diese Liebe doch noch zu retten, von Anfang an zum Scheitern verurteilt waren, weil ich ein einfaches Gesetz der Natur nicht akzeptieren konnte.

Ich musste diese überstürzte Entscheidung treffen, denn ich wollte es unter allen Umständen vermeiden, ihm noch einmal in die Augen zu sehen. Denn ich wusste, dann würde ich erneut seinem Zauber erliegen, dann würde meine ganze, mühsam aufrechterhaltene Willenskraft wie Honig in seinen Händen zerfließen. Wir würden uns wieder in die Arme fallen, uns bis zum Rande der Bewusstlosigkeit lieben, und ich wäre außerstande gewesen, mich von ihm zu trennen. Es musste jetzt geschehen, solange mein Verstand nicht erneut von der überwuchernden Flut des Gefühls ausgeschaltet wird.

Ich faltete das Blatt sorgfältig zusammen, steckte es in ein Kuvert, auf das ich einen einzigen Buchstaben schrieb: »C«. Meine Hand zitterte ganz leicht dabei. Dann legte ich das Kuvert auf Claudios Schreibtischhälfte, neben das goldene Metronom, das er aus Italien mitgebracht hatte.

Ohne Hast begann ich meinen Koffer zu packen. Nie wieder wollte ich diese Wohnung betreten. Ich nahm nur das Allernotwendigste mit, den Rest wollte ich mir nachschicken lassen. In einer halben Stunden war ich fertig. Das Taxi, das mich zum Bahnhof bringen sollte, wartete bereits auf mich. Ich blickte mich noch einmal kurz um. Zum letzten Mal sah ich das Klavier, das uns so viele glückliche Stunden bei der gemeinsamen Arbeit bescherte, sah das gemeinsame Bett, stummer Zeuge der ersten scheuen Liebesbekenntnisse, aber auch der wüsten Ausschweifungen, die danach folgten. Und mein Blick verschleierte sich durch die Tränen, die ich nun nicht mehr unterdrücken konnte.

Ich war selber überrascht von der inneren Ruhe, mit der ich bis zu diesem Moment alle Vorbereitungen für die Abreise traf. Denn erst jetzt wurde mir allmählich klar, wie folgenschwer meine Entscheidung war, dass ich damit unter meinem bisherigen Leben praktisch einen Schlussstrich gesetzt hatte. Aber war für mich ein Leben ohne Claudio überhaupt noch möglich? Trotzdem hielt ich an meiner Entscheidung fest, dass dies die einzige Möglichkeit war, aus diesem Teufelskreis der Leidenschaft zu entkommen. Zu viel Schlimmes war geschehen. Ich hatte Grenzen überschritten, die ich nicht hätte überschreiten dürfen. Wie konnte es mit uns so noch weitergehen? Was hätte noch passieren müssen, bis ich endlich zur Vernunft kam? Ich musste ihm sein Leben zurückgeben, auf das er ein Recht hatte. Ich konnte nicht weiter zusehen, wie meine unersättliche Begierde ihm Stück für Stück von seiner Lebensenergie raubte.

Meine Entscheidung war die einzige Lösung für ein Problem, für das es eigentlich gar keine Lösung gab. Auf diese Art würde er für mich immer der schöne Jüngling mit den verträumten Augen bleiben.

Ich würde die grausamen Veränderungen, die die Zeit an ihm vorzunehmen bereit war, nicht mit ansehen müssen. Seine blühende Jugend wird für mich nie enden. Er wird nach wie vor die Verkörperung jenes antiken Schönheitsideals bleiben, zu dem ich ihn emporstilisiert hatte. Der Glanz seiner Augen wird nie verblassen, sein zärtliches Lächeln wird niemals seine Anmut verlieren und das Glockenspiel seiner Stimme wird mir bis zu meiner letzten Stunde mit der gleichen kristallenen Klarheit in den Ohren klingen.

Und nach der letzten Nacht wusste ich mit absoluter Sicherheit, dass ich an der Grenze des menschlich Möglichen angelangt war, dass die Leidenschaft ihren ultimativen Höhepunkt erlebt hatte, gleich wie ein Stern, der kurz vor dem Erlöschen all seine noch verbleibenden Ressourcen zu einer einzigen, alles überwältigenden letzten Explosion bringt, um sich dann für immer in der ewigen Dunkelheit zu zerstäuben. Ich war an einen Punkt angelangt, nach dem es nichts mehr geben kann, als geistige Auflösung, Dissipation, Vernichtung. Der unweigerliche Absturz ins ausschließlich Animalische. Was noch übrig bliebe, wäre eine vom Geiste völlig entfesselte Triebhaftigkeit, das Wölfische, der Kannibalismus.

Als sich endlich der Zug langsam in Bewegung setzte, und ich im Begriff war, die Stadt für immer zu verlassen, in der ich das höchste Glück erlebte, das einem Menschen zuteil werden kann, hatte ich das Gefühl, bei lebendigem Leibe in zwei Teile gerissen zu werden. Und mit der Wucht der Verzweiflung versuchte mein blutendes Herz zum allerletzten Mal, sich gegen die Vernunft zu stellen. Ich lief zur Waggontür und begann wie von Sinnen daran zu rütteln, in der wahnwitzigen Hoffnung, das Schicksal doch noch umzukehren. Ich versuchte es immer wieder, doch die Tür gab nicht nach und der Zug wurde schneller und schneller. Mit unbeugsamer Gewalt schleifte er mich mit sich in eine grauenvolle Zukunft, die sich wie ein schwarzer Abgrund vor meinen Augen öffnete. Und die letzte Aufwallung des mühsam unterdrückten Gefühls überflutete mich mit einer derartigen Heftigkeit, dass es mich in die Knie zwang. Ich hatte das Gefühl zu ersticken, als wäre meine Brust in einem Schraubstock zusammengepresst. Und wie bei einem epileptischen Anfall durchzuckten mich immer wieder schmerzhafte Konvulsionen, während ich mich immer noch krampfhaft an diese Tür klammerte, die mir endgültig die Rückkehr zur Liebe meines Lebens versperrte.

Und auch als der Schmerz allmählich nachließ und ich nur noch den bitteren Geschmack meiner Tränen verspürte, blieb ich immer noch an dieser Stelle wie angeheftet, regungslos, fassungslos, mein starrer Blick auf jenen Punkt am Horizont gerichtet, der schon zur Vergangenheit gehörte. Und erst jetzt wurde mir die furchtbare Bedeutung jener Worte klar, mit denen mein Abschiedsbrief endete: »Wir werden uns nie wieder sehen!«

*

In dem aufgewühlten Zustand, in dem ich mich befand, wäre es mir unmöglich gewesen, noch am gleichen Tag nach Hause zu fahren. Ich fühlte, dass ich die überraschten Blicke meiner Eltern nicht hätte ertragen können, die meine unangemeldete Ankunft mitten im Wintersemester sicherlich misstrauisch gemacht hätte. Daher entschloss ich, einen kurzen Umweg zu nehmen, um für ein bis zwei Tage irgendwo abseits der Welt Unterschlupf zu finden. Mein Mobiltelefon, unentbehrliches Accessoire des modernen Menschen, ließ ich ausgeschaltet. Ich wollte für niemanden erreichbar sein.

In ein paar Stunden war ich in den Alpen, in einem beliebten Kurort, der allerdings zu dieser Jahreszeit fast völlig ausgestorben wirkte. Ich fand ohne Mühe ein Zimmer in einer kleinen Pension, und sobald ich meinen Koffer ausgepackt hatte, machte ich mich auch schon auf den Weg, um die Örtlichkeit zu erkunden. Ich empfand einen fast krankhaften Drang nach Bewegung, es war mir unmöglich, auch nur für kurze Zeit an der gleichen Stelle zu verharren.

Der Ort war in der Tat menschenleer. Lediglich ein paar ältere Leute waren zu sehen, die mit langsamen, bedächtigen Schritten spazieren gingen. Eine unglaubliche Ruhe schien von ihnen auszustrahlen, die Ruhe des würdevollen Alters, des Einklanges mit der Welt und mit sich selbst. Und ich wünschte mir, selbst alt zu sein, alt und weise, und vor allem gefeit gegen die Stürme der Leidenschaft. Doch war das Alter wirklich so, wie ich es mir erträumte, eine Zeit der Weisheit und Besonnenheit, der geistigen und emotionalen Vollendung? Wie ein ruhig fließendes Gewässer, das erst kurz vor der Mündung, vor der endgültigen Auflösung in der Unendlichkeit des Meeres zur vollkommenen Größe anschwillt. Oder lechzte die Seele, ewig jung und sehnsüchtig, auch in einem mürben, maroden Leib immer noch nach Liebe und sinnlicher Erfüllung – ungestillt bis zum allerletzten Atemzug?

Rasch durchquerte ich den ganzen Ort und schon war ich am Rande des nahe gelegenen Waldes angelangt. Je näher ich kam, desto deutlicher spürte ich den sonderbaren Zauber dieses Waldes, der sich dunkel und geheimnisvoll vor meinen Augen auftat, denn er versprach ungestörte Einsamkeit und Geborgenheit für meine gequälte Seele, die auf der Flucht war vor sich selbst. Und vor allem erhoffte ich mir hier, inmitten der Natur, wohltuendes Vergessen. Denn ich war zwanghaft bemüht, die Ereignisse der letzten Monate aus meinem Gedächtnis zu löschen, für immer in die tiefsten Regionen des Unterbewusstseins zu verdrängen, von wo sie nie wieder mehr zurück an die Oberfläche auftauchen konnten.

Es war ein herrlicher Spätherbsttag. Ich watete ohne Mühe durch den Neuschnee, der vor einigen Tagen gefallen war, und der nun allmählich zu schmelzen begann. Der Tag neigte sich dem Ende zu und die Sonne strahlte noch ihre letzten milden Strahlen auf das dünne Schneebett, das glitzerte, als wäre es mit tausenden Diamanten bespickt. In langen, gierigen Zügen atmete ich die klare, kalte Luft ein. Meine Brust schien nun endgültig von dem quälenden Druck befreit zu sein, der mich noch vor ein paar Stunden fast zum Ersticken brachte. Zum ersten Mal nach endlosen Wochen hatte ich wieder das Gefühl der Freiheit – ein herrliches, unbeschreibliches Gefühl. Ich war wieder ich selbst, meine Gedanken kreisten in sicheren, ruhigen Bahnen, und es gelang mir sogar, die Erinnerung für ein paar Augenblicke auszuschalten. Ich lief durch den einsamen Wald wie ein wildes Tier, das nach langer Zeit der Gefangenschaft endlich wieder seinen natürlichen Lebensraum gefunden hat. Unermüdlich ging ich weiter und weiter, drang immer mehr in die Tiefe des Waldes ein, wie von einer fremden Macht mit magischer Kraft angezogen.

Allmählich begann es zu dämmern, und ich lief Gefahr, mich zu verirren, da ich den Wanderweg verloren hatte und einfach quer durch das Dickicht gelaufen war. Doch der Wald war mir gnädig, denn unerwartet tat sich eine Lichtung auf, und ich sah eine kleine Hütte, aus deren Schornstein weißer Rauch in den Himmel stieg. Zwei große Schäferhunde liefen mir bellend entgegen, aber ich spürte, dass sie mir nicht feindselig gegenübertraten. Sie schienen eher bemüht, ein paar einschüchternde Laute von sich zu geben, wie es zum guten Ton eines treuen Hundes gehörte, dessen Pflicht es war, sein Heim vor unerwünschten Eindringlingen zu beschützen. Aber das Eis war bald gebrochen, und schon nach ein paar Augenblicken strich meine Hand über ihr dickes Fell, während sie wedelnd um meine Beine streichten. Ich hatte immer schon eine große Sympathie für Hunde gehabt, und die Tiere spüren instinktiv, wer ihnen wohlgesonnen ist und wer nicht.

Ich klopfte vorsichtig an die Tür und alsbald öffnete mir eine junge Frau, die mich freundlich anlächelte. Ich entschuldigte mich schüchtern für die Störung, aber ich hätte mich verirrt, und wisse den Weg nicht mehr zurück in den Ort. Kein Problem, antwortete sie, ihr Mann sei gleich da und würde mir schon weiterhelfen. Ob ich mich inzwischen nicht ein wenig ausruhen wollte, ich sähe nämlich ziemlich mitgenommen aus. Ich nahm die Einladung dankend an, denn ich fühlte mich tatsächlich ziemlich erschöpft nach der langen Wanderung. Und kam mir dabei ein wenig vor wie Siegmund, der an Hundings Hütte angelangt war.

Ich trat ein. Es war die Hütte des Försters, der sich um diesen Wald kümmerte. Er musste jeden Moment nach Hause kommen, denn sie hatte schon das Abendbrot für ihn vorbereitet. Im großen Kachelofen brannte Holz, das den Raum in eine milde, angenehme Wärme einhüllte. Mit einer höflichen Geste führte mich die Frau an den gedeckten Tisch, ich war somit zum Abendessen eingeladen. Ich fürchtete, dass sie mich gleich mit den üblichen Fragen überhäufen würde; wer ich war, woher ich kam und so weiter. Es gab ja sicher auch nur wenig Abwechslung hier, in der Abgeschiedenheit des Waldes. Doch glücklicherweise tauchte nun auch der Ehemann auf, der mich ebenfalls sehr herzlich begrüßte, so als wären wir alte Bekannte. Ich war beeindruckt von der schlichten Gastlichkeit dieser Menschen, die mich, einen völlig Fremden, zu ihrem Abendbrot einluden. Es gab Erbsensuppe mit Würstchen, dazu eine kalte Platte mit Schinken, Speck und Käse. Ich aß mit großem Appetit, wie schon seit langem nicht mehr, und trank mit sichtlichem Genuss zwei große Gläser frische Milch, die mir die Bäuerin wohl wollend einschenkte, sichtlich erfreut über meinen gesunden Hunger. Der Mann hatte offensichtlich eine angeborene Diskretion, die ich ihm hoch anrechnete, denn er stellte mir keine Fragen. Wir plauderten über Allgemeines, über den Tourismus, das Wetter und den nahenden Winter.

Die Zeit verging wie im Flug, die Nacht war schon eingebrochen und es war unmöglich, wieder zu Fuß zurück in den Ort zu finden. Daher bot der Mann mir an, mich in seinem Jeep zurück in meine Pension zu bringen. Ich entschuldigte mich für all diese Umstände, nahm aber erleichtert an. Ich bedankte mich für die Gastfreundschaft und deutete an, dass ich wünschte, mich ich in irgendeiner Weise erkenntlich zu zeigen, aber die beiden blickten mich fast beleidigt an. So etwas käme gar nicht in Frage, ich war als ihr Gast aufgenommen worden und dabei sollte es auch bleiben. Ich verabschiedete mich ganz herzlich von der Hausherrin, und wir machten uns auf dem Weg. Ohne Mühe schlängelte der Förster seinen Jeep durch die alten Lärchen, auf einem unsichtbaren Waldweg, den nur er zu kennen schien. Aber schon bald waren wir wieder auf sicherer Straße. Die Lichtpunkte am Horizont wurden immer größer, und schließlich konnte ich die hell beleuchtete Siedlung am Rande des Kurortes wieder erkennen, die ich vor Stunden durchquert hatte.

Als ich wieder in meinem Zimmer war und mich zum Schlafen bereitmachte, schien zum ersten Mal nach langer Zeit endlich wieder ein wenig Ruhe in meine Seele eingekehrt zu sein. Es waren noch nicht einmal zwölf Stunden seit meinem Fortgehen vergangen, und trotzdem schien alles in weiter Ferne gerückt. Wie ein böser Alptraum erschienen mir jetzt die erschütternden Ereignisse des Vortages, irgendwo in einer dunklen Ecke des Bewusstseins verkrochen, von wo aus sie dann allmählich in Vergessenheit abtauchen konnten. Welch erstaunliche Prozesse sich im menschlichen Gehirn manchmal abspielen! Es schien mir fast unglaublich, dass ich es geschafft hatte, Claudios Antlitz, das mich bisher permanent verfolgte, zumindest für kurze Zeit aus meinen Gedanken zu verdrängen. Hatte ich also doch die Kraft, mich endgültig von ihm zu lösen? Irgendwie zweifelte ich immer noch daran.

In jener Nacht hatte ich einen ruhigen und traumlosen Schlaf. Am nächsten Tag wachte ich munter und ausgeruht aus, bereit, die Heimreise zu meinen Eltern anzutreten. Ich hatte aber noch Zeit, da mein Zug erst am Nachmittag ging, und so machte mich wieder auf den Weg zu meinen Freunden in den Wald. Dieses Mal war ich bemüht, den markierten Pfad nicht zu verlassen, und alsbald sah ich auch schon das kleine Häuschen vor meinen Augen. Die beiden waren sichtlich überrascht, mich so schnell wieder zu sehen. Ich sagte ihnen, dass ich schon in ein paar Stunden abreisen würde, und dass ich mich nicht ohne eine kleine Geste des Dankes von ihnen verabschieden möchte. Daraufhin gab ich ihnen eine CD mit Schubert Impromptus, die ich vor zwei Jahren aufgenommen hatte und die mir damals den ersten großen Erfolg in meiner noch jungen Karriere als Pianist bescherte. Die beiden blickten mich ungläubig an. Ob das tatsächlich ich sei, in Fleisch und Blut? Ja klar, antwortete ich lachend. Sie könnten sich ja im Textbüchlein überzeugen, wo mein Foto abgebildet war, samt einer äußerst wohl wollenden Kritik von Alfred Brendel.

Ich signierte noch die CD mit meinem eigens dazu mitgebrachten Spezialstift und verabschiedete mich aufs Herzlichste. Ich musste ihnen versprechen, bald wieder zu kommen, was ich auch mit bester Absicht tat.

Es war schon spät und ich musste mich beeilen. Ein wenig außer Atem kam ich wieder in den Ort, gerade rechtzeitig, um meine Sachen zu packen, die Rechnung zu begleichen und zum Bahnhof zu hasten. Ich stürmte durch die Eingangshalle hinaus zu den Gleisen und ließ mich erschöpft und nach Luft schnappend auf eine Bank fallen. Keine fünf Minuten später kündigte schon der Zug sein Herannahen mit langen Pfeiftönen an. Der Zug war nur spärlich besetzt. Ich machte es mir in einem leeren Abteil bequem und genoss die wohltuende Wärme, die mich umhüllte.

Vor mir lagen noch ein paar gute Stunden Fahrt, bevor ich zu Hause bei den Eltern war. Die Zeit verging jedoch sehr schnell, denn ich vertiefte mich unterdessen in Glenn Goulds Schriften über die Musik *Von Bach bis Boulez, vom Konzertsaal ins Tonstudio*. Und zum ersten Mal nach Monaten spürte ich wieder den ersehnten Zauber der Musik auf mich wirken, selbst durch die bloße Vorstellung, die das geschriebene Wort in mir hervorrief.

Als ich schließlich den menschenleeren Bahnsteig in meinem Heimatort betrat, war es schon spät am Abend. Ein einsames Taxi wartete am Bahnhofseingang. Ich kannte den Fahrer, er wohnte in unmittelbarer Nachbarschaft meiner Eltern. Sichtlich erfreut, mich zu sehen, hieß er mich herzlich willkommen und nahm mir gleich den Koffer aus der Hand. Hier war ich so etwas wie eine kleine Berühmtheit, und stillschweigend hoffte man, dass ich später einmal als weltbekannter Konzertpianist auch diesem verschlafenen Ort zu internationalem Ruhm verhelfen würde.

Der Weg bis zu meinem Elternhaus dauerte nicht einmal fünf Minuten. Ich hatte meine Ankunft nicht angekündigt, trotzdem war das ganze Haus in helles Licht getaucht. Ziemlich merkwürdig für diese Uhrzeit, schien mir. Ich machte mir jedoch keine weiteren Gedanken und klingelte an der Tür. Mein Vater öffnete mir, etwas zu hastig, wie ich den Eindruck hatte, und meine Mutter und meine jüngere Schwester standen daneben. Ich blickte in ihre ernsten, bestürzten Gesichter. Hatten sie es etwa schon erfahren, hatte vielleicht Claudio angerufen und ihnen alles erzählt? Wussten sie bereits die ganze Wahrheit über mich? Ich trat ein. Mein Vater fragte mich mit leiser, zögerlicher Stimme, wo ich denn war, er hätte schon den ganzen Tag vergeblich versucht, mich zu erreichen. Ich stammelte etwas vor mich hin, über einen kurzen Zwischenstopp in den Bergen und dass mein Handy die ganze Zeit ausgeschaltet war, denn ich war von dem unsicheren Ton in seiner Stimme überrascht. Meine Eltern wechselten einen schnellen Blick miteinander, dann forderten sie mich auf, ins Wohnzimmer zu kommen und mich erst einmal hinzusetzen.

Plötzlich läutete bei mir ein Alarmsignal. Irgendetwas stimmte hier nicht. Was war dieser komische Ausdruck in ihren Augen? Ich konnte aber keinen Vorwurf in ihnen lesen, wie ich anfänglich befürchtete, einfach nur Trauer und eine tiefe Bestürzung. Sie sollten mir endlich sagen, was los war, forderte ich. Mein Vater legte mir vorsichtig die Hand auf die Schulter. Das Dekanat hätte angerufen, sagte er. Etwas Furchtbares sei passiert. Ein tragischer Unfall, ein …

Meine Augen weiteten sich. Und dann hörte ich sie, die Worte, die nicht wahr sein konnten, die nicht wahr sein durften. Unfassbare, grauenhafte Worte.

Man hatte ihn heute Morgen zufällig gefunden, in einem Abstellraum für alte Klaviere und Cembali, in einem Nebengebäude des Konservatoriums. Man dachte zunächst, er würde schlafen, doch dann … Der Arzt sagte, es war eine Überdosis Schlaftabletten, er hätte nicht gelitten.

Ich hörte die Worte ganz deutlich, doch sie hatten den Weg bis ins Gehirn noch nicht gefunden. Ich öffnete den Mund, wollte etwas sagen, aber meine Kehle konnte keinen Laut formen, und ich bewegte nur stumm die Lippen, wie ein Fisch, der ans Land geworfen wird und verzweifelt nach Luft schnappt.

Claudio – ist – tot!

Plötzlich erwachte ich aus meiner Erstarrung. Die furchtbare Bedeutung dieser Worte hatte endlich mein Bewusstsein erreicht. Auf einmal spürte ich eine eisige Kälte über mich hereinbrechen, und wie unter hohem Fieber wurde ich von heftiger Schüttelfrost durchzuckt. Ich versuchte aufzustehen, aber meine Knie versagten mir ihren Dienst. Mein Vater versuchte etwas zu sagen. Tröstende Worte, doch auch ihm stockte der Atem, als er den wilden, irren Blick in meinen Augen wahrnahm. Endlich, fast mit übermenschlicher Anstrengung, war ich aufgestanden.

»Gib mir deinen Autoschlüssel!«

Meine Stimme war nicht mehr zu erkennen, sie klang hohl und heiser. Es war keine menschliche Stimme mehr, sondern ein gespenstisches Zischen. Er versuchte etwas einzuwenden, aber ich riss mich mit Gewalt aus seiner Umklammerung, stolperte in den Flur hinaus und nahm den Autoschlüssel, der wie gewöhnlich auf dem weißen Schrank neben dem Telefon lag. Noch bevor mich jemand aufhalten konnte, hatte ich mit der Schnelligkeit eines Tigers die Garagentür geöffnet, war in den Wagen gesprungen und hätte um ein Haar meinen eigenen Vater überfahren, der mir nachgelaufen kam, wenn er nicht im letzten Moment zur Seite gesprungen wäre.

Ich kann es heute noch nicht sagen, wie ich es damals zurück in die Stadt schaffte. Wie ich mit Schwindel erregender Geschwindigkeit auf der kurvenreichen Landstraße durch die Dunkelheit raste, eine Ortschaft nach der anderen hinter mir ließ, nichts sehend, nichts hörend, einfach nur geradeaus, wie von einem gewaltigen Magneten angezogen, und in immer höherem Tempo dem Ziel entgegen, das mir Gewissheit verschaffen sollte. Wie durch ein Wunder war ich vollkommen unversehrt, als ich nach knapp drei Stunden mit quietschenden Reifen den Wagen vor meinem Wohnhaus zum Stehen brachte. Ich hastete die Treppe hinauf, fand zuerst aber nicht den Wohnungsschlüssel. Und als ich ihn dann schließlich fand, war mein Zittern so stark, dass ich das Schlüsselloch immer wieder verfehlte. Ich musste mit meiner linken Hand die rechte festhalten, nur so gelang es mir endlich, die Tür zu öffnen. In zwei Schritten war ich am Schreibtisch.

Alles war noch so, wie ich es verlassen hatte. Der Brief lag ungeöffnet da, neben dem florentinischen Metronom, genauso, wie ich ihn hinterlassen hatte. Das Bett war unbenutzt und die Tagesdecke war noch drauf, die ich vor meinem Fortgehen mit penibler Sorgfalt aufgelegt hatte, denn ich hatte immer schon einen übertriebenen Hang zu Ordnung und Sauberkeit. Ich blickte mich um nach seiner Flöte, aber sie war nicht aufzufinden, genauso wenig wie die lederne Notentasche, die er immer bei sich trug.

Es war eindeutig. Glasklar. Mit unumstrittener Evidenz lag der Beweis vor mir. Er ist nach dem Morgen meiner Abreise nicht mehr in die Wohnung zurückgekehrt, hatte meinen Brief nie gelesen, hatte über meine Entscheidung nie etwas erfahren! Nichts über die *mea culpa* in meinem Abschiedsschreiben, dass ich mich mit zerknirschter Seele zu seinen Füßen warf, ihm sein Leben und seine Freiheit zurückgeben wollte! Ich sah, wie sich ein furchtbarer Abgrund vor meinen Augen auftat, ein eisiger Wind schien mich von der Stelle wegzufegen, hinein in ein schwarzes Vakuum, das mich mit unwiderstehlicher Wucht in sein weit aufgerissenes Maul einsog. Der Straßenlärm draußen schien sich immer mehr von mir zu entfernen, flirrende Sterne tanzten vor meinen Augen. Danach war nur noch Stille.

Zehntes Kapitel

Ich war bereits vollständig wach, aber ich wollte meine Augen nicht öffnen. Wahrscheinlich war es schon längst Tag geworden, denn ich konnte deutlich das wärmende Licht der Sonne durch meine geschlossenen Augenlider fühlen. Es war ein angenehmes Gefühl, und einige Sekunden ließ ich mich völlig unbeschwert von dieser wohligen Wärme einhüllen, denn noch hatte der wohltuende Schlaf einen letzten hauchdünnen Schleier in meinem Gehirn hinterlassen. Noch hatte das kognitive Denken nicht eingesetzt, das mir meine furchtbare Lage zurück ins Gedächtnis bringen sollte.

Doch plötzlich, wie aus dem Nichts, war es wieder da, und damit auch der brennende Schmerz in meiner Brust, der mich ruckartig die grausame Realität gewahr werden ließ. Die vor einigen Augenblicken noch milden Sonnenstrahlen schienen nun mit beißender Glut mein Gesicht zu versengen. Ich begann zu zittern, es überkam mich ein fast unerträgliches Hitzegefühl, und der Schweiß begann mir aus allen Poren auszutreten. Die grässliche Erinnerung holte mich wieder ein, mit allen Einzelheiten überflutete sie mein erschöpftes Gehirn. Ich vergrub mein Gesicht in das feuchte Kissen, zog mir die Decke über den Kopf, denn ich wollte nichts sehen, nichts hören, nichts fühlen, nichts denken. Aber den schrecklichen Gedanken konnte ich nicht entfliehen, immer wieder brachten sie mir die unfassbare Wirklichkeit ins Bewusstsein, und die zwei Wörter, die mir wie ein unendlich wiederkehrendes Echo im Ohr hallten:

CLAUDIO – TOT.

Ich krümmte mich vor Schmerzen unter dem Druck dieser zwei Wörter. Ich konnte sie nicht ertragen, ich wollte ihre Bedeutung nicht wahrhaben. Ich hatte das Gefühl, als würde mir jemand die Kehle zudrücken. Ich schnappte verzweifelt nach Luft, Panik erfasste mich, und ich wurde von der wahnsinnigen Angst ergriffen, innerhalb der nächsten Augenblicke zu ersticken. Mit zittriger Hand tastete ich hastig auf dem Nachttisch nach den Tabletten, die ich nebst einem Glas Wasser schon bereitgestellt hatte. Nur mit Mühe konnte ich das rettende Mittel hinunterschlucken, fiel zurück aufs Bett und presste meine Augen fest zusammen, in Erwartung der beruhigenden Wirkung, die bald eintreten würde. Und in der Tat spürte ich nach einigen qualvollen Minuten, die mir wie eine halbe Ewigkeit erschienen, wie sich eine allgemeine Entspannung in meinem Körper ausbreitete. Die unsichtbare Hand schien ihren Druck auf meinen Hals allmählich zu lockern, und nach und nach konnte ich wieder frei atmen.

Schließlich hatte ich sogar den Mut, meine Augen zu öffnen, und blinzelnd blickte ich in den hellen Raum. Die elektronische Weckuhr auf dem Nachttisch ließ mich erkennen, dass es bereits Mittag war. Mein müder Blick streifte langsam weiter über die wohl bekannten Umrisse des Klaviers, das seit Wochen verstummt und wie in einem tiefen Schlaf versunken zu sein schien.

Ich befand mich wieder in meiner kleinen Mansardenwohnung, nachdem ich mit einem Nervenzusammenbruch ins Krankenhaus eingeliefert wurde. Äußerlich schien sich nicht viel verändert zu haben. Alles war noch an seinem gewohnten Platz. Claudios Sachen waren noch alle da, seine Kleider vermischten sich mit meinen in dem gemeinsamen Schrank. Das Blockflötenset, das er nur gelegentlich benutzte, war wie üblich in einer Ecke des Zimmers verstaut. Seine Bücher und Partituren verharrten unberührt in den Regalen. Sein Notebook lag verschlossen auf dem Schreibtisch. Seine elektrische Zahnbürste stand noch genau an der gleichen Stelle am Waschbeckenrand. Sein eleganter Morgenmantel aus dunkelblauem Satin hing noch frisch gebügelt am Haken. Und ich bildete mir ein, immer noch, wenn auch nur mehr sehr schwach, den Duft seines Parfüms in der Luft zu verspüren.

Alles war noch da, nur eines fehlte … Er war tot und ich lebte, war verdammt, weiter zu leben, um die furchtbarsten Höllenqualen zu erleiden, um die Schuld an seinem Tod zu verbüßen. Denn dass ich einzig und allein schuld war an seinem Tod, stand für mich außer Frage. Ich hatte ihn mit meiner wahnsinnigen Begierde und der totalen körperlichen und seelischen Vereinnahmung regelrecht in den Tod getrieben. In der letzten, schmerzlichsten Zeit unseres Zusammenlebens nannte ich ihn oft »mon garçon fatal«, nichtahnend, wie tödlich zutreffend diese Bezeichnung sein sollte. Er hatte sich scheinbar widerstandslos meinem Willen unterworfen, aber im Geheimen lebte sein eigener Wille ungebrochen weiter. Und langsam reifte in ihm ein Gedanke, ein furchtbarer Gedanke, der ihm die ersehnte Erlösung aus einer unhaltbar gewordenen Situation brachte. Als ich dann selbst zur gleichen Erkenntnis gelangte, war es schon zu spät. Der Rest war nur noch grausame Ironie des Schicksals.

Er konnte über das existenzielle Dilemma, in dem ich mich befand, unmöglich etwas gewusst haben. Jedoch durch seine Geste lieferte er mir die Antwort auf all meine Fragen, und diese Antwort war glasklar, von erbarmungsloser Unwiderlegbarkeit. Für unser Problem gab es nämlich nur die eine, die ultimative Lösung. Später sollte ich mich noch oft fragen, was denn geschehen wäre, wenn er es nicht getan hätte. Hätte ich die Kraft gehabt, mich freiwillig von ihm zu trennen, so wie ich es zunächst beabsichtigte hatte? Oder wäre ich schon nach ein paar Tagen wieder zu ihm zurückgelaufen, hätte ihn um Verzeihung angefleht mit dem Geständnis, dass ich ohne ihn nicht leben konnte? Er hatte wahrscheinlich instinktiv erkannt, in welcher furchtbaren Zwangslage ich mich befand, ohne jedoch die Donquichotterie meines verzweifelten Kampfes gegen die Zeit zu erahnen. Er hatte den logischen Ausgang für ein scheinbar unlösbares Dilemma gefunden, das er nicht verstand und auch nicht verstehen konnte. Aber seine grenzenlose Liebe zu mir hatte ihn zu einem Entschluss geführt, der in seiner radikalen Aussage deutlicher nicht sein konnte. Er lieferte mir das ultimative Liebesbekenntnis, gleich dem der Leonore im letzten Akt des Troubadour: *Tu vedrai che amore in terra mai del mio non fu più forte!* Er beschloss, sich selbst zu opfern, um mir mein früheres Leben zurückzugeben.

Im Krankenhaus erfuhr ich dann alle Einzelheiten. Er hatte an jenem Tag an den Vorlesungen und Seminaren wie gewohnt teilgenommen, hatte sich unauffällig benommen, wenn auch sehr schweigsam und merkwürdig distanziert. Danach, am späten Nachmittag, als sich das Konservatorium allmählich leerte, hatte er sich unbeobachtet in den Abstellraum für alte Klaviere und Cembali geschlichen, der nur selten betreten wird, und wo wir uns in den ersten Tagen unserer Freundschaft oft zu einem geheimen Stelldichein trafen. Wie ein krankes Tier hatte er sich zum Sterben in seine Höhle verkrochen, um einsam und ungestört die letzten Stunden vor dem Tod zu verbringen. Er starb, wie er auch lebte, still und leise, unumwunden und bescheiden. Die leere Packung Schlaftabletten fand man neben ihm. Er war sanft eingeschlafen, um niemals mehr wieder aufzuwachen. Bis zu diesem Zeitpunkt wusste ich gar nicht, dass er über starke Schlaftabletten verfügte, wunderte mich aber oft über den ohnmachtähnlichen Zustand, in den er oftmals am Ende einer langen Nacht verfiel. Offenbar hatte er es sich in letzter Zeit angewöhnt, heimlich das Mittel zu nehmen, wodurch er zumindest für einige Stunden meiner zermürbenden Begierde entfliehen konnte. Als man ihn fand, hielt er seine Flöte fest umklammert. Hatte er in den verbliebenen Minuten des klaren Bewusstseins noch eine allerletzte Melodie gespielt, um sich selbst in den ewigen Schlaf zu wiegen? Ich werde es nie erfahren, denn seinen Schwanengesang konnte zu jener späten Stunde in dem verlassenen Universitätsgebäude niemand mehr gehört haben.

Er starb wie Antinous, noch nicht einmal zwanzigjährig, und gleich wie Antinous starb er aus Liebe und um für immer ein Schönheitsprinzip zu verkörpern, zu dem ihn sein Liebhaber emporstilisiert hatte. Ich hatte an seiner Liebe gezweifelt, doch dann erwies sich, dass seine Fähigkeit zu lieben eine viel stärkere war, als ich es zunächst vermutete. Denn welches glaubwürdigere Zeugnis einer Liebe kann man liefern als das der Selbstaufopferung? Doch damals, in den ersten Tagen nach seinem Tod, war mir noch nicht klar, dass dieses Opfer eine noch viel tiefere Bedeutung haben sollte.

Zunächst erlitt ich einen psychischen Schock. Meine besorgten Eltern reisten mir an jenem schicksalhaften Abend nach und fanden mich halb bewusstlos in meiner Wohnung, von fieberhaften Delirien heimgesucht. Unter der medikamentösen Betreuung der Ärzte im Krankenhaus besserte sich mein Zustand nur sehr zögerlich, und Zustände extremer Unruhe und Angst alternierten mit solchen totaler Teilnahmslosigkeit und Lethargie. Dann fühlte ich mich seltsam betäubt und gleichgültig, wie versteinert, und ich verweigerte es nach wie vor, mit irgendjemandem über das Geschehene zu sprechen. Ich zog mich hingegen immer mehr in meine eigene Welt zurück. Als sich nach der akuten Phase noch immer keine wesentliche Besserung meines Zustands vermerken ließ, diagnostizierten die Ärzte eine posttraumatische Belastungsreaktion. Da ich nach ihrer Einschätzung jedoch nicht suizidgefährdet war, konnte ich das Krankenhaus verlassen, allerdings nur unter Obhut eines Angehörigen. Trotz meiner offensichtlichen seelischen Zerrüttung lehnte ich eine weiterführende Psychotherapie entschieden ab. Man verordnete mir Ruhe, strikte Vermeidung jeglicher emotionaler Aufregung und viel Bewegung an der frischen Luft, sobald es mein körperliches Befinden zuließe. Die Zeit heilt selbst die tiefsten Wunden, sagt der Volksmund. Und damit wurde anscheinend auch in meinem Fall gerechnet.

Meine Eltern hielten sich auch streng an die Anweisungen der Ärzte. Es kam nicht einmal die geringste Andeutung an das kürzlich Geschehene. Man stellte mir keine Fragen, machte mir keine Vorwürfe, und ihre taktvolle Fürsorglichkeit war wirklich beispielhaft. Doch in der Art, wie sie manchmal meinem Blick auswichen, in der merkwürdigen Verlegenheit, die sich ausbreitete, sobald ich zugegen war, konnte ich erkennen, dass sie im Grunde genommen alles wussten, oder besser gesagt, erahnten. Und dass es ihnen peinlich war.

Was sie im Einzelnen darüber dachten, konnte ich nie erfahren, auch später nicht, denn man hatte stillschweigend vereinbart, dieses Thema nicht anzusprechen, darüber hinwegzusehen, als hätte es niemals existiert. Dafür war ich ihnen auch durchaus dankbar, denn ich hatte es in all den Jahren immer konsequent vermieden, mit ihnen über meine Gefühle zu sprechen. Soweit ich mich erinnern konnte, waren meine Eltern immer für mich gewesen, hatten für mich gesorgt, hatten mir Bildung vermittelt und meinen musikalischen Werdegang gefördert, so gut sie nur konnten. Aber um mein seelisches Befinden hatten sie sich eigentlich nie wirklich gekümmert. Es gab da eine gewisse Hemmung, mit mir über solche Dinge zu sprechen. Ich hatte schon in jungen Jahren eine gewisse Aura der Unnahbarkeit entwickelt, die sich auch auf meine nächsten Angehörigen auswirkte. Man war stolz auf meine intellektuellen Fähigkeiten, auf mein musikalisches Talent und bewunderte den stoischen Willen, mit dem ich nach und nach die Leiter der Kunst emporkletterte. Aber man vergaß dabei, dass sich unter der kalten Fassade des vergeistigten Musikers eigentlich eine äußerst fragile und empfindsame Seele versteckte, eine Seele, die manchmal auch das Bedürfnis nach Mitteilung und Verständnis gehabt hätte. Eine Seele, die gleich einer zarten Blume, besonders viel Pflege und Fürsorge gebraucht hätte, um gesund und kraftvoll zu gedeihen.

Dann, als ich heranwuchs, empfand man es als selbstverständlich, dass ich mit den üblichen Problemen der Adoleszenz nicht zu kämpfen hatte. Dass ich lieber vor meinen Partituren brütete oder am Klavier übte, als – wie es eigentlich normal für einen Jugendlichen meines Alters gewesen wäre – irgendwelchen juvenil-erotischen Abenteuern hinterherzulaufen. Man hielt mich irgendwie für zu besonders, für zu intellektuell und für zu vergeistigt, als dass ich mich für solche Trivialitäten interessieren könnte. Und meine augenscheinliche Introvertiertheit und emotionale Kälte stärkte sie nur noch in dieser Überzeugung.

Irgendwann glaubte ich es dann schließlich auch selber. Ich ignorierte einfach den emotionalen Teil meiner Persönlichkeit, der zunächst noch sehr schwach ausgebildet war und meiner geistigen Entwicklung hinterherhinkte, aber irgendwo tief im Inneren meiner Seele schlummerte. Ich ging einfach darüber hinweg, konzentrierte mich weiterhin auf mein Studium und die Musik, bis dann schließlich, als ich praktisch schon erwachsen war und eigentlich mit beiden Füßen fest auf dem Boden stehen sollte, das Bedürfnis nach Liebe mit einer vulkanartigen Wucht aus meinem Inneren ausbrach. Und dann begegnete ich Claudio …

Nach und nach wurden die Angstzustände seltener und ich wachte auch nicht mehr jede Nacht schweißgebadet aus meinen Alpträumen auf. Ich unternahm auch schon kleine Spaziergänge im Freien und bemühte mich sogar, ein paar Löffel von der köstlichen Rindsuppe zu essen, die mir meine Mutter täglich frisch auf den Tisch stellte. Der Aufruhr in meiner Seele nahm zwar stetig ab, dafür stellte sich aber immer öfter ein sonderbarer Zustand der Abgestumpftheit, der Affektstarre und eine vollkommene Gleichgültigkeit meiner Umwelt gegenüber ein. Es gab Tage, an denen meine Wahrnehmungsfähigkeit merkwürdig eingeschränkt war. Ich fühlte eine extreme Müdigkeit und bewegte mich wie ein Schlafwandler, ohne richtig mitzubekommen, was in meiner Gegenwart vor sich ging. Ich fühlte mich derart schlaff und ausgelaugt, dass es mir manchmal sogar schwer fiel, einen klaren Satz zu artikulieren, und deshalb verharrte ich oft in hartnäckigem Schweigen.

Etwa drei Wochen nach meiner Entlassung aus dem Krankenhaus äußerte ich den Wunsch, wieder in meine Mansarde zurückkehren zu dürfen. Die besorgten Blicke meiner Eltern machten mir klar, dass dies offenbar keine sehr gute Idee war. Und dies mit gutem Grund, denn sie befürchteten, dass die erneute Konfrontation mit der Vergangenheit, mit einem Ort, wo mich praktisch *alles* an die Vergangenheit erinnerte, gefährlich für meinen noch hochgradig instabilen Zustand war. Doch meine angeborene Dickköpfigkeit schien mir nicht abhanden gekommen zu sein, und ich beharrte darauf, allerdings unter Heranziehen einer kleinen List: Ich behauptete nämlich, dass ich mich erneut an die Arbeit machen wolle; ich spüre das Bedürfnis, wieder Klavier zu spielen, und dies würde sich sicher positiv auf meinen Heilungsprozess auswirken. Das nicht völlig unlogische Argument schien zu funktionieren, und man ließ mich schließlich gehen.

Als ich dann erneut in meiner alten Wohnung stand, die unverändert schien, so als würde Claudio jeden Moment wieder die Tür öffnen und mir in die Arme fallen. Als all die Erinnerungen wieder ungehemmt ins Bewusstsein eindrangen, fragte ich mich, ob ich wirklich stark genug war, um all das ertragen zu können. Doch erstaunlicherweise blieb der erwartete Gefühlsausbruch aus. Die wohl bekannte Umgebung ließ mich völlig unberührt. Ich stellte den Koffer ab und legte mich noch angezogen aufs Bett. Mein Blick schweifte durchs Zimmer, erfasste die Gegenstände, die mich alle nur an das Einzige erinnerten, doch ich konnte einfach nicht weinen, sosehr ich mich auch bemühte. So als würde irgendeine geheime Schleuse in meinem Inneren jegliche emotionale Strömung aufhalten. Ich war außerstande, auch nur die kleinste Gefühlsregung zu empfinden. Ich fühlte mich innerlich völlig ausgebrannt und leer und empfand nur noch das Bedürfnis zu schlafen.

Erschöpft schloss ich die Augen. Eine Zeit lang war es vollkommen still. Ich war kurz davor, einzuschlafen, doch plötzlich schien es mir, als hätte ich eine leise Melodie wahrgenommen. Eine traurig elegische Melodie, sanft wie ein Kuss, zart wie eine schüchterne Umarmung, eine Melodie, die mir irgendwie bekannt vorkam. Ich versuchte mich krampfhaft zu erinnern, woher ich diese merkwürdigen Klänge kannte, doch es gelang mir nicht. Die Müdigkeit hatte mein Gedächtnis schon zu sehr beeinträchtigt. Ich kämpfte vergebens gegen den übermächtigen Schlaf, der sich wie ein undurchsichtiger Schleier auf mein

Bewusstsein legte. Bald hörte ich nur mehr einzelne Töne, die sich ständig zu wiederholen schienen, wie in Chopins Regentropfenpräludium. Und plötzlich, in jenem bizarren Schwebezustand zwischen Schlaf und Wachsein, wenn der letzte Bruchteil des klaren Bewusstseins im Begriff war, sich in finsterer Nacht aufzulösen, da hatte ich das Gefühl, als würden diese einzelnen Töne sich in Tränen umwandeln – bittere, heiße Tränen, die leise auf meine Wange tropften und meine trockenen Lippen benetzten. Dann war ich eingeschlafen.

*

Es vergingen Tage und Wochen in eintöniger Monotonie und ich fühlte mich außerstande, das Klavier auch nur ein einziges Mal zu berühren. Nach jener anfänglichen Phase extremer Erschöpfung litt ich nun häufig an Schlaflosigkeit, lag stundenlang wach im Bett, und wenn es mir doch gelang, für ein paar Stunden in einen nervösen, unruhigen Schlaf zu versinken, wurde ich oft durch plötzliche Angstanfälle wieder wachgerüttelt. Ich blieb fast den ganzen Tag im Bett, schleppte mich nur mit Mühe ins Bad oder in die Küche, und verließ die Wohnung fast nie. Ich bekam in all dieser Zeit keinen Besuch, denn ich hatte ja keine Freunde. Aber ich hatte auch nicht das geringste Bedürfnis, irgendjemanden zu sehen. Meine Eltern riefen regelmäßig an, um sich nach meinem Befinden zu erkundigen, und ich täuschte ihnen vor, es ginge mir gut, ich sei gerade dabei, Tschaikowskis *Jahreszeiten* einzustudieren.

Ich lebte in dieser qualvollen Zeit jedoch nicht völlig ohne Musik. Und wahrscheinlich war es nur die Musik, die mich davon bewahrte, vor Verzweiflung und Schuldgefühlen zerrissen, den Verstand völlig zu verlieren. Ich hatte ein paar alte Platten mit Clara Haskil herausgestöbert, die ich mir immer wieder anhörte. Ich entdeckte in Mozarts Klavierkonzerten eine Traurigkeit und Einsamkeit, eine verborgene Tragik, die mir bisher entgangen war. Die atemberaubende Schlichtheit, die kristalline Klarheit und Transparenz der Interpretation, insbesondere in den langsamen Teilen, eröffnete mir völlig ungeahnte Tiefen in Mozarts Musik, die ich bisher zwar gründlich studiert hatte, aber nie so richtig lieben konnte. Nun wirkte Mozart wie Balsam auf meine kranke Seele und ich fühlte mich mit meinem Leiden nicht völlig allein gelassen. Und als ich dann in den langen, schwarzen Nächten erneut die unsichtbare Kralle an der Gurgel fühlte, die mir die Luft nahm, als ich erneut kurz davor stand, in den Wirbel der Angst hineingerissen zu werden, wie ein Ertrinkender, der von einem Augenblick zum anderen von dem tiefen, finsteren Abyssus verschlungen werden könnte – dann waren für mich die ruhig fließenden Melodien in Clara Haskils entrücktem Klavierspiel wie ein rettendes Boot, das mich in letzter Sekunde vor dem Untergang bewahrte.

Ich stellte mir die alte Dame bildlich vor, wie sie, durch eine langjährige Rückgratverkrümmung tief gebeugt und auf zwei Stöcken gestützt, langsam die Bühne durchschritt bis zum Flügel, wie sie sich vorsichtig setzte, die Höhe der schwarzen, ledernen Klavierbank noch leicht verstellte, dann dem Dirigenten kurz zunickte und die Hände fast zögerlich über die Tasten erhob. Doch als dann die ersten Akkorde ertönten, war man plötzlich in einer anderen Welt. Eine Welt von tragischer Schönheit und sanfter, milder Traurigkeit. Eine Welt von bewundernswerter, edler Zurückhaltung. Eine zauberhafte Welt voller Magie, die mit Worten kaum zu beschreiben ist.

Stundenlang hörte ich sie mir an, diese Meisterwerke der Klavierkunst, wie ein erstauntes Kind, dem eine neue Dimension des Lebens offenbart wurde, von der es bisher keine Ahnung hatte. Und es gab Momente, wo sich mein eigenes künstlerisches Feuer beinahe erneut zu entzünden schien, wo ich kurz davor stand, mich selber wieder in die unendlichen Weiten der Musik zu stürzen. Momente, wo das schon seit langem verstummte Klavier mir ungeduldig zurief, es endlich wieder zum Tönen zu bringen. Doch es waren nur kurze, schwache Impulse, und dann sackte ich wieder zusammen in die gewohnte Dumpfheit und Lethargie. Lag stundenlang im Bett und blickte nur starr auf irgendeinen imaginären Punkt an der Decke, gefühllos gemacht durch die starken Beruhigungsmittel, völlig gedankenentleert, nur noch vegetierender Körper. Und mein Geist war erneut in tiefster Dunkelheit versunken.

Eines Tages, als ich zufällig durch das Fenster auf die Straße mit ihrem hektischen Treiben blickte, bemerkte ich plötzlich, wie eine schwarze Limousine vor meinem Wohnhaus stehen blieb. Ein Chauffeur mit Mütze und schwarzem Anzug stieg aus und öffnete die Tür im hinteren Teil des Wagens. Ich konnte einen großen schwarzen Damenhut erkennen. Dann schweifte mein träger Blick teilnahmslos in eine andere Richtung. Doch nach ein paar Augenblicken weckte mich ein vorsichtiges Klopfen an meiner Wohnungstür aus meiner Träumerei.

Hatte es wirklich bei mir geklopft, täuschte ich mich nicht vielleicht? Zögernd näherte ich mich der Tür. Doch dann klopfte es erneut, diesmal etwas energischer, und nun hatte ich keine Zweifel mehr. Eine unbestimmte Angst ergriff mich. Ich war auf keinen Besuch vorbereitet, wollte niemanden sehen, wollte einfach nur in Ruhe gelassen werden. Schließlich öffnete ich die Tür einen Spalt und spähte nach draußen. Und was ich sah, traf mich mit solch einer Wucht, dass es mir fast den Boden unter den Füßen wegriss. Ein Augenpaar sah mich mit festem Blick geradewegs an, grüne, smaragdfarbene Augen, die mir wohl bekannt waren, die fast jede Nacht in meinen Träumen wiederkehrten. Es waren *seine* Augen.

Ich fühlte, wie sich alles um mich zu drehen begann. Ich taumelte zurück und schlug mit dem Rücken gegen die Wand. Meine Knie schlotterten vor Angst, ich zitterte wie Espenlaub, und dabei starrte ich unentwegt, mit weit aufgerissenen Augen auf die Gestalt, die sich mir wie ein Gespenst näherte.

Es war Claudios Mutter. Ich erkannte sie kaum wieder. Ihr langes Haar war weiß geworden, ich konnte es deutlich unter ihrem schwarzen Hut sehen. Ihr Gesicht war von erschreckender Blässe, die Lippen zusammengepresst und blutleer. Nur das schwache Schimmern in den immer noch schönen Augen zeugte davon, dass ich es hier mit einem lebendigen Wesen zu tun hatte. Sie begann zu sprechen, ganz leise, fast flüsternd, ich konnte sie kaum verstehen. Sachlich, in wenigen, knappen Sätzen gab sie mir zu verstehen, weshalb sie gekommen sei. Sie war da, um Claudios Sachen abzuholen.

Natürlich, ich hatte es in meiner Verwirrung vollkommen vergessen. Claudios Sachen waren noch alle da. Ich hätte mit diesem Besuch jeden Moment rechnen müssen, er war absehbar. Aber ich stand vor ihr wie gelähmt, versuchte etwas zu erwidern, aber meine Kehle konnte keinen Ton herauswürgen. Ich hatte das Gefühl, als würde ihr stechender Blick wie ein scharfes Skalpell tief in mein Herz eindringen.

»Posso?« fragte sie mit eisiger Miene.

Ich machte irgendeine zustimmende Geste. Daraufhin begab sie sich, begleitet von ihrem Chauffeur, ins Zimmer. Mit schnellen, aber ruhigen Bewegungen begann sie, Claudios Habseligkeiten in die zwei große, leere Koffer zu packen, die sie mitgebracht hatten. Wohl oder übel musste ich ihr dabei behilflich sein, um Claudios Kleidungsstücke von meinen eigenen auseinander zu halten, die sich allesamt im gleichen Schrank befanden.

Wir sprachen dabei kein einziges Wort. Ich merkte aber, wie ihr kalter Blick das Zimmer durchstreifte und mit erbarmungsloser Genauigkeit alles erfasste, wie sie einen Moment lang auf das einzig vorhandene Bett starrte. Und ich konnte einen deutlichen Zug der Verachtung um ihre Mundwinkel erkennen. So wie sie dastand, kalt und abweisend, strahlte sie eine unglaubliche Würde aus. Kein einziges Wort des Vorwurfs kam über ihre Lippen, aber ihr ostentatives Schweigen war anklagender als tausend Worte. Ich wusste, sie machte mich verantwortlich nicht nur für den Tod ihres Sohnes, sondern auch für dessen Schändung. Ich spürte, dass ich ihre Gegenwart nicht mehr lange ertragen konnte. Als wir im Wohnzimmer endlich fertig waren, dachte ich, nun sei alles vorbei. Doch sie blickte mich nur kurz an und sagte:

»Tutto!«

Ja, sie wollte alles zurückhaben. Kein einziges noch so geringes Andenken an ihren Sohn sollte mir gewährt sein.

Wir gingen ins Bad. Ich verstaute alles, was ihm gehörte, in seine Kulturtasche und händigte sie ihr aus. Als alles verpackt war, drehte sie sich vor der Tür nochmals um und blickte mir direkt in die Augen. Ihr durchbohrender Blick war entschlossen, gnadenlos.

»Nur noch ein Letztes«, flüsterte sie. »Falls Sie es jemals wagen, das Grab meines Sohnes in Mantua, welches videoüberwacht ist, zu besuchen, werde ich Sie eigenhändig töten.«

Es war fast nur mehr ein Zischen, aber ich konnte jedes einzelne Wort verstehen. Ich zweifelte keinen Augenblick daran, dass sie es ernst meinte. Und ich zweifelte auch nicht mehr daran, dass tatsächlich das stolze Blut der Gonzaga in ihren Adern floss.

Ich blickte mich um in der Wohnung. Sie hatten alles mitgenommen. Nichts mehr sollte mich an ihn erinnern. Hastig durchwühlte ich die Schränke, leerte sämtliche Schubladen, in der Hoffnung, dass doch irgendetwas vergessen wurde. Aber ich konnte nichts finden. Ich hatte auch kein einziges Foto, das mir das geliebte Gesicht vor Augen bringen würde, denn Claudio hatte eine sonderbare Phobie, sich vor die Kamera zu stellen. Ich hatte ihn nie überreden können, sich fotografieren zu lassen.

Unmöglich, irgendetwas musste doch noch da sein! Ein beschriebenes Blatt Papier, ein Buch oder ein Kleidungsstück! Verzweifelt suchte ich weiter, leerte schließlich den ganzen Kleiderschrank, durchstöberte mit wilder Verzweiflung jeden Winkel der Wohnung. Es war unglaublich, aber es war nichts zu finden. Dabei hätte ich doch leicht irgendetwas unbemerkt behalten können, hätte ich nur genügend Geistesgegenwart gehabt. Doch in meiner Verwirrtheit händigte ich mechanisch alles aus, dachte nicht daran, irgendetwas absichtlich zu übersehen. Sie konnte ja nicht wissen, wo sich all seine Sachen befanden!

Völlig erschöpft von dem fieberhaften Suchen und kochend vor Wut und Empörung über meine eigene Dummheit, ließ ich mich aufs Bett fallen. Ich hatte noch meine Erinnerungen, und die konnte mir niemand wegnehmen. Aber was, wenn die Erinnerungen irgendwann einmal verblassen würden, wenn sich das geliebte Antlitz langsam vor meinen geschlossenen Augen aufzulösen beginnen würde und ich es nur noch verschwommen und schemenhaft wahrnehmen könnte?

Die schlimmste Angst, die ich hegte, war, dieses Gesicht mit all seinen anmutigen Zügen zu vergessen, es nicht mehr mit der überdeutlichen Klarheit der Gegenwart in meinem Geiste zu empfinden! Ich wusste, ich könnte diesen Verlust niemals ertragen. Im wirklichen Leben hatte ich ihn für immer verloren, aber es blieb mir noch die Fantasie, und da lebte er nach wie vor weiter. Bis ans Ende meiner Tage sollte er all meine Gedanken erfüllen, ansonsten könnte ich es keine Sekunde länger in dieser öden Welt aushalten. Sowieso fragte ich mich andauernd, warum ich eigentlich noch da war, was für einen Sinn es machte, mit der ungeheueren Last dieser Schuld noch weiterzuleben. Denn es verging kein einziger Tag, an dem ich mir nicht wünschte, niemals geboren worden zu sein! Doch wie konnte man sich vor dem Vergessen hüten? Wie konnte man es vermeiden, dass ein im Gedächtnis eingeprägtes Bild nicht langsam verblasst, sich verzerrt, sich verflüchtigt, bis nur noch ein schwaches, undeutliches und formloses Abbild übrig bleibt? Eine Totenmaske, an der es keine individuellen Züge mehr zu erkennen gibt. Wie konnte ich das sanfte Lächeln im Gedächtnis behalten, das die weichen Lippen umspielt, die ungestüme Freude in den strahlenden Augen, den kristallinen Klang der hellen Stimme?

Ich vergrub mein Gesicht in das Kissen und verharrte so in minutenlanger, verzweifelter Starre. Doch plötzlich spürte ich irgendetwas an meinen Lippen kleben. Ich nahm es zwischen die Finger und hielt es gegen das Licht. Es war ein langes, kastanienbraunes Haar. Wir hatten die gleiche Haarfarbe, doch seine hatte eine unverkennbare Tönung. Und außerdem konnte dieses hier unmöglich von mir stammen, denn es war schulterlang, während ich kurzes Haar hatte. Ich wurde von einer irrsinnigen Freude ergriffen. Wie eine kostbare Reliquie trug ich es zum Schreibtisch, kringelte es um meinen Finger und legte es auf ein weißes Blatt Papier. Dann faltete ich das Papier sorgfältig von allen Seiten, damit es ja nicht herausfiel. Ich hatte von meinen Großeltern zu meinem achtzehnten Geburtstag eine kostbare Schmuckschatulle bekommen, in der ich lediglich ein goldenes Armband aufbewahrte, das ich nur selten trug. Ich nahm es aus der Schatulle und legte stattdessen meinen wertvollen Fund hinein.

»Nun bleibt mir doch noch etwas von ihm«, sagte ich triumphierend. Und mit fast boshafter Genugtuung dachte ich an die Unnachgiebigkeit im Blick seiner Mutter.

Mit unsäglicher Erleichterung legte ich mich wieder zurück ins Bett. Ich hatte etwas von ihm, es war nicht alles weg, wiederholte ich immer wieder entzückt. Fast ein ganzes Jahr lang waren wir unzertrennlich. Er hatte sich mir hingegeben mit Leib und Seele, hatte mir das Kostbarste geschenkt, was ein Mensch einem anderen nur schenken kann, nämlich seine uneingeschränkte, selbstlose Liebe – und von alldem war nur mehr ein einziges, langes Haar übrig geblieben. Aber ich weinte wie ein kleines Kind vor Dankbarkeit für dieses letzte, unverhoffte Geschenk.

*

In jener Nacht hatte ich einen ungewöhnlichen Traum. Ich befand mich irgendwo in einer fremden Landschaft, die ich vorher noch nie gesehen hatte. Vor mir sah ich eine große Menschenmenge, die sich im Halbkreis um etwas geschart hatte, das meinem Blick verborgen blieb. In der Nähe befand sich ein ausgedehnter Pinienwald. Ich näherte mich den Leuten. Sie waren alle irgendwie komisch gekleidet, wie Statisten in einem historischen Sandalenfilm.

Endlich konnte ich sehen, was die Aufmerksamkeit dieser Menschenschar auf sich zog. Es dämmerte bereits, aber trotzdem konnte ich unschwer erkennen, dass es ein Jüngling von außergewöhnlich schönem Körperbau war, kräftig, aber doch geschmeidig, dessen Umrisse sich auf dem dunklen Hintergrund des Waldes abzeichneten. Sein Gesicht aber konnte ich nicht richtig erkennen, denn es war von seinem langen, zerzausten Haar verdeckt. Er wurde von zwei athletischen, finster blickenden Männern festgehalten, während ein dritter seine Arme kopfüber an einen Baumstamm fesselte. Der Jüngling schien keinen Widerstand zu leisten, sondern ließ alles vollkommen ruhig über sich ergehen – auch als seine Füße ebenfalls mit langen, dicken Stricken fest an den Baum gebunden wurden. Irgendwie machte er den Eindruck, als ginge ihm die ganze Sache nichts an, als wäre es nicht er selbst, der hier an den Pranger gestellt wurde, so ruhig und gelassen wirkte er.

Ich fragte einen Mann neben mir, wer denn der Jüngling da drüben sei. Er warf mir zunächst einen argwöhnischen Blick zu, als wäre er nicht ganz sicher, ob er mir vertrauen konnte. Dann erklärte er mir mit gesenkter Stimme, es sei ein junger Hauptmann der Prätorianergarde, der beim Kaiser in Ungnade gefallen sei. Der Kaiser hatte daraufhin beschlossen, ihn zum Tode durch Erschießen zu verurteilen. Was denn für ein Kaiser, welche Prätorianergarde? Viele Fragen gingen mir durch den Kopf. Aber letztendlich fragte ich nur, was er denn verbrochen hatte, um so grausam bestraft zu werden?

»Er hatte ein zu gütiges Herz«, antwortete mein Nachbar mit viel sagender Miene. »Und in bestimmten Kreisen wurde er deshalb auch der *Verehrung Würdige* genannt«, fügte er in einem geheimnisvollen Tonfall hinzu.

Verwundert blickte ich mich nach dem Erschießungskommando um, das das Urteil vollziehen sollte. Aber es war nirgends zu sehen. Doch dann sah ich, wie drei oder vier dunkelhäutige, spärlich bekleidete Männer mit riesigen Bögen in der Hand dem Verurteilten gegenüber Stellung nahmen.

»Numidische Bogenschützen«, sagte daraufhin der Mann neben mir.

Meine Verwunderung stieg noch mehr und gleichzeitig auch meine Unruhe. Wo befand ich mich hier, und vor allem in welcher Zeit? Doch ich hatte nicht genug Zeit, mir darüber Gedanken zu machen, denn plötzlich machte der Jüngling eine rasche Bewegung mit dem Kopf, und nun konnte ich endlich sein Gesicht erkennen.

Nein, unmöglich! Das konnte nicht wahr sein! Mir wurde schwindelig, plötzliche Übelkeit überkam mich und alles begann sich um mich zu drehen. Doch ich hatte mich nicht getäuscht, jetzt konnte ich das Gesicht deutlich sehen – dieses anmutige, engelhafte Gesicht, das ich so gut kannte. Es war Claudio.

Er war es, der, fast nackt und nur mit einem dünnen Tuch um die Hüften an den Baum gefesselt, knapp davor stand, von den tödlichen Pfeilen der Numider durchbohrt zu werden. Mein Hirn arbeitete rasend. Ich musste etwas unternehmen, jetzt, sofort. Es blieb nicht mehr viel Zeit. Ich konnte bereits sehen, wie die Bogenschützen den ersten Pfeil aus dem Köcher nahmen. Es war nur mehr eine Sache von Sekunden. Ich drängte mich nach vorne, stieß die Leute brutal zur Seite, bis ich es schließlich schaffte, in die erste Reihe zu kommen. Dann schrie ich, so laut ich nur konnte:

»Stoppt, haltet ein! Dies ist ein furchtbarer Irrtum. Ihr tötet den Falschen. Dies ist kein Prätorianerhauptmann. Und es gibt schon lange keine Prätorianer mehr, und auch keinen Kaiser.«

Die Leute neben mir fuhren mich verärgert an, den Mund zu halten. Ich sei wohl nicht ganz bei Verstand. Wie konnte ich es wagen, ein Urteil zu bezweifeln, das Kaiser Diokletian höchstpersönlich gefällt hatte. Diokletian? Ich wusste nicht mehr, was ich glauben sollte.

»Aber ... aber das ist unmöglich«, stammelte ich und blickte verzweifelt in die Menge. Man versuchte mich zurückzudrängen, aber ich riss mich weg, machte einen Satz nach vorne und viel vor den Bogenschützen auf die Knie. Ich flehte sie schluchzend an, nur einen Augenblick noch zu warten. Ich konnte ihnen alles erklären. Ich konnte Beweise vorbringen, die bestätigen würden, dass es sich um die falsche Person handelte. Die Menge begann wütend zu schreien. Man solle mich sofort aus dem Weg räumen. Ich würde das Spektakel nur stören, an dem sie sich ergötzen wollten.

»Grausame, herzlose Bestien, ihr tötet einen Unschuldigen!« schrie ich wie von Sinnen, während zwei kräftige Numider mich mit Gewalt von der Szene wegrafften. Ich versuchte mich loszumachen, keuchte und schrie, schlug um mich wie ein wildes Tier und bohrte meine Zähne in ihre kräftigen Arme, aber es nützte nichts. Sie hielten mich fest wie in einem Schraubstock. Ich sah den furchtbaren Moment kommen, als die Schützen ihre Bögen zum Schuss anspannten.

Claudio hingegen schien von alldem nichts mitzubekommen. Er stand weiterhin heiter und völlig gelassen da, die schönen, träumerischen Augen gegen den Himmel gerichtet. So als würde er andächtig einem Vogelgesang lauschen und nicht kurz vor seiner eigenen Hinrichtung stehen. Sah er denn nicht, was um ihn herum geschah? Wie konnte er so gleichgültig und weltentrückt sein?

Der erste Pfeil traf ihn in die linke Achselhöhle. Der zweite in Brusthöhe. Der dritte, in den Hals, knapp oberhalb des Schlüsselbeins. Sein Körper wurde nur einen kurzen Augenblick von einem leichten Schauer durchzuckt, ansonsten schien er in keinster Weise betroffen zu sein. Sein schönes Gesicht verzog sich nicht einmal ansatzweise vor Schmerz, und seine Augen waren weiterhin auf einen unsichtbaren Punkt hoch oben am Himmel gerichtet.

Ich hörte, wie ein verwundertes Gemurmel durch die Menge ging. Die Stimmung schien plötzlich zu schwanken und Bestürzung machte sich allmählich breit. Ich spürte, dass ich diesen Anblick nicht länger ertragen konnte. Mit übermenschlicher Kraft versuchte ich mich aus der Umklammerung der Numider zu befreien, doch es gelang mir nicht. Die Bogenschützen spannten zum zweiten Mal ihre Bögen. Ich sah nur noch, wie die Pfeile nach vorne schnellten – und urplötzlich wachte ich auf.

»Der *Verehrung Würdige*«, murmelte ich noch ganz benommen, doch langsam kam ich zu mir. Ich blickte mich um. Es war stockdunkel, und von draußen kam nur ab und zu das Geräusch eines vorbeifahrenden Autos. Seltsamerweise verspürte ich keine Angst mehr. »Der *Verehrung Würdige*«, wiederholte ich. Die Bilder des Traumes kamen mir erneut ins Gedächtnis und mit einer unglaublichen Plastizität sah ich die ganze Szene vor meinen schlaftrunkenen Augen. Und plötzlich wusste ich, dass ich noch eine Aufgabe zu erfüllen hatte.

Elftes Kapitel

Die Stelle mit den Posaunen im Fortissimo schien mir etwas zu plakativ. Die Idee war gut, um das Statuen-Thema mit den wuchtigen Terzen wieder ins Spiel zu bringen, sagte ich mir. Aber es fehlte das Kontrastelement, welches durch seine Gegensätzlichkeit die Furcht erregende Brutalität des ersten Themas noch stärker hervorheben würde. Musik lebt schließlich aus dem intelligenten Wechselspiel zwischen Spannung und Entspannung, zwischen *forte* und *piano*, rief ich mir ins Gedächtnis. Eine zarte, kaum hörbare Reminiszenz des Liebes-Themas sollte noch nachhallen, wenn der impulsive Einsatz der Posaunen erfolgt. Konzentriert dachte ich ein paar Augenblicke nach. Dann kam mir schließlich der erhoffte Einfall: eine lyrische und nachdenkliche Passage der Violoncelli im Hintergrund, mit ihrem eleganten, nostalgischen Klang sollte die stark exponierten Posaunen im Gleichgewicht halten.

In fieberhafter Eile klapperten meine Finger auf der Tastatur des Notebooks. In meinem Kopf rasten die musikalischen Einfälle mit geradezu wahnwitziger Geschwindigkeit und ich hatte große Mühe, in der Niederschrift dem Tempo meiner Gedanken zu folgen. Ich hatte es mir zur Gewohnheit gemacht, direkt auf dem PC zu komponieren, und das Notensatzprogramm war mir ein unentbehrliches Hilfsmittel in meiner Arbeit geworden. So konnte ich Änderungen und Korrekturen mühelos vornehmen, ohne Gefahr zu laufen, dass mein Zimmer irgendwann in einem Berg von Papier versinken würde.

Sobald ich eine Phrase fertig hatte, sprang ich hinüber zum Klavier. Die eben noch abstrakte Idee wurde zum Leben erweckt und seltsame, orientalisch gefärbte Klänge erfüllten den Raum. Ich war oft selbst überrascht über diese sonderbaren, märchenhaft verzauberten und geheimnisvollen Töne, über die ungewöhnlich bizarren Rhythmen, die einem europäisch geschulten Ohr sicherlich sehr merkwürdig klingen würden. Es war nicht viel zu erkennen von den kompositionstechnischen Schemata, die man mir am Konservatorium beigebracht hatte. Dies war eine vollkommen neue Musik. Rücksichtslos in ihrer radikalen Aussagekraft, von wilder und unzähmbarer Leidenschaft, mit Passagen von überschäumender, rasender Ekstatik, die wieder von Momenten lähmender, hypnotischer Zähflüssigkeit abgelöst wurden. Es war eine Musik der Extreme, eine Musik der denkbar gegensätzlichsten Gefühlsregungen, die von abgründiger Boshaftigkeit und himmlischer Seligkeit zugleich sprach. Eine Musik, die auf Anhieb nicht gefallen kann, die auch nicht gefallen soll, sondern die verwirrt, verstört und verängstigt, aber gleichzeitig auch betört und fasziniert. Eine Musik, die die Seele tief bis in ihren verborgensten Winkeln aufwirbeln und berühren sollte, die den Zuhörer aus dem gemächlichen Schlummer der Selbstgefälligkeit mit gnadenloser Brutalität entreißen sollte, damit er höre und staune über die Macht der Gefühle. Diese seltsamen Melodien sollten dem Zuhörer einen Eindruck oder zumindest eine Ahnung von nie gekannter Leidenschaft vermitteln – Leidenschaften, die er selbst nie würde kennen lernen.

Ich arbeitete nahezu pausenlos seit mehr als einem Monat. Wie ein Besessener verbrachte ich fast die ganze Zeit abwechselnd vor meinem elektronischen Notenblock und am Klavier, komponierte, probierte, korrigierte, löschte ganze Notenblätter und einmal sogar einen ganzen Satz, weil mir die Grundidee nicht mehr angemessen schien. Jede einzelne Note musste passen. Nichts sollte zufällig und nur aus irgendeinem ästhetischen Zwang heraus entstehen. Jede Phrase musste in organischer Verbindung mit der vorherigen stehen und logisch aus dieser hervorgehen, so wie es die Gesetzmäßigkeit der Musik und die emotionale Linie, die sich in der musikalischen Idee verwirklicht, fordern. Ich wollte ein Werk schaffen, das gleichermaßen höchste Intellektualität und höchste Sinnlichkeit in sich vereint, ein Werk von maßlosem Gefühlsüberschwang, aber gleichzeitig kühl durchdacht und rigoros konzipiert in seiner Form.

Es begann damit, dass ich langsam wieder ins Leben zurückfand. Nach jenem seltsamen Traum hatte ich über Nacht ein neues Lebensgefühl entdeckt, so als wäre ich zum zweiten Mal geboren worden. Plötzlich schien alles ganz anders zu sein. Der dichte Nebel, der mir die Orientierung raubte und mein Hirn monatelang in lähmender Untätigkeit festhielt, war einfach weg. Ich konnte wieder frei denken, frei atmen. Und was mich besonders freute und überraschte: Das Interesse für die Musik war plötzlich wieder da. Und zwar für das aktive Musizieren, für die Beteiligung am musikalischen Prozess, denn die Musik als solche hatte mich eigentlich nie verlassen. Selbst in den verzweifeltsten Momenten der Hoffnungslosigkeit war sie immer da gewesen, jedoch immer nur wie eine Außenstehende, die mit ihrer sanften Stimme dem Leidenden Trost spendete. Nun aber war sie wieder in mir und Teil meiner selbst geworden. Ich lebte wieder in der Musik, ich dachte wieder in musikalischen Dimensionen. Und selbst wenn ich aß oder sprach oder mich mit anderen nichtmusikalischen Dingen befasste, in meinem Hinterkopf war sie ständig präsent. Wie ein permanentes, angenehmes Rauschen, wie das erfrischende Plätschern eines Gebirgsbaches – keineswegs störend, im Gegenteil, beruhigend und stärkend wirkte sie auf mein Gemüt.

Ich ging wieder auf die Universität, ertrug mit stoischer Gelassenheit die neugierigen Blicke von Studenten und Professoren. Denn *jeder* – vom Portier bis zum Dekan – *wusste es*, obwohl mich keiner direkt darauf ansprach. Die meisten Professoren behandelten mich mit wohl wollender Freundlichkeit. Man tat so, als wäre nichts geschehen, als ob ich nach einer langen Reise endlich wieder zurückgekehrt sei. Mit den Kollegen mied ich nach wie vor den näheren Umgang, und auch Serge, auf den ich einmal im Treppenhaus stieß und der mich mit geheuchelter Herzlichkeit begrüßte, musste erneut meine abweisende Haltung von früher erfahren. Im Grunde genommen, rein äußerlich betrachtet, war ich wieder ganz der Alte: selbstsicher, ironisch distanziert, kühl, unnahbar.

Eines hatte sich jedoch geändert, aber das konnte man mit bloßem Auge nicht sehen. Mein Herz war für immer gebrochen. Das Einzige, was mich vorantrieb, war die feste Überzeugung, die ich nach jenem seltsamen Traum gewonnen hatte, dass ich Claudio noch etwas schuldig war, dass ich noch eine Aufgabe für ihn zu erledigen hatte. Und jeder Tag brachte mir diese Überzeugung erneut mit noch stärkerer Deutlichkeit ins Bewusstsein und gab mir den Antrieb, wieder zurück ins Leben zu finden. Auf irgendeine Weise musste ich dieser einzigartigen Gefühlswelt, die meine Liebe zu Claudio in meiner Seele entstehen ließ, Ausdruck verleihen. Es war ein fast akutes Bedürfnis nach Mitteilung und Veräußerlichung, das mich heimsuchte. Aber ich hatte noch nicht die angemessene Form gefunden, um dieser komplexen Aufgabe gerecht zu werden. Vor allem wollte ich die ganze *Maßlosigkeit* dieser seelischen Erfahrung musikalisch umsetzen, und dafür brauchte ich eine passende musikalische Form, die ein derartiges Übermaß von Gefühl überhaupt tragen konnte.

Zunächst dachte ich an eine Oper von wagnerianischen

Dimensionen. Ein moderner Tristan, ein Tristan des einundzwanzigsten Jahrhunderts! Doch einerseits fürchtete ich mich vor der allzu sichtbaren und unverhüllten Aussageweise dieser musikalischen Gattung, vor der allzu konkreten Offenlegung der Seele. Andererseits hatte ich keine besonders starke Affinität zur vokalen Musik und seinen Ausdrucksmitteln entwickelt, mit Ausnahme vielleicht des Liedes. Claudio, der die Oper abgöttisch liebte, hatte mich oft zu Vorstellungen mitgenommen, und ich genoss mit echter Freude die herrlichen Kantilenen eines Donizetti oder Bellini, aber mein eigenes musikalisches Innenleben pulsierte in anderen, weniger dramatischen Rhythmen. Ich war eher ein Verfechter der *musica pura*, der reinen Instrumentalmusik, die sich nicht von Text und szenischer Darstellung unterstützen lassen muss, um aussagekräftig zu sein. Tagelang suchte ich vergeblich nach der Lösung des Problems, vertiefte mich mit Verbissenheit in verschiedene alte, längst vergessene musikgeschichtliche Werke, um vielleicht doch noch eine Anregung zu bekommen, bis mir schließlich, ganz unverhofft, der Schlüssel zum Königreich in die Hand fiel.

Ich saß in der Bibliothek und durchblätterte schon seit Stunden schwere, staubbeladene Musikbände, als ein Werk über die altindische Musik meine Aufmerksamkeit erweckte. Ich war immer schon an fremden, orientalischen Rhythmen und Melodien interessiert gewesen, denn ich war der Meinung, dass wir uns nur allzu sehr auf unsere eigene, europäische Musikkultur stützen und das musikalische Erbe anderer Völker und Kulturen dabei völlig außer Acht lassen. Welch ein Reichtum an Ausdrucksmitteln könnten wir aber entdecken, wenn wir es nur wollten! Dabei hatte gerade Indien, ein Land von uralten Traditionen und tiefer Spiritualität, auch in musikalischer Sicht entsprechende Möglichkeiten gefunden, seinen profunden seelischen und geistigen Schätzen einen angemessenen Ausdruck zu verleihen.

Die Anfänge der indischen Musikgeschichte soll bis ins dritte Jahrtausend vor unserer Zeitrechnung zurückverfolgt werden können. Schon in meinen ersten Studienjahren hatte ich die Abhandlung *Râga-vibhoda* in die Hände bekommen, wo die Lehre über die so genannten *Râgas*, die melodische Grundstruktur der klassischen indischen Musik, besprochen wird. Mit Verblüffung konnte ich damals feststellen, dass die indische Tonskala den westlichen Kirchentonarten gar nicht mal so unähnlich ist. Allerdings spielt in der indischen Musik das Hintereinander der Töne die bedeutendere Rolle, im Gegensatz zur Gleichzeitigkeit der Klänge in der europäischen Musik.

Was ich jetzt gefunden hatte war eine Abhandlung über die hundertzwanzig Rhythmusformeln der Formelsammlung *Deçî-tâla*. Rhythmen spielen speziell in der südindischen Musik eine zentrale Rolle, wo ein immenser Reichtum an melodischen und rhythmischen Variationen zu finden ist. Mit immer größerem Interesse durchblätterte ich das Buch, erstaunt über die Vielfalt und Komplexität der Rhythmen, die sich meinen Augen darboten. Plötzlich hielt ich inne. Zwei Wörter, am Anfang einer Seite als viergliedrige rhythmische Chiffre notiert, fesselten meinen Blick. Ich beugte mich tief über das Blatt und las: *turanga lîla*.

Wie loderndes Feuer brannten sich diese zwei Wörter in meine Augen und in mein Hirn. Alles begann sich um mich zu drehen, die Buchstaben schienen sich aus den Wörtern herauszulösen und in einem wilden Tanz wirbelten sie vor meinen verblendeten Augen. Zitternd vor Erregung lehnte ich mich zurück und atmete mehrmals tief durch. Die zwei Wörter: *turanga* und *lîla*. In meinem Hirn verschmolzen sie zu einer Einheit, zu einem einzigen, rhythmischen Gebilde, das sich mit rücksichtsloser Beharrlichkeit in meine Gedanken eingrub. Und wie unter Zwang musste ich es immer und immer wieder aussprechen: *turangalîla, turangalîla, turangalîla ...*

Irgendwo hatte ich diesen Wortlaut schon mal gehört, doch wann und wo? Verzweifelt versuchte ich mich daran zu erinnern, suchte nach Orientierungspunkten, wo ich im Laufe meines Studiums mit altindischer Musik in Kontakt kam. Doch der Gedankengang war falsch. Denn ich hatte diese Worte nicht in Zusammenhang mit irgendeinem musikalischen Erlebnis oder einer Studie gehört, nicht im Hörsaal der Fakultät, nicht beim Rigorosum irgendeines Doktoranden – nein, sie ertönten plötzlich in meinem Inneren. Nur mein geistiges Ohr hatte sie einmal wahrgenommen, ein einziges Mal, in einer Nacht, in der letzten gemeinsamen Nacht ...

Ich sprang auf. Hastig nahm ich meinen Mantel und grüßte die verblüffte Bibliothekarin, die sich über meinen überstürzten Abgang wunderte. Ich stolperte die Treppen hinunter und lief ins Freie. Ich war außer mir vor Aufregung, lief kreuz und quer über das Universitätsgelände, ohne zu registrieren, was um mich herum los war, bis ich mich schließlich erschöpft auf eine Bank unter einer großen Eiche fallen ließ.

»Kann es sein, kann es wirklich sein?« stammelte ich wie ein Irrer mit lauter Stimme vor mich hin. Es konnte einfach nicht sein! Es widersprach jeglicher Vernunft und Logik. Doch es war so. Die Erinnerung war nun ganz deutlich in mein Gedächtnis zurückgekehrt. In jener Nacht, in jener schicksalhaften letzten Nacht, da hatte ich in den Momenten der höchsten Ekstase eine sonderbare Halluzination: Ich befand mich inmitten eines rhythmisch tönenden Universums, und ein Chor von Abermilliarden von Stimmen artikulierte immer wieder nur diesen einzigen Wortlaut: *tu-ran-ga-lî-la*. Und ich war mir sicher, dass ich dieses Wort *damals* zum ersten Mal gehört hatte, denn zu sonderbar, zu fremdartig klang es in meinen Ohren. Aber was hatte es zu bedeuten? Trug es eine geheime Botschaft in sich? Ich musste es unbedingt herausfinden.

Ich lief nach Hause, so schnell ich konnte. Hastig öffnete ich das Notebook, und mit zittrigen Fingern tippte ich das magische Wort in das Feld der Suchmaschine. Binnen weniger Sekunden erschienen die Ergebnisse auf dem Bildschirm. Ich öffnete auf Anhieb die erstbeste Seite und las:

»*Turangalîla* ist ein Wort aus dem Sanskrit und wird mit Akzent und Dehnung der Vokale der letzten beiden Silben ausgesprochen. Wie alle Wörter, die den alten orientalischen Sprachen angehören, besitzt es eine große Bedeutungsvielfalt. *Lîla* bezeichnet wörtlich genommen das Spiel, aber das Spiel im Sinne der göttlichen Einwirkung auf die kosmische Ordnung, das Spiel der Erschaffung, der Zerstörung, der Wiedererschaffung, das Spiel vom Leben und Tod. *Lîla* heißt auch Liebe. *Turanga* bedeutet die rasch vergehende Zeit, wie im Pferdegalopp. Es ist die Zeit, die wie der Sand in der Sanduhr verrinnt. *Turanga*, das ist Bewegung und Rhythmus. *Turangalîla* meint also gleichzeitig Liebeslied, Hymne an die Freude, Zeit, Bewegung, Rhythmus, Leben und Tod.«

Ich las die Zeilen immer wieder und konnte es doch nicht glauben. Liebe, Zeit, Vergänglichkeit – dies waren die zentralen Themen, um die all meine Gedanken in der letzten Phase meiner Liebe zu Claudio kreisten. Quälende, obsessive Fragen, die mich tags wie nachts unermüdlich plagten, die mich bis an den Rande des Wahnsinns brachten und für die ich immer noch keine Antwort gefunden hatte. Und jetzt – all diese Gedanken in einem einzigen Wort zusammengefasst – *turangalîla*. Ein Wort, das mir durch magische Kraft in mein Gehirn eingeflößt wurde, als ich Claudio zum letzten Mal in meinen Armen hielt, als sich unsere Lippen zum letzten Kuss vereinten!

Und ruckartig viel es mir wie Schuppen von den Augen, plötzlich wurde mir alles klar. Wenn ich einen Spiegel vor Augen gehabt hätte, wäre ich wahrscheinlich wie vor einem Gespenst zurückgeschreckt, so blass muss ich geworden sein. Ich erinnerte mich wieder an alle Details jener Nacht, noch einmal kehrten die mühsam verdrängten Erinnerungen schmerzlich lebendig in mein Gedächtnis zurück. Aber es ging nicht anders, denn nur so konnte ich verstehen. Und ich verstand, glasklar und überdeutlich verstand ich nun alles. Ich verstand nun endlich, dass Claudio seinen Entschluss bereits in jener Nacht gefasst haben musste. Ich wunderte mich nicht mehr über die verzehrende Weißglut, mit der er, der meist etwas Zurückhaltende, mich in jener Nacht geliebt hatte. Denn er liebte mich mit einer Leidenschaftlichkeit, zu der nur *Todgeweihte* fähig sind.

Jene seltsame kosmische Halluzination, jene musikalische Vision eines tönenden Universums war nur deshalb möglich gewesen, weil sich Claudio innerlich bereits für mich geopfert hatte und in jenen Momenten die ganze Energie seiner Seele in meine eigene überfloß – weil er mir die letzte Kraft seines bereits dahinschwindenden Lebens einhauchte und mir dadurch eine übersinnliche, psychedelische Erfahrung ermöglichte, für die die Kraft einer einzigen Seele nicht ausgereicht hätte. In jener Nacht starb er bereits den Liebestod, in jenen Momenten übermenschlicher Verausgabung hatte sich die Opfergabe bereits auf geistiger Ebene vollzogen! Sein Freitod war nicht nur eine einzige Geste der Verzweiflung gewesen, eine Befreiung aus einer untragbar gewordenen Situation – nein, ich hatte ihn diesbezüglich weit unterschätzt. Sein Tod hatte eine spirituelle Bedeutung, die mir erst jetzt in ihrer ganzen Größe offenbart wurde – und ich erschauerte unter dieser Erkenntnis.

Wie klein, wie niedrig, wie egoistisch erschien mir hingegen meine eigene Liebe, nichts als die Befriedigung eines ästhetischen Bedürfnisses, das den Angebeteten zu einem bloßen Gegenstand der Veranschaulichung herabwürdigte. Ich liebte ihn nur wegen seiner Schönheit, wegen seines Lächelns, wegen seiner erfrischenden Jugend. Er hingegen schenkte mir dafür alles – seinen Körper, seine Seele, sein ganzes Leben. Er opferte sich, um mir die Inspiration zu einem Werk zu liefern – ein Werk, das ich mich nun verpflichtet fühlte, zu schaffen. Um das Unrecht, das ich ihm angetan hatte, zu sühnen, um ihm zumindest einen Bruchteil dessen zurückzugeben, was er mir in selbstloser Güte geschenkt hatte. Und es musste eine großartige, eine einzigartige Komposition werden, denn in diesem Werk würde sein Andenken für immer weiterleben. In ihm würde die Energie seiner Seele schwingen, der Puls seines Herzens würde darin schlagen, die Leidenschaft seines Blutes würde darin fließen – es musste eine einmalige, alles übertreffende Hymne an die Liebe und an die Freude werden. Und der Name schwebte mir mit feurigen Lettern vor den entzündeten Augen: *Turangalîla Symphonie.*

*

Es sollte ein Werk entstehen, das alle bekannten Dimensionen des symphonischen Denkens sprengen würde. Die viersätzige beethovensche, die fünfsätzige mahlersche Symphonie schien mir als Rahmen nicht geeignet, um das, was nun aus meinem Inneren immer lauter nach Ausdruck schrie, in Töne umzusetzen. Nein, meine Symphonie sollte an Monumentalität alles übertreffen, was jemals geschrieben wurde, ich wollte sie absichtlich maßlos übertrieben, denn so war auch meine Liebe zu Claudio, von Anfang an vom Übermaß des Gefühls geprägt, eine Stichflamme von unbeschreiblicher Strahlkraft, wie aus dem Nichts entstanden, sengend, grell und zerstörerisch!

Eine Symphonie in nicht weniger als zehn Sätzen schwebte mir vor, mit zyklisch wiederkehrenden Themengruppen, mit einem zentralen Liebesthema, um das die anderen Themen hierarchisch aufgebaut werden sollten. Zunächst war es nur ein immenses Chaos an musikalischen Einfällen, Motiven und Themen, die konzeptlos in meinem fiebrigen Hirn umherschwirrten. Der Klang von hysterisch aufschreienden Trompeten vermengte sich mit dem elegischen Klagen der Bratschen, das wiederum von einem ostinaten Verzweiflungsruf der Piccoloflöten unterbrochen wurde. Die Klangsvorstellung in all ihren Abstufungen war da, vom zartesten, kaum hörbaren *piano* der ersten Geige bis zum markerschütternden *tutti*. Aber sie überwucherte mein überspanntes Hirn mit einer solchen Intensität, dass es mir unmöglich war, eine klare Struktur daraus zu formen. Immer wieder musste ich mich zur Ruhe zwingen, denn ich wusste: Nur Ausdruck, ohne Struktur oder einer mangelhaften, ist nichts, ist Dilettantismus. Und davor fürchtete ich mich am meisten – dass meine Seele mehr forderte, als mein Gehirn umsetzen konnte.

Ich wusste, diesmal stand ich mit dem Rücken an der Wand. Ich hatte zwar während meiner Studienzeit sämtliche Kompositionstechniken der alten und neuen Meister gründlich studiert, hatte auch selbst schon ein paar Präludien und kleine Stücke für Klavier komponiert, sogar ein ganzes Streichquartett, aber diesmal stand ich vor einer gewaltigen, unvergleichbar schwierigeren Aufgabe. Dies war eine ganz andere Dimension, ich hatte eine hoch komplizierte musikalische Architektur zu entwerfen und ein riesiges Instrumentarium zu besetzen, mit mehr als hundert Musikern. Denn die Orchestration sollte der ganzen Bombastik der Komposition angepasst sein. Dafür benötigte ich einen immensen Klangapparat und sämtliche Spezialinstrumente, um das einzigartige Kolorit meiner Motive zu untermalen. Doch von Anfang an war mir eines klar: Wenn ich es nicht schaffte, den notwendigen Anteil an Nüchternheit und mentaler Disziplin einzubringen, um Ordnung aus dem Chaos zu schaffen, war die Sache zum Scheitern verurteilt.

Die Kunst ist das mathematische Resultat des emotionellen Strebens nach Schönheit. Wenn ein Kunstwerk nicht durchdacht ist, ist es nichts.

Ich heftete mir dieses äußerst zutreffende Zitat von Oscar Wilde mit großen Lettern an die Wand vor meinem Schreibtisch. Und sobald der Überschwang des Gefühls drohte, meinen kühlen Verstand zu trüben, sobald die Emotionalität mir die klare Sicht über die musikalische Form wegnahm, musste ich nur aufblicken, und schon war ich wieder auf sicheren Gleisen zurückgekehrt.

Es sollte keine Symphonie im klassischen Sinne des Wortes werden, sondern eher ein zehnsätziges Konzert für großes Orchester und zwei Soloinstrumente: Klavier und Ondes Martenot. Dem Klavier hatte ich die weit größere Bedeutung zugeschrieben, weil es über eine breitere Palette an expressiven Mitteln verfügt, aber auch weil ich mit diesem Instrument die größte praktische Erfahrung hatte. Es sollte eine zentrale Stelle im Gesamtkonzept einnehmen und an der Gestaltung aller wichtigen Themen maßgeblich beteiligt sein. Dafür hatte ich komplexe, ausführliche Kadenzen vorgesehen. Sie sollten die einzelnen Durchführungsteile miteinander verbinden. Außerdem sollten weitere Tasteninstrumente wie das Vibraphon, die Celesta und das Glockenspiel dem Soloklavier unterstützend zur Seite stehen. Zusammen mit dem Metallschlagzeug sollten diese Instrumente innerhalb des großen Orchesters ein eigenständiges, kleines Orchester bilden, dessen Klang an das balinesische Gamelan erinnern sollte. Einen speziellen Effekt erhoffte ich mir durch den Einsatz der Ondes Martenot, einem einstimmigen elektronischen Tasteninstrument mit penetrantem, aber modulationsfähigem Klang. Doch damit war ich immer noch nicht ganz zufrieden. Meine Fantasie trieb mich ständig voran, forderte noch mehr Ausdrucksmöglichkeiten, noch mehr exotische Färbung. Mit einem klassisch besetzten Orchester wäre es unmöglich gewesen, die Vielfalt von Stimmungen und Klangfarben zu realisieren, die ich mir erträumte. Dafür brauchte ich noch zusätzlich Perkussionsinstrumente, denen ich kontrapunktische Aufgaben zuschrieb. Sie sollten eine viel größere Rolle spielen, als nur bloße rhythmische Stütze im Orchester zu sein.

Allmählich begann sich das musikalische Chaos in meinem Hirn zu ordnen, und einzelne Strukturen begannen sich aus dem Sud herauszukristallisieren. Ich hatte die wichtigsten Themen definiert und ihre komplizierten Wechselwirkungen. Die Entwicklung jedes einzelnen Themas im Verlauf der Komposition war mir nun klar und nachvollziehbar. Dann begann ich, die einzelnen Sätze in groben Umrissen zu entwerfen. Es war keine programmatische Musik, aber der Aufbau der Sätze folgte einer emotionellen Linie, ganz so, wie ich meine eigene Liebesgeschichte nachempfand. Denn es ging mir in erster Linie um Wahrhaftigkeit, um absolute Ehrlichkeit in der Aussage.

Ich durchlebte nun auf einer anderen, rein musikalisch geistigen Ebene, alle Stationen meiner Liebe nochmals, und zwar mit einer Intensität, die dem real Erlebten um nichts nachstand. Und ich denke, dies ist – abgesehen von der für die jeweilige Kunstform notwendigen handwerklichen Begabung, die auf keinen Fall fehlen darf – vielleicht die grundsätzlichste Eigenschaft eines jeden Künstlers: nämlich kraft seiner bloßen Fantasie ein reales oder auch imaginäres Erlebnis in all seiner schillernden Leuchtkraft, mit all seinen Nuancen und Schattierungen nachempfinden und seelisch wieder beleben zu können. Und selbst wenn es sich um reine Fiktion handelt, muss der Künstler in der Lage sein, ein Erlebnis in seinem Geiste so nachzuempfinden, als hätte er es selbst erlebt. Dann ist schon die Hälfte der Arbeit geleistet. Sicherlich, danach kommt der zweite, entscheidende Teil: nämlich das Empfundene, das mental Erlebte in angemessener Art und Weise auszudrücken, in Wort, Klang oder Farbe umzusetzen, je nach der Kunstform, die er betreibt. Und hier kommt, wie schon erwähnt, die handwerkliche Geschicklichkeit ins Spiel.

Ich durchlebte also noch einmal alle herrlichen und furchtbaren Momente meiner einzigartigen Erfahrung mit Claudio, empfand mit aller Deutlichkeit die unbeschreibliche Süße und den sinnlichen Schauer, als sich unsere Lippen zum ersten Mal im schüchternen Kuss vereinten, den eruptiven Gefühlsausbruch und die Euphorie der ersten Tage und Wochen, die ruhigen, stillen Momente purer Kontemplation. Aber mit schmerzlicher Klarheit empfand ich auch die ganze Hölle der Leidenschaften, die danach folgte, die furchtbare Verzweiflung, die mich heim suchte, hin und her gerissen zwischen lodernder Begierde und tiefer Ohnmacht, zwischen Anbetung und Demütigung, bis hin zum Paroxysmus der letzten Nacht und Claudios Liebestod.

Ein Spannungsbogen, wie er breiter nicht sein konnte,

musikalisch nachgebildet in den zartesten Streicherpassa-
gen, in den anmutigsten Melodien der Flöten und
Klarinetten, aber auch in den wilden, hemmungslosen
Interventionen der Blechbläser. Honigsüße Melodien
alternieren mit dissonanten Momenten von elementarer
Naturgewalt, kontemplative Phasen mit solchen orgiasti-
scher Sinnlichkeit. Dabei verwendete ich sowohl tonale als
auch atonale Elemente, um meinem bewegten Innenleben
den passenden Ausdruck zu verleihen. Vor allem jedoch
bediente ich mich reichlich der neu erlernten Rhythmen,
insbesondere der nicht umkehrbaren, die ich gänzlich
ihrer Rolle als einfache Stütze melodischer Abläufe be-
raubte, um ihnen eine weit bedeutendere Funktion zu-
zuschreiben. Denn unter dem Eindruck jener seltsamen
Halluzination entwickelten diese Rhythmen ein Eigenle-
ben, das das ganze Werk mit brodelnder Leidenschaftlichkeit durchdrang. Und ich vergaß auch nicht, den Gesang
der Vögel in das musikalische Erlebnis mit einzubinden,
denn die Stimmen der Vögel faszinierten mich schon seit
meiner Kindheit. Ich versuchte schon in früheren Kompositionen, den Vogelgesang musikalisch nachzuahmen,
auch wenn ich mit dem Ergebnis nicht immer zufrieden
war. Nun hatte sich der Gesang der Vögel auf ideale Weise
in die Stimmung des ausgedehnten sechsten Satzes einge-
gliedert: ein Ruhepunkt der Komposition, dem ich die
Überschrift *Garten des Liebesschlummers* gab. Denn ich
hielt es für notwendig, jedem Satz eine passende wörtliche
Richtlinie hinzuzufügen, ohne jedoch ins Programmatische auszuufern und allzu konkret zu werden. Denn jedem Zuhörer sei es gegönnt, seine eigene Fantasie und
sein eigenes Seelenleben in die Musik einzubringen, und
so zum aktiven Mitgestalter am musikalischen Geschehen
zu werden. Dies ist ja gerade das Wunderbare an der Musik, nämlich ihre Universalität: Sie kann jeden ansprechen,

unabhängig von seinen ästhetischen oder auch moralischen Vorstellungen. Einzige Bedingung ist, dass der Zuhörer eine sensible und empfindsame Seele besitzt!

Doch während ich mich in die Arbeit an der *Turangalîla* vertiefte, plagte mich noch eine andere Sorge. Ich entsann mich nämlich jener musikphilosophischen Betrachtung von Professor Cornetti in seiner Vorlesung vor mehr als einem Jahr:

Musik ist Verwirklichung einer göttlichen Ordnung, von Gott in den Menschen gelegt, vom Menschen für den Menschen geschaffen, um wieder innerlich eins zu werden mit der natürlichen und geistigen Umwelt, mit Gott selbst!

Damals hielt ich nicht viel davon und dachte mir, das mag wohl zutreffen für die geistlichen Kompositionen eines Bach oder für die Symphonien Bruckners. Aber bei vielen anderen ist es wohl weniger der Fall, oder zumindest konnte ich es nicht so empfinden. Aber jetzt, da ich selber im Begriff war, ein musikalisches Werk zu schaffen, von dem ich mir ein höchstes Maß an Wahrhaftigkeit erhoffte, wurde ich plötzlich von Zweifel heimgesucht.

Meine Musik war nicht durchdrungen von einem mystischen Gedanken, sie war nicht aus der frommen Verfassung religiöser Inbrunst heraus entstanden – ganz im Gegenteil. Sie fand ihren Quell der Inspiration in einem persönlichen Drama, in einer verhängnisvollen und unwiderstehlichen Liebe, deren Natur noch von vielen als abwegig gehalten wird. Wie konnte hier von der Verwirklichung einer göttlichen Ordnung die Rede sein? Meine Musik war Ausdruck der widerspruchsreichen menschlichen Seele in all ihren erschreckenden Aspekten, Ausdruck von Leidenschaften, die man erleben, aber nicht erklären kann, Ausdruck von Liebe in all ihren Abstufungen und Schattierungen, aber gleichzeitig auch von Bosheit, Niedertracht und Gemeinheit.

Musik entsteht sehr oft aus dem tiefsten Schlamm menschlichen Daseins heraus. Aus den dunkelsten und verborgensten Kammern werden da Dinge hervorgewühlt und in Töne gesetzt und durch die Genialität des Künstlers auf einer höheren, spirituellen Ebene dargestellt. Waren denn Berlioz' *Symphonie fantastique* oder Tschaikowskis *Pathétique* nicht das künstlerische Ergebnis irgendeiner obskuren Leidenschaft oder unerfüllten Sehnsucht, die man besser nicht beim Namen nennt? Und trotzdem oder vielleicht gerade deshalb: Welch einzigartige, geniale und zutiefst bewegende Kompositionen haben diese zerrissenen Seelen geschaffen! Sind denn diese Werke dafür weniger wahrhaftig in ihrer Aussagekraft als die Kompositionen der großen Mystiker? Wen interessiert es heute noch, welche Geschichten dahinter stecken? Man kennt zwar einige Hintergründe, aber bei weitem nicht die ganze Wahrheit. Und es ist vielleicht auch besser, wenn man nicht genau weiß, was in den Köpfen der Komponisten vor sich ging, als sie ihre Werke schufen. Denn als Mensch wird ein Künstler nur in den seltensten Fällen an die Höhe seines Künstlertums heranreichen. Die *Turangalîla* spricht von einer übermenschlichen Liebe, von Verzweiflung und wilder Leidenschaft. Aber diese Gefühle sollten auf einer allgemeinen Ebene vermittelt werden, ohne die konkreten Hintergründe zu offenbaren. Diese sollten nur dem Komponisten allein bekannt sein. Wohl behütet sollten sie an einem sicheren Ort seines Bewusstseins verborgen bleiben und nicht der Öffentlichkeit zugänglich gemacht werden. Und muss sich denn die Kunst für das Material, aus dem sie geschaffen wurde, in irgendeiner Weise rechtfertigen? Wenn es ihr gelingt, auch nur eine einzige Menschenseele zu berühren, zu besänftigen oder zu trösten, dann hat sie schon ihre Aufgabe erfüllt. Letztendlich zählt nur das Werk und nicht das, was dahintersteckt.

Das alles sagte ich mir, innerlich gestärkt durch meine Argumentation. Aber einen letzten Rest an Zweifel konnte ich nicht abschütteln.

*

Als ich den Schlussakkord schrieb, waren mehr als drei Monate intensivster Arbeit vergangen. Ich war müde und abgemagert, aber glücklich, es endlich geschafft zu haben. Die Dimensionen der Symphonie übertrafen sogar meine ursprünglichen Vorstellungen. Ich schätzte die Gesamtdauer der Aufführung auf etwa achtzig Minuten, ein abendfüllendes Werk also. Eine wahre Herausforderung sowohl an das Orchester, denn ich hatte viele exponierte Stellen von Einzelinstrumenten eingebaut, als auch an die Solisten, wobei insbesondere der Klavierpart von extremer technischer Schwierigkeit war. Letztendlich aber lag die gesamte Last dieses Mammutwerkes in den Händen des Dirigenten, der die ganze Verantwortung zu tragen hatte.

Ich hatte mich inzwischen auch zur öffentlichen Diplomprüfung im Studienfach Komposition angemeldet, und war gerade dabei, mehrere Exemplare der Orchesterfassung auszudrucken, um sie der Prüfungskommission auszuhändigen, als es eines Abends an meiner Wohnungstür klingelte. Etwas unruhig blickte ich zur Tür, denn ich bekam praktisch nie Besuch, lebte die ganze Zeit einsam und zurückgezogen wie ein Eremit. Und ein unangemeldeter Besucher zu so später Stunde konnte nichts Gutes bedeuten. Ich überlegte, ob es nicht besser wäre, einfach nicht zu öffnen, und so zu tun, als wäre ich nicht zu Hause. Doch nach kurzer Zeit klingelte es wieder, diesmal länger, beharrlicher. Schließlich blieb mir nichts anderes übrig und ich öffnete dem unliebsamen Störenfried die Tür. Vor mir stand Irma, die Haushälterin Dr. Rosens, in Tränen aufgelöst und offensichtlich furchtbar aufgeregt. Ich war so verblüfft von dieser unerwarteten Erscheinung, dass ich alle Höflichkeit vergaß, und anstatt sie hereinzubitten, ließ ich sie im Flur stehen.

»Herr Viktor, bitte entschuldigen Sie die Störung«, sagte sie mit schluchzender Stimme. Nichts mehr war zu erkennen von der spröden, abweisenden und wortkargen Person, als die ich sie im Laufe der Zeit kennen gelernt hatte.

»Sie müssen mich bitte entschuldigen«, wiederholte sie, »aber etwas Furchtbares ist geschehen, und nur Sie können mir noch helfen.»

Schließlich gewann ich halbwegs wieder die Fassung und bat sie, mir ins Wohnzimmer zu folgen. Ich befreite einen Sessel von den darauf liegenden Büchern und Partituren, sie nahm Platz, und in einem Schwall hastiger, zerfahrener Sätze begann sie auch alsbald, mir den Grund ihres Besuches nahe zu legen.

Die Sache sei die, sprudelte es aus ihr heraus, dass nämlich Dr. Rosen, ihr Hausherr, ihrer Meinung nach offenbar den Verstand verloren hatte. Er sei nämlich entschlossen, seinen gesamten Haushalt aufzulösen, der »Zivilisation endgültig den Rücken zu kehren«, wie er sich ausdrückte, und sich irgendwo auf einer einsamen Insel in völlige Abgeschiedenheit zurückzuziehen. Das sei nicht weiter schlimm, fuhr sie fort, aber er hatte auch entschieden, praktisch sein ganzes Vermögen – und dies sei beträchtlich, versicherte sie mir unter Tränen – irgendeinem wohltätigen Zweck zu spenden. Zur Unterstützung hilfsbedürftiger Kinder in Indien oder so was Ähnliches, sagte sie. So ganz genau wusste sie es aber auch nicht. Nur aus einem kurzen Gespräch mit dem Anwalt, bei dem sie zugegen war, konnte sie sich das Wesentlichste zusammenreimen. Und weil ich einer der wenigen war, mit dem Dr. Rosen regelmäßigen Kontakt hatte, und ich ihrer Meinung nach einen gewissen Einfluss auf ihn ausüben konnte, käme sie nun mit der verzweifelten Bitte zu mir, ihr schleunigst zu folgen, um den Doktor doch noch in letzter Minute von seinem unglücklichen Vorhaben abzuhalten.

Ich war sprachlos. Als ich schließlich meine Worte wiederfand, antwortete ich kleinlaut, dass das meiner Meinung nach keine sehr gute Idee wäre. Schließlich ist ja Dr. Rosen ein erwachsener Mensch, sagte ich. Und dazu noch ein sehr vernünftiger. Und ich hätte kein Recht, mich in seine Angelegenheiten einzumischen. Doch Irma wollte nichts dergleichen hören. Sie stürzte sich zu meinen Füßen und flehte mich regelrecht an, ihr zu helfen. Was würde sonst aus ihr werden, wenn der Doktor nicht mehr da ist. Sie würde praktisch auf der Straße landen.

Ich konnte die Peinlichkeit der Situation nicht länger ertragen. Ich bat sie, sich zunächst einmal zu beruhigen, und brachte ihr ein Glas Wasser. Schließlich erklärte ich mich doch bereit, es zu versuchen. Sie dankte mir mit dem zärtlichsten Lächeln, dessen ihre in Strenge und Schweigsamkeit geübten Lippen fähig waren. Dann packte ich hastig ein Exemplar meiner Partitur zusammen, nahm meinen Mantel und folgte ihr.

Zwölftes Kapitel

Seit jenem Besuch zusammen mit Claudio im Frühjahr des letzten Jahres hatte ich Dr. Rosen nicht mehr gesehen. In den schweren Monaten der existenziellen Krise, die danach folgten, hatte ich mich in meiner Verzweiflung immer mehr von der Welt abgekapselt. Selbst jenem Menschen, der mich noch am ehesten hätte verstehen können, der mir schon so oft mit seinem guten Rat zu Hilfe kam, wollte ich mich nicht anvertrauen. Und nach der Tragödie war es mir einfach unmöglich, ihm wieder in die Augen zu sehen. Ich hatte Angst vor seinem Urteil, Angst vor den scharfen und durchdringenden Augen, die bis ins Innerste der Seele hineinblickten und vor denen man nichts verheimlichen konnte. Was würde er mir sagen? Wie würde er die ganze Sache betrachten? Würde er Verständnis aufbringen für mein unverzeihliches Verhalten? All diese Fragen drängten sich mir auf, als ich schnellen Schrittes hinter Irma die breite Allee zur Villa hinauflief. Doch jetzt gab es kein zurück mehr. Mit zusammengepressten Lippen, stieg ich unsicher die schweren Stufen hinauf ins Obergeschoss.

Als Irma mir die Tür zur Bibliothek öffnete, reichte schon ein kurzer Blick, um festzustellen, dass hier Aufbruchstimmung herrschte. Etliche große Holzkisten standen herum, prallgefüllt mit Büchern, und sämtliche Regale waren schon leergeräumt. Aber es gab noch viel Arbeit, um alle Bände seiner umfangreichen Sammlung zu verpacken. Dr. Rosen saß zwischen all den Bücherstapeln gemütlich in seinem breiten Ledersessel in der Nähe des Kamins und rauchte Pfeife. Keine Spur von Hektik war zu erkennen, als er sich erhob und mich mit jovialem Lächeln begrüßte.

»Ach, die arme Irma. Sie konnte es doch nicht lassen«, sagte er in einem milden Ton, indem er verständnisvoll auf seine Haushälterin blickte, die sich still zurückzog. Nicht die geringste Spur von Ärger war in seiner ruhigen, sicheren Stimme zu erkennen.

»Bitte, entschuldige die Umstände«, sagte er, indem er auf die vielen Kisten deutete, »aber ich bin gerade dabei, mich von meinen Büchern zu verabschieden.«

»Wie, Sie nehmen die Bücher nicht mit?« entfuhr es mir unwillkürlich, wobei ich ungewollt zu erkennen gab, dass ich bereits über alles im Bilde war.

»Nein, selbstverständlich nicht«, entgegnete er leise. »Dort wo ich hingehe, brauche ich keine Bücher mehr. Und außerdem wird unsere städtische Bibliothek über die eine oder die andere Rarität, die nun in ihren Besitz übergeht, sicherlich höchst erfreut sein.«

Ich wusste nicht, was ich sagen sollte. Ich setzte mich langsam in den Sessel gegenüber dem Doktor. Im Kamin loderte ein mildes Feuer, obzwar es draußen sicherlich schon an die zwanzig Grad waren.

»Irma bringt gleich frischen Tee«, sagte er mit gutmütigem Lächeln. »Schwarz, mit Zucker und Zitrone, so wie üblich, nehm ich mal an?«

Ich nickte nur stumm. Einige Zeit saßen wir schweigend und lauschten dem Knistern des Feuers. Schließlich war ich froh, als ein schüchternes Pochen an der Tür vermeldete, dass der Tee fertig war. Ich sprang auf, um Irma mit dem großen Tablett behilflich zu sein. Ihre fragenden Augen blickten mich ängstlich an, so als wollten sie aus meinem Gesichtsaudruck herauslesen, ob ich schon etwas erreicht hatte. Peinlich berührt wich ich ihrem Blick aus und nahm ihr stattdessen das Tablett aus den Händen.

»Danke, Irma«, sagte ich mit leiser Stimme, »wir kommen schon zurecht.«

Sie entfernte sich mit langsamen Schritten. Ich setzte mich erneut und schenkte Tee ein. Dann hielt ich es nicht mehr länger aus, und mit unsicherer Stimme fragte ich scheu:

»Meister, haben Sie sich auch wirklich alles gründlich überlegt?«

Er hob langsam seinen Blick und unsere Augen trafen sich. Kein Vorwurf, kein Tadel war in ihnen zu erkennen. Nur Ruhe, grenzenlose Ruhe.

»Selbstverständlich«, antwortete er freundlich. »Du kennst mich doch. Ich habe niemals in meinem Leben eine unüberlegte, voreilige Entscheidung getroffen. Eigentlich hat es sehr lange gebraucht, bis ich mich endlich zu diesem Schritt durchgerungen habe. Aber nach reiflicher Überlegung und vielen schlaflosen Nächten bin ich zu dem Entschluss gekommen, dass es in der so genannten zivilisierten Welt für mich nichts mehr Neues zu entdecken gibt. Ich habe mein ganzes Leben mit dem Studium sämtlicher Wissensgebiete verbracht, habe viele Bücher gelesen, habe auch selbst einige geschrieben. Doch all diese Bücher«, und er machte eine ausschweifende Handbewegung, »haben mich nur eines gelehrt: dass die moderne Welt die Seele des Menschen verdirbt, dass im Laufe seines fragwürdigen Fortschritts der Mensch immer mehr von seiner Ursprünglichkeit abgeglitten ist, in eine gekünstelte, unnatürliche Lebensform. Einzig allein den so genannten primitiven Völkern, in den abgelegensten Teilen der Erde, die von der Welle der Zivilisation verschont geblieben sind, ist diese unschätzbare Ursprünglichkeit erhalten geblieben. Jetzt muss ich dahin gehen, um von ihnen in den paar Jahren, die mir noch geblieben sind, zu lernen, welches der wahre Sinn des Lebens ist.«

Ich fragte mich, ob er es ernst meinte oder ob er sich einfach einen intellektuellen Spaß mit mir erlaubte. Bei ihm konnte man das nie so richtig wissen. Doch es schien ihm bitterernst zu sein, denn er fuhr fort:

»Bitte versteh mich nicht falsch. Das scheint dir vielleicht alles zu formelhaft und akademisch, was ich gerade gesagt habe, aber glaube mir, ich bin sicher nicht der Erste und Einzige, der zu diesem Schluss gekommen ist. Es ist das Resultat meiner lebenslangen Suche nach der Wahrheit. Doch ich möchte keineswegs an deine Überzeugungen rütteln. Du bist ein Kulturmensch, du bist organisch mit der Kunst und der Musik verbunden. Es ist deine ganz persönliche Art, dich auszudrücken, und das ist gut so. Deine Wahrheit liegt in der Kunst und du bist ein wahrer Künstler. Das wusste ich seit dem Tag, als ich dir zum ersten Mal begegnet bin. Dein Weg wird nicht leicht sein – auch das zeichnete sich schon sehr früh ab –, aber dieser holprige und hindernisreiche Weg führt nur über die Kunst, daran habe ich keinen Zweifel. Ich hingegen war in der Kunst immer nur ein Betrachtender und Bewunderer, nie ein Schöpfender. Ich habe es auf mehreren Gebieten versucht, manchmal sogar mit erfreulichen Ergebnissen, habe aber nie die Genialität des wahrhaft Berufenen gespürt. Du hast jedoch die Qualität des Schöpferischen in dir, das spür ich ganz deutlich. Es braucht nur seine Zeit, bis sich dieses Potential zu wahrer Größe und Meisterschaft entwickelt.«

Er hielt für einen kurzen Augenblick inne, so als wollte er nochmals seine Gedanken sammeln. Dann sagte er schließend noch ganz leise, fast flüsternd:

»Meine Wahrheit befindet sich anderswo. Ich muss diesen Weg gehen, um den Kontakt mit der Natur wieder zu finden, den der moderne Mensch in seinem absurden Streben nach äußeren Erfolgen verloren hat. Und dabei wären mir all meine Bücher und meine Kunstschätze nicht mehr als nur ein lästiges Accessoire.«

Dem war nichts mehr zu entgegnen. Ich versuchte zu verstehen, obwohl es mir nicht leicht fiel. Aber offensichtlich hatten das enorme Wissen und die Lebenserfahrung ihn zu einer Auffassung geführt, die man so ohne weiteres nicht verstehen konnte. Und das brauchte man auch nicht. Er hatte es ja selber gesagt. Jeder Mensch hat seinen eigenen Weg zu gehen, auf der Suche nach seiner eigenen Wahrheit. Und er bestätigte mir noch einmal, dass mein Weg für mich persönlich der richtige war.

Es wurde schon spät. Ich musste mich verabschieden, obwohl es mir sehr schwer fiel, denn ich war mir bewusst, dass wir uns wahrscheinlich nie wieder sehen werden.

»Bevor du gehst, habe ich noch ein kleines Präsent für dich. Während ich meine Bibliothek aufräumte, ist mir ein Buch in die Hände gefallen, das ich zum ersten Mal mit großer Begeisterung gelesen habe, als ich ungefähr in deinem Alter war. Ich hoffe, dass es dir auf einige Fragen, die dich vielleicht beschäftigen, eine Antwort liefert.«

Er händigte mir einen schönen Ledereinband aus. Ich bedankte mich, und er streckte mir beide Hände entgegen.

»Adieu«, sagte er. »Es war mir eine besondere Freude, dich kennen gelernt zu haben.«

Ich war zu bewegt, um irgendetwas sagen zu können. Ich nickte nur stumm und fühlte, wie sich meine Augen mit Tränen füllten.

»Und übrigens«, fügte er noch mit einem schelmischen Lächeln hinzu. »Wegen Irma brauchst du dir keine Gedanken zu machen. Durch die kleine Rente, die ich für sie abgeschlossen habe, wird sie den Rest ihres Lebens ohne finanzielle Sorgen verbringen können.«

Wieso musste ich all jene Menschen verlieren, die mir lieb und wertvoll waren, die etwas in meinem Leben bedeuteten, fragte ich mich verbittert, als ich schon auf dem Heimweg war. Erst jetzt fiel mir auf, dass er eigentlich den ganzen Abend mit keinem einzigen Wort die Ereignisse der letzten Monate erwähnt hatte. Sollte er doch nichts davon gewusst haben? Unmöglich, denn die ganze Welt wusste es. Über Claudios Selbstmord stand sogar ein Bericht in der Zeitung. Trotzdem, so abgeschieden und einsam wie er lebte, wäre es nicht unvorstellbar, dass ihm diese Nachricht entgangen war. Und gemeinsame Bekannte hatten wir nicht, die ihn darüber in Kenntnis gesetzt hätten. Doch irgendwie zweifelte ich daran.

Als ich nach Hause kam und meinen Mantel abstreifte, fiel mir auf, dass immer noch die Partitur der *Turangalîla* in der Innentasche steckte. Ich hatte beabsichtigt, ihm ein Exemplar mit Widmung zu überreichen, doch durch den emotionalen Abschied hatte ich dies völlig vergessen. Ich ärgerte mich furchtbar darüber und war schon im Begriff, mich auf den Rückweg zu machen, doch dann entschied ich mich anders. Denn auf seinem neuen Weg gab es keinen Platz für symphonische Partituren. Welche Bedeutung konnte sie noch für ihn haben? Er war jetzt auf der Suche nach einer gänzlich anderen Spiritualität.

Welche Bedeutung konnte sie denn überhaupt für jemanden haben, außer für mich persönlich? Nur ich kannte ihre traurige Entstehungsgeschichte in allen Einzelheiten, nur ich allein wusste, welchen Sinn und welches Gefühl in jeder einzelnen Note steckte. Für mich war sie eine Art *restitutio in integrum*, ein ultimatives Liebesbekenntnis, eine verspätete Huldigung an Claudios wahrer Natur, ein ehrfürchtiges Verneigen vor der Größe und dem Edelmut seines Herzens und vor der unendlichen Güte seiner Seele! All das, was ich damals – verblendet von Äußerlichkeiten, vom sinnlichen Rausch – nicht erkannte, nicht erkennen wollte, soll hier gepriesen und gewürdigt werden.

Mit der letzten Note, die ich in diese Partitur setzte, war meine Aufgabe abgeschlossen, erkannte ich nun. Ich hatte meine Schuldigkeit getan, alles andere war unwichtig. Ruhm, Erfolg, Anerkennung? Leere Worte, nichts mehr davon konnte mich noch reizen. Innerlich hatte ich mit solchen Eitelkeiten schon längst abgeschlossen. Eigentlich hatte ich mit meinem ganzen Leben bereits abgeschlossen. Und was übrig blieb, war nur noch eine enorme Gleichgültigkeit. Denn mit der letzten Note der *Turangalîla* hatte ich unter meinem eigenen Gefühlsleben einen klaren Schlussstrich gesetzt. Ich hatte dem schmerzlichsten Kapitel meines Lebens für immer den Rücken gekehrt und beschlossen, für den Rest meines Lebens den Menschen und deren Zuneigung zu entsagen. Denn ich hatte endgültig genug von der Liebe und dem furchtbaren Tribut, den sie einem für die wenigen Augenblicke des Glücks abverlangte. Ich war wieder auf das Podest zurückgekehrt, auf das ich schon einmal war, oder mir vorstellte, gewesen zu sein: einsam, kalt und unnahbar, aber auch unverletzlich.

Ich sollte Dr. Rosen niemals wieder sehen. Knapp ein Jahr später erhielt ich einen Brief ohne Absenderadresse, auf dem eine Menge exotisch anmutender Briefmarken geklebt waren. Als ich das Kuvert öffnete, fiel mir ein einzelnes Foto in die Hände. Darauf war Dr. Rosen zu sehen, im Dschungel von Neuguinea, inmitten einer Schar von sehr spärlich bekleideten Einheimischen mit fröhlichen Gesichtern. Auf der Rückseite des Fotos waren ein paar Worte hingekritzelt, die ich nur mit Mühe entziffern konnte. Er schrieb mir, es ginge ihm gut, er sei auf dem richtigen Weg. Das war alles. Danach habe ich nie wieder etwas von ihm gehört.

*

Mit großem Eifer und innerlich gestärkt machte ich mich an die Arbeit, um der *Turangalîla* zu klanglichem Leben zu verhelfen. Die Partitur wurde vom Prüfungssenat angenommen und die Uraufführung wurde im Rahmen eines öffentlichen Konzertes mit dem Universitätssymphonieorchester für Ende Juni festgesetzt. Dies sollte gleichzeitig auch meine praktische Diplomprüfung zum *Magister Artium* werden. Davor hatte ich noch alle ausstehenden Lehrveranstaltungen des zweiten Studienabschnittes erfolgreich abzuschließen, was mir einige Zeit in Anspruch nahm. Gleichzeitig schrieb ich auch den theoretischen Teil meiner Diplomarbeit. Und ich vervollständigte die weiteren kleinen Kompositionsstücke, die ich vorweisen musste, die aber größtenteils schon aus früheren Zeiten vorhanden waren, als ich die ersten Versuche auf diesem Gebiet unternahm: Es waren ein Klavierpräludium im Stile Rachmaninows, ein Streichquartett, ein Lied, sowie zwei weitere Stücke für Klavier.

Schließlich hatte ich nach intensivster Arbeit alle Bedingungen erfüllt, um mich der Prüfungskommission zu stellen. Und ich konnte mich nun voll und ganz auf die Probenarbeit zur Aufführung der *Turangalîla* konzentrieren. Es blieben mir insgesamt noch zwei Wochen bis zum Konzerttermin. Wahrscheinlich hätte ich es unmöglich geschafft, in so kurzer Zeit eine so komplexe Partitur mit dem Orchester einzustudieren, aber mir stand der begabteste Student der Fachrichtung Dirigieren, der hiermit ebenfalls seine praktische Diplomprüfung absolvieren sollte, zur Verfügung. Ich kannte Alex schon von Anfang meiner Studienzeit her, und obwohl wir nicht richtig befreundet waren, respektierten wir uns als Ebenbürtige. Er besaß ein außergewöhnliches musikalisches Talent und eine enorme Arbeitskraft. Er hatte neben dem absoluten Gehör auch ein phantastisches Gedächtnis und konnte aus einem ohrenbetäubenden Orchestertutti auch noch die kleinste Abweichung eines Einzelnen heraushören. Als ich ihm die *Turangalîla* zum Dirigieren angeboten hatte, sagte er mir nicht gleich zu, sondern bat um ein paar Tage Bedenkzeit, um sich in die Partitur einzustudieren. Schließlich, nach drei Tagen, kam er freudestrahlend zu mir und sagte in seiner direkten, spontanen Art: »Einverstanden. Wann können wir uns an die Arbeit machen?«

Wir machten uns sofort an die Arbeit. Ich selber übernahm den Klavierpart, denn ich wollte meine Klangvorstellungen auch direkt vermitteln. Und zudem war ich so praktisch immer dabei, und konnte den Entwicklungsprozess der Interpretation kontinuierlich mitverfolgen und mitgestalten.

Das Orchester bestand aus erfahrenen Studenten höherer Semester. Zunächst war da nur eine große Verwunderung zu spüren, als die einzelnen Stimmen auf den Notenpulten landeten. Die Musik war neu, fremdartig und von extremer Widersprüchlichkeit. Da mündet eine klangvolle Passage von wilder, hemmungsloser Orgiastik plötzlich in ein kaum hörbares, meditatives Streicherpiano von diaphaner Zerbrechlichkeit. Süßliche Hollywoodfilmmelodien vermengen sich mit indischen Rhythmen, während die Celesta sich bemüht, irgendeinen Vogelgesang möglichst naturgetreu wiederzugeben. Mit all dem hatten die Musiker zusätzlich zu den technischen Schwierigkeiten zu kämpfen. Nicht nur einmal bemerkte ich spöttisches Gelächter und ironische Bemerkungen hinter vorgehaltener Hand. Doch mit Hilfe von Alex, der den Orchestermusikern großen Respekt einflößte und der sich im Laufe der Probenarbeit immer mehr für die Partitur begeisterte, konnte ich mich schließlich durchsetzen. Langsam bekam die Sache Transparenz. Die anfangs unüberbrückbar scheinenden Schwierigkeiten konnten schließlich ohne

Mühe bewältigt werden. Und die skeptische Haltung der Musiker wich allmählich einem ungekünstelten Interesse an der Partitur.

In langen Gesprächen unter vier Augen hatte ich Alex das Wesentliche meiner Klangvorstellung vermittelt. Ich war überrascht, wie rasch und wie leicht er sich in das Innenleben der Partitur einfühlte. Als Musiker waren wir uns beide sehr ähnlich, und wahrscheinlich deshalb funktionierte die Kommunikation miteinander auch so gut. Beide waren wir Verfechter der Rationalität in der Musik, des nüchternen Intellektualismus, der die affektiv-emotionale Aussage keineswegs vermindern, sondern durch eine präzise und klar strukturierte musikalische Interpretation unterstützen und fördern soll. Erst dann, so waren wir uns einig, kann der ganze Gefühlsgehalt der Musik richtig zum Ausdruck kommen.

Schließlich kam die Generalprobe. Jetzt endlich sollte zum ersten Mal das ganze Werk *da capo al fine* zu hören sein. Ich setzte mich ans Klavier und blickte mich im Saal um. Einige meiner Professoren waren gekommen und winkten mir freundlich zu. Dann trat Alex ans Podium. Die Orchesterpartitur lag geschlossen am Dirigentenpult. Er brauchte sie nicht mehr, denn er hatte sie inzwischen auswendig gelernt. Er hob den Taktstock, und wie aus dem Nichts schienen die Melodien plötzlich den Raum zu erfüllen. Zum ersten Mal hörte ich meine eigene Liebesgeschichte von einem Orchester erzählt. Glücklicherweise wusste es nicht viel über den gedanklichen Inhalt der Musik, die es da spielte. Am Ende der achtzig Minuten wusste ich, dass es mir gelungen war. Ich hatte es geschafft, das Innerste meiner Seele zu offenbaren, Gefühle von höchster Intensität wahrhaftig und ungekünstelt auszudrücken. Aber in einer verklärten Art, sodass jeder sich nur das vorstellen konnte, was ihm sein eigenes Seelenleben diktierte.

Ich hatte Claudio die *restitutio in integrum* geschaffen; die Wiedergutmachung, die ich ihm noch schuldig war. Ich bedankte mich bei dem Orchester und dem Dirigenten. Sie hatten großartige Arbeit geleistet. Wir verabschiedeten uns bis auf den Abend des nächsten Tages, wenn die Uraufführung stattfinden sollte.

Müde, aber in der Zufriedenheit gut geleisteter Arbeit kehrte ich in meine Wohnung zurück. Ein wenig fürchtete ich mich vor diesem Augenblick. Denn in den letzten Monaten war ich komplett von meiner Arbeit absorbiert, und dies bot mir eine sehr willkommene Ablenkung von meinen üblichen Grübeleien. Und jetzt hatte ich plötzlich wieder Zeit. Zeit zum Nachdenken, Zeit für verdrängte Erinnerungen. Und ich fürchtete mich vor meinen eigenen Gedanken. Erschöpft legte ich mich aufs Bett und schloss die Augen. Was sollte aus mir werden? Wie sollte es mit mir weitergehen? Gab es denn ein Leben danach – nach der *Turangalila*?

Als ich schließlich die Augen wieder öffnete, fiel mein Blick auf das Buch, das mir Dr. Rosen bei unserem Abschied geschenkt hatte. Ich hatte es in der Hektik der letzten Wochen ganz vergessen. Ich setzte die Brille auf und machte die Schreibtischlampe an. Es war Stefan Zweigs Biographie über Maria Stuart. Ich kannte die Lebensgeschichte der Maria Stuart nur flüchtig, jener unglücklichen schottischen Königin, die ein Opfer ihrer eigenen Leidenschaft wurde. Ich öffnete das Buch an der Stelle, wo sich das Lesebändchen befand, und las aufs Geratewohl:

Leidenschaften wie Krankheiten kann man weder anklagen noch beurteilen: man kann sie nur beschreiben mit jenem immer neuen Erstaunen, dem ein leises Grauen sich beimengt vor der Urkraft des Elementaren, das manchmal in der Natur, manchmal in einem Menschen gewitterhaft zum Ausbruch gelangt. Immer sind Leidenschaften dieses äußers-

ten Grades nicht mehr der Willensfähigkeit des Menschen untertan, den sie befallen, sie gehören mit all ihren Äußerungen und Folgerungen nicht mehr in die Sphäre seines bewussten Lebens, sondern geschehen gleichsam über ihn hinweg und jenseits seiner Verantwortlichkeit.

Ich konnte meinen Augen nicht trauen. Die Worte trafen mich wie ein scharfes Messer direkt ins Herz. Ich fühlte, wie das Blut aus den nur oberflächlich vernarbten Wunden erneut hervorquoll. Trotzdem las ich weiter:

Einen dermaßen von seiner Leidenschaft überwältigten Menschen moralisch beurteilen zu wollen bedeutete gleiche Sinnlosigkeit, als wollte man ein Gewitter zur Rechenschaft ziehen oder einen Vulkan vor Gericht stellen. Wer einmal durch eine solche Glut gegangen, dem verbrennt sie das Leben. Denn niemals wiederholt sich eine Leidenschaft solchen Übermaßes in ein und demselben Menschen ein zweites Mal. So wie eine Explosion den ganzen Vorrat an Sprengstoff, verbraucht ein solcher Ausbruch immer und für immer den inneren Vorrat des Gefühls. Bei Maria Stuart dauerte die Weißglut der Ekstase kaum länger als ein halbes Jahr. Aber in dieser knappen Frist steigert und spannt sich ihre Seele empor zu solchen Feurigkeiten, dass sie später nur mehr Schatten sein kann dieses unmäßig lodernden Lichts.

Allmählich trübte sich mein Blick, und verschwommen sah ich, wie meine eigenen heißen Tränen die Zeilen benetzten, die sich wie Feuer in meine Seele einbrannten. Die Tränen flossen mir unaufhaltsam übers Gesicht, Tränen der Sehnsucht und Reue, Tränen der Dankbarkeit. Ich wusste es nicht mehr so genau. Ich war mir nun gewiss, dass der Doktor alles erfahren hatte – mehr noch – dass er alles verstanden hatte, die ganze Tragik und Aussichtslosigkeit meiner unglücklichen Leidenschaft, und dass er mir verziehen hatte für alle Torheiten, die ich in meiner Verzweiflung ungewollt begangen hatte. Und in seiner großen Güte hatte er mir vor der Abreise, bevor sich unsere Wege für immer trennen würden, noch eine letzte Lebensweisheit vermittelt.

Ich erfuhr, dass man sich unter bestimmten Umständen im Leben auch selbst verzeihen muss können. Dass man die Vergangenheit und die begangenen Fehler akzeptieren muss, um weiter leben zu können. Dass die Liebe auch Grausamkeit in sich trägt. Dass es in der Natur mancher Menschen liegt, bis zur äußersten Grenze der Empfindsamkeit zu lieben. Dass man sich selbst und andere durch die ungeheure Wucht der Leidenschaft zerstören kann.

Ich weinte hemmungslos wie ein kleines Kind. Eine Flut lange unterdrückter Tränen fand endlich ihren Weg heraus aus den Tiefen meiner Seele. Und plötzlich wurde mir die ganze Leere meines jetzigen Daseins bewusst. Ich empfand die furchtbare Einsamkeit meines Lebens *ohne* Claudio. Ich sehnte mich so sehr nach ihm, nach dem Geruch seiner Haare, nach der Wärme seines Körpers, nach dem Klang seiner Stimme, dass ich mir fast das Herz aus der Brust riss. Er war weg, für immer weg, nichts würde ihn jemals wieder zurückbringen. Niemals wieder würde ich das zarte Lächeln auf seinen Lippen sehen, die freudige Lebendigkeit seiner schönen Augen! Niemals mehr den samtweichen Hals liebkosen, und die schmalen, marmornen Hände, die glatte, elfenbeinerne Brust! Niemals wieder den Puls seines Herzens an meiner Brust fühlen und seinen heißen Atem an meiner Wange! Unerträglich, furchtbar, grausam zwang mich der Schmerz der Sehnsucht in die Knie, hemmungslos schluchzte ich und wälzte mich am Boden, bohrte mir die Fingernägel tief ins eigene Fleisch, damit der körperliche Schmerz den viel schlimmeren, seelischen zumindest ein wenig zu betäuben vermöge.

Ich blieb noch die halbe Nacht auf dem kalten Boden liegen und weinte still vor mir hin. Doch allmählich ließ der Schmerz nach, das Gewitter verflüchtigte sich langsam, und eine Art von Erleichterung machte sich fühlbar. Innerlich befreit, konnte ich endlich um ihn trauern.

*

Der Konzertsaal des Konservatoriums war bis zum letzten Platz gefüllt. Der Saal war nicht allzu groß, verfügte jedoch über eine ausgezeichnete Akustik. Ich hatte hier schon mehrmals konzertiert, zuletzt an jenem schicksalhaften Abend vor etwa anderthalb Jahren, als ich Claudio zum ersten Mal sah. Mein Lampenfieber hielt sich in Grenzen. Ich hatte keine übertrieben große Erwartungen an diese Uraufführung, denn ich wusste, Erstlingswerke werden in der Regel mit viel Skeptizismus und Zurückhaltung beurteilt und dringen erst allmählich ins Bewusstsein der Zuhörer. Das Orchester hatte schon Platz genommen und war gerade dabei, sich einzustimmen. Ich konnte vom Nebenraum, aus dem man die Bühne betrat, das wohl bekannte Wirrwarr der Klänge deutlich hören, das jedem Konzert vorangeht. Alex und Sibylle, eine Studienkollegin, die den Part der Ondes Martenot spielte, standen neben mir. Alex sah blendend aus in seinem schwarzen Frack, selbstbewusst und souverän. Er klopfte mir aufmunternd auf die Schulter und sagte mit ruhiger, sicherer Stimme: »Keine Sorge, wir schaffen das schon!«

Schließlich war es so weit. Das Orchester kam allmählich zum Schweigen und der Saal verdunkelte sich. Nur die Bühne blieb hell beleuchtet, im flutenden Licht der Scheinwerfer. Wir bekamen das Zeichen. Zuerst betrat Sibylle die Bühne, gefolgt von mir und dem Dirigenten. Wir verneigten uns vor dem Publikum und jeder nahm seinen Platz ein. Alex warf mir einen kurzen Blick zu. Ich nickte zustimmend, und er hob den Taktstock. Es ging los.

Bald schon befand ich mich inmitten eines tosenden Orchesters, es schien, als ob lange zurückgehaltene Leidenschaften sich plötzlich mit Brachialgewalt entfesseln würden. Die Musik war von einer kaum zu beschreibenden Wucht, von elementarer Triebhaftigkeit, die einem bis ins Knochenmark drang. Dann wieder strömte eine süße Melodie von zartem, elegischem Ton wie ein leichter Sommerregen in den Raum, und buntes Vogelgezwitscher war zu vernehmen. Ich nahm den Fluss des Orchesters wahr, obwohl mich mein eigener Klavierpart sehr in Anspruch nahm. Meine Finger flogen mit aberwitziger Geschwindigkeit über die Tasten des Bösendorfer. Akkordkaskaden, kombinierte Arpeggien, Vermischung von extrem hohen und tiefen Registern – das Instrument in meinen Händen war bis an die Grenze des Möglichen gefordert. Es war eine Verherrlichung der Leidenschaft in all ihren Farben und Nuancen, eine Hymne an die zerstörerische Macht der bedingungslosen Liebe in all ihren Abstufungen, vom schüchternen, ersten Kuss bis hin zur hemmungslosen Ekstatik der entfesselten Sinnlichkeit.

Und schließlich, nach einem fast anderthalb Stunden dauernden Rausch der Gefühle, leitete Alex mit sicherer Hand das großartig angelegte Finale ein. Noch ein letzter, sintflutartiger Ausbruch des Liebes-Themas, der das ganze Orchester in einer gewaltigen Steigerung bis an die Grenze der akustischen Belastbarkeit mit sich reißt. Dann plötzlich verharrte die Melodie in einem sonderbaren Schwebezustand. In einem Zustand leuchtender Erwartung auf ein Ende, das es gar nicht gibt. Denn die Liebe hatte sich stärker erwiesen als der Tod. Sie war bereits transzendiert in eine Sphäre der unendlichen Herrlichkeit und Freude.

Es wurde kräftig applaudiert, und wir wurden mehrmals auf die Bühne gerufen. Die Begeisterung des Publikums war größer, als ich es mir erhofft hatte, und ich bekam allerseits Ovationen. Ich bedankte mich der Reihe nach bei Sybille, beim Dirigenten und beim Orchester. Ich schüttelte die Hand des Konzertmeisters und sämtlicher Orchestermitglieder und nahm schließlich dankend den großen Blumenstrauß an, den mir Serge, mein alter Bewunderer, vom Parkett aus entgegenreichte. Danach musste ich noch ins Foyer, um weitere Hände zu schütteln und Programmhefte zu signieren.

»Herzlichen Glückwunsch zum Magister Artium«, sagte der alte Dekan und tätschelte freundlich meine Wange. »Das war großartig, wirklich großartig.«

Ich stand inmitten von einigen Kollegen und Professoren, die unbedingt noch ein persönliches Wort an mich richten wollten. Ich schielte jedoch heimlich nach dem Ausgang, denn irgendwie fühlte ich mich nicht ganz wohl in der Rolle des Umschwärmten. Allmählich leerte sich dann doch der Saal, und ich atmete entspannt auf, denn ich war wirklich erleichtert, es endlich hinter mir gebracht zu haben. Ich war gerade dabei, ein Glas Sekt zu leeren, das mir jemand freundlicherweise vom Buffet mitgebracht hatte, als Alex mit großen Schritten auf mich zukam.

»Das war nicht schlecht, was wir da heute gezeigt haben, nicht wahr?« sagte er lachend. »Sicherlich bist du schon langsam genervt von dem vielen Händeschütteln, aber ein klein bisschen musst du dich noch anstrengen. Ich hab da nämlich jemanden mitgebracht, der dich unbedingt kennen lernen möchte«, zwinkerte er mir schelmisch zu. »Darf ich vorstellen, das ist Sebastian, ein sehr talentierter Violinist im zweiten Semester, und dazu noch einer deiner größten Fans.«

Sebastian kam auf mich zu und streckte mir mit breitem Lächeln seine Hand entgegen:

»Hallo«, sagte er mit fester, selbstbewusster Stimme, »es freut mich ungemein, Sie endlich persönlich kennen lernen zu dürfen.«

Ich blickte in ein hübsches Gesicht mit strahlend hellblauen Augen, die zu den dunklen, elegant geformten Augenbrauen einen interessanten Kontrast bildeten. Er war sehr schlank und hoch gewachsen und hatte kurzes, aschblondes Haar.

»Ganz meinerseits«, antwortete ich und nahm seine Hand. Sie hatte einen festen Druck, fühlte sich aber trotzdem irgendwie anschmiegsam an. Doch bevor ich noch etwas sagen konnte, kamen noch andere Leute hinzu und irgendwann verlor ich ihn aus den Augen. Schließlich hatte ich all meine lästigen Verpflichtungen hinter mir und freute mich schon auf einen geruhsamen Abend in gewohnter Einsamkeit.

Ja, nun war es also endgültig vorbei, sagte ich mir. Mit diesem Abend hatte ich praktisch die Vergangenheit hinter mir gelassen und blickte nun in eine äußerst fragwürdige Zukunft. Gab es denn eigentlich eine Zukunft für mich? Dem äußeren Anschein nach ja, denn ich hatte mein Studium erfolgreich abgeschlossen und war nun ein allseits anerkannter Musiker. Die Angebote würden sicher nicht allzu lange auf sich warten lassen. Doch war das alles noch von Bedeutung? Ich blieb noch eine Zeit lang stehen in dem mittlerweile fast menschenleeren Foyer und blickte mich um wie ein Verirrter, der nicht mehr weiß, wo es hingeht. Dann ging ich zurück ins Künstlerzimmer, packte meine Notentasche zusammen und machte mich auf den Weg zum Ausgang.

Ich hatte ihn praktisch schon vergessen, doch plötzlich stand er vor mir. Sebastian, der junge Violinist von vorhin. Offensichtlich hatte er am Ausgang auf mich gewartet. Außer uns beiden war niemand mehr da.

»Schöner Abend heute«, sagte er und blickte träumerisch hinauf zum sternenklaren Himmel.

»Ja, in der Tat«, erwiderte ich.

Es war Ende Juni und der Vollmond strahlte ein diffuses, fast unnatürlich wirkendes Licht aus, das die ganze Umgebung wie eine riesige Bühne erscheinen ließ. Ein zarter, aber intensiver Geruch von Blütendüften war in der milden Abendluft zu verspüren. Das müsste die Königin der Nacht sein, die ihren süßlichen Duft verströmt, schoss es mir durch den Kopf.

Der Junge war immer noch da. Ich sah ihn etwas verlegen und unschlüssig an.

»Ähm – Sie studieren Geige, wenn ich das richtig verstanden habe.»

Eigentlich hatte ich keine große Lust mehr auf Konversation, denn ich war müde und wollte nur noch nach Hause, doch ich wollte nicht unhöflich sein.

»Ja, Violine und Viola«, antwortete er, und blickte mir geradewegs in die Augen.

Dieser Blick, er war so eigenartig. Irgendwie unbehaglich. Er hatte etwas Schelmisches an sich, listig und fordernd. Schüchternheit war sicherlich nie sein Problem gewesen, dachte ich beiläufig.

»Und – gefällt es Ihnen am Konservatorium?» fragte ich noch. Es klang ziemlich banal.

»Ja, eigentlich ganz gut, vom Essen in der Mensa mal abgesehen.» Er lachte kurz auf und ich konnte seine gesunden, weißen Zähne erkennen.

»Nun muss ich aber gehen, um nicht die Straßenbahn zu verpassen«, sagte ich etwas ungeschickt, obwohl ich mich wirklich bemühte, das Gespräch nicht allzu abrupt zu Ende zu führen.

»Ja, klar«, antwortete er, mir unentwegt in die Augen schauend.

Langsam begann mich dieser Blick zu verwirren. Was war so eigenartig daran, fragte ich mich.

»Besuchen Sie mich doch mal bei Gelegenheit! Dann können wir über Ihr Studium sprechen«, fügte ich noch mit unsicherer Stimme hinzu, und war über meine eigenen Worte überrascht.

Er antwortete nichts, aber ein leichtes Lächeln umspielte seine Lippen. Dann reichten wir uns die Hände, und er entfernte sich mit flottem, jungenhaftem Gang. Ich blickte ihm noch einen Moment nach, bis er in der Dunkelheit verschwunden war.

Komische Nacht heute, dachte ich kopfschüttelnd. Wahrscheinlich liegt's am Vollmond. Ich atmete tief durch. Der Duft der Königin der Nacht strömte in meine Nase. Ein sinnlicher, betörender Duft, geheimnisvoll und verführerisch. Gefährlich, für sensible Gemüter. Und plötzlich lief mir ein kalter Schauer den Rücken hinunter.

Ich blieb noch ein paar Augenblicke unschlüssig stehen. Dann ging ich mit langsamen Schritten zur Straßenbahn.

Ende